imaginist

想象另一种可能

理
想
国

imaginist

目 录

1　　　第一章　楔子

20　　　第二章　陈行扬

35　　　第三章　林

52　　　第四章　海上的岛

70　　　第五章　罗得的妻子

86　　　第六章　张孝全

104　　第七章　《积木游戏》

138　　第八章　王庶虹

156　　第九章　签名书

160　　第十章　象的失踪

178　　第十一章　复写纸

193　　第十二章　通灵人

212　　第十三章　《破寨忌》

234　　第十四章　控方证词

246　　第十五章　夜游神

264　　第十六章　鹧鸪

278　　第十七章　《我一生的故事》

303　　第十八章　梦旅人

312　　第十九章　《凯琳的客厅》

325　　第二十章　终章

第一章　楔子

这次收到的文件袋里，装的是一份四十页的新的手稿，依然是双面抄写。稿子的首页，一个回形针夹着作家写的纸条。

这是我近几个月在做的事。简单来说，几个月前，游手好闲的我接到了一个奇怪的工作，如果说得再具体一点，首先，这个工作的第一个环节是去到快递寄存点。寄存点的门店是一个照相馆，没什么生意，滞留的快递都放在门口的箩筐里。我要找到我的那个，打开检查。

我的委托人是一个作家。起先，我和她在一个冬天的读书会上有过一面之缘，读书会在一个位置偏僻的会所举行，作为嘉宾的作家朗读了好友新书里的两首诗，没怎么说话，沉默地对读者保持微笑。但大家都是冲着作家去的，没有座位的人坐在地板和台阶上。

活动结束后，我们交换名片，寒暄了几句。两个月后，我辞去了媒体的工作，某一天就收到了作家发来的邮件，问我愿不愿意帮助她，报酬不多，但对于她本人而言意义重大。

工作从一月份开始的，谈不上兼职，称为委托可能更合适一点，每隔半个月会收到新手稿，有时是三个星期、两个月，但完稿数量也和时间成正比。最稳定的是一个季度结一次工资，没有工作压力。其实需要我做的，就是把手稿录入，保存为文档，通过邮件发给作家。

我那时候才知道，作家不会使用电脑，还知道有其他人跟我一样接受了委托，因为每次不一定能收到连贯的章节。我没有就此询问过作家，是不是只要按部就班，只对准确、效率和完整性负责。有时候我一边在走神，一边已经打完新稿子的最后一个字，直接就把邮件发送出去。

作家用的是比 A4 纸略大的白纸，黑蓝色墨水，字体排列得像围棋，与初稿的一气呵成相反的是删改和增补，你可以看出作家对一个词语的斟酌，如何克服不了犹豫、反复和强迫症。她会画各种关系缭乱的箭头和曲线，内容比较多的时候，就在侧边再增加一张大小不一的纸，像从原来的页面里裁开的批注。每次作家都要求把手稿寄回，有时候她会在原稿上修改，再打包成下一批寄出，所以有些往返多次的稿子，厚度和形状也一直在变化。如果非要给这个工作找出一点难度的话，就是辨认那些随着作家的强迫症变动的字迹。

除了工作交集，我们对彼此的生活一无所知。每当这时候，我就会想象作家坐在桌旁伏案写作，把一个个字整齐地写在白纸上虚拟的行里，跟我正在努力辨认字迹的时刻是一样的，我们在做着同一件事，修补同一个地方，有着同一个目标。我还好奇她是不是也患有腱鞘炎，写作时嗜烟，穿很便宜的拖鞋，停笔后会在屋里走来走去。

虽然没有过什么交谈，但不好奇是假的，虽然在发送邮件时也会偶尔在开头加上一句"祝好，顺遂""愿继续拜读"等等，偶尔也会得到"感谢，保重""天气有变，多添衣"等回复。我感觉在和外界的相处这方面，作家有着一种更为干净的处理方式。唯有一次，我不确定是否打错过一个字，在邮件中说明了情况，很快作家回复了我，说感谢我的提醒，她已经修改过来。

那个字只有方言读音，指的是"够"的意思。她说。

不可否认作家非常认真，尽管有些地方在我看来没有改动的必要，比如调换两个形容词的顺序，把"亮晶晶"改成"晶晶亮"，对于出现的人数摇摆不定，也许等到完稿的时候，我们才能体会到作家的真切用意。作家在邮件里给出答案之后，第二天我就收到了新手稿，只有七页，全是没有人称的对话，缺乏逻辑联系，看上去不知所云。我知道有些作家会做风格练习，但我更怀疑是作家把废稿当成修订过的稿子寄出，这次我没有询问，而是全部誊抄完毕直接发给她。她没有回信，证明了那就是正确的稿子。

这份稿子我只打过一次，也不知道她有没有再次修改，之后也没有寄来类似风格的手稿。但是自那以后，帮作家抄打文章的感受出现了变化，不是想她是否偷偷换了墨水牌子，写到哪一段会发出活动筋骨的响声等等，而是另外一种错觉，如同两个梦境发生了汇合，省略了拜访程序，门铃，走廊，两个陌生人面面相觑。

作家大概也会同意，幻想和错觉是有区别的，至少从技术层面上说，一个读者和一个写故事的人，一个叫幻想的陌生人和一个叫错觉的陌生人相遇的话，怎么让他们开始有所行动，这是应该被考虑到的。比如她站在门廊的一端，冰箱的旁边，问我要喝什么，我知道做出选择，就是决定她这么做的时长。

我慢慢地才感受到，她确实勇气可嘉，没有签订保密协议，就这么轻易、充满信任地把稿子交给别人。而她分配出去的那些断章，就像一团团无法引爆的迷雾，假如迷雾就是她唯一的考量。

我在网上查找作家的资料，辞职之后，我再也没有过加班的时间，我相信她的时间比我更自由。网上介绍说作家出版过十四本书，其中十本小说、四本散文随笔，其中有一本很奇怪，名字叫"赌博和甜食"，体裁不明。我找不到关于这本书的任何资料，我猜测这是作家早期的作品，为此还专门查了作家的维基百科页面，这本书也出现了，并显示出过俄文版，绿色封面，画着黑色的门框，门框里有一道阴影，看起来像是康乃馨，同样充满了割裂感。所以无论她节制性的礼貌、冷淡，还是彼此对于准确的要求，我似乎看到了无法融合的部分，属于她自由创作和考量的部分，恰如其分地，她能表达出那种自由，因为新稿子的章节标题就是这本书的名字。

我很快就抄打了二十多页，没有生僻字，也没有修改的地方，情节流畅，怀疑是直接从那本书里摘录下来的。三十页后开始出现一堆文献类的文字，没有注明出处，像是出自地方县志，我在网上搜索，也没有找到这一段的出处。读到第三十五页，我开始怀疑这份稿子可能全是引用的资料，但又缺乏具体的佐证，像一个双重杜撰的圈套。

作家可能觉得，这只是另一个不同形状的谜团，毕竟小说从未完整地向我展示过。按照这个逻辑，抄写员就如盲人，无法窥见象的全貌，而抄写就是对我们发出的邀请，邀请我们重蹈一遍创作的过程，敲下一个个不属于自己的字，借此摸索着未完成的故事。

所以从某种意义上说，我也算是第一读者？尽管这个作品在不断地纠错、修正，直至最后可能变成另外一番面目，最后我见证的只有废稿，和一些被抹掉的痕迹。就像观看一个准确度得不到保障的电视剧预告，就像观看打乱了顺序的剧集，但丝毫不觉得上当受骗。

为了不落入圈套，或者说，为了拒绝主动制造圈套，我也开始用一种打乱的方法：从手稿的最后一页开始，完全不思考情节，机械地、一页页地抄下去，并计划着在第三十五页汇合。

我继续将文字转移成文档，制造一个新的副本，它和手稿互为一对孪生子，但是无论多么相似，还是会有差别，手稿会遍布修改的痕迹，副本只需要删除错误，不显出破绽，成为内容的最终成像。但往往只有手稿才被拍卖出很高的价钱，因为留有作家的汗水、脆弱和决心，而体力劳动者的仿制品一文不值，也没人关心他们活动着的肌肉组织、情绪、对小说的看法。

我活动了一下颈椎，起身去打开冰箱，拿一瓶啤酒，这个细节也不会出现在她的小说里，如果现在把手稿撕掉呢？说不定作家会重写，咬牙切齿地回想细节，顺便在下一章记录我的恶行。

当然这个文档也不过是一个中介，它还要变成编辑部意见、打样和众多印刷品。我不知道她是否满意我的工作，除了抄稿子，我还做着其他的兼职，都是些不费劲的工作：为一个文学网站选稿，非全日性书店代班店员，替经常出远门的朋友喂鹦鹉，顺便写观察日记。那是一对长着黄绿毛色、食量很大的鹦鹉，没有关进笼子，在房间里飞来飞去。

我知道像日记、新闻报道等文体都和小说创作不同，但两者都会需要一些额外的材料。比如在当记者的时候，我也会去参加一些拿车马费的活动，回来后把通稿添油加醋渲染成一篇报道，还有一次，跟着一位同行去做一个离家出走主题的采访，那个过程中多余的部分是：物业大厦提供的住户入住年表，一张童年照片，街上促销赠送的钥匙扣。钥匙扣是一个夸张的红色英文字母，塑料材质，忘记是 K 还是 T，一直躺在抽屉里，后来就怎么都找不到了，或者是它已经没有适合出现的时机，就像那个报道出来之后，失踪的人也没有找到。

那位同行对这个结果耿耿于怀，当然不是针对我遗失了钥匙扣这件事，而是出自适时的自作主张，对合作者的一个务必交代。说这话的当天，我们在一个咖啡馆里，他穿着蓝白相间的棉麻衬衫，蓝色的成分要多一点，看上去非常愤慨。他一边抱怨着警方的轻率，一边还回忆着当事人的神情，采访情景下的细节，一遍遍地向我确认。

我说这很有可能，但不确信还能挖出什么信息。我知道他还不满意，不停地拨动着盘上的勺子，为自己敲不出节奏而愤慨。最后他提出要做成一个系列采访，听上去诚恳，野心勃勃，并问我愿不愿意继续参与。

我问他："如果家里进来了一个陌生人，不一定是人，可能是大型动物，你会怎么对付？"我问，但他显然没明白我要表达的意思，我又问他对那种黄绿色的鹦鹉怎么看。也许他意识到我说的每一句都是谎话，之后就不再和我联系了。这件事对他没有丝毫影响，之后他写了好几篇新闻特稿，反倒是我，一下子觉得时间多了出来，一种忙碌无法补充的空荡。

辞职后，我决定把大部分的工作时间留给书店，工作内容包括但不限于卸货摆货，打扫卫生，登记库存，帮顾客解决问题，留意一些热销书的位置。店里有几本作家的书，还有一套新出的选集，但书架和数据库里都没有那本《赌博和甜食》。有个店员说，这本书可能只出过外文版，但更大的可能性是，书是翻译过去的，因为她不是双语作家，也没听说她有过外文写作的尝试。但我们都清楚，用了猜测和排除，不一定就能得出真相。

在比较空闲的时段，我和店员会喝茶，打牌，聊一些属于这间书店的故事，店里完全没有客人的时候，我们就坐在门廊上抽烟，看着街上稀疏的行人，他们从一个方向过来，又笔直地走向另一端的出口，就像店里一览无余、毫无变化的书架排位。我们也擅长从熟悉中找到可取之处，比如书店永远放着宁静朴素的音乐，路过的人偶尔也会出现高兴的表情，照在沿街房子上的余晖令人神迷。我问了他们那个同样的问题，只不过把地点换成了书店。

当天值班的店员叫小高，是个二十出头的大学生，另一个正在跟他谈恋爱的店员拒绝回答我的问题，后来我才明白，他们喜欢展现出自己的尽责，但不擅长使用强硬的口气，"如果是在游乐场，我会把这个问题当成人贩子问的，如果是在医院，这是非常好的治疗手法。"小高说，陌生人不可能进入他的房子，因为他的房间乱得连狗都不愿意进去。

接着他们谈起自己喜欢的当代小说家。小高说自己念中学的时候读过那位作家的书，还写了读书笔记，后来还刊登在一个省级的中学生刊物上，她的作品在很长一段时间里对他产生过影响，影响着他对阅读的要求，包括名著，他承认当时排斥其他的写作风格。他的女朋友则对本国作家不感兴趣，我没有提到我正在做的事情，不过我猜测就算他们知道了，也不会有过多的好奇。

我有种奇怪的感觉，作家在我们之中，是一个词典里的名词，不与任何人发生联系，并足以构成一个稳当的话题。小高又说，他在文学期刊上看过她的一篇不出名的小说，没有收录在任何书里，只有四千多字，情节也鲜有人提及，但他认为那意味着她的风格分水岭，相对而言，他更喜欢她之前的作品。

他的女朋友举了一些例子，说明有的作家为了迎合市场，会突然改变风格，有的并不是改变，而是依照可以成名的惯性一直写下去。小高没有把作家归入其中哪种类型，也没有反驳女友的看法，而是像要说出谎言一般微笑着。我想如果他看到她的新小说的话，可能会认为它不够精练，不够有的放矢，从那些断章来看，作家写的是一个地方史的故事，暂时还看不出写作的规律和计划性。如果再按照元素分配的话，小高想要知道民主的信念、现代规则，以及她所理解的自由是什么，女友则希望看到凶杀、美术、情史、人的突发状况。

争论到最后，小高认为意见就是这么一种东西：大家都有一套自己的道理，但听话者拒不接受，双方永远处于分歧之中。日光倾斜，三个人在水泥地上投下了身影，我坐在高一点的台阶，只现出半截多边形的影子。小高和他女朋友是更分明的两个人，让人猜想他们之所以可以相恋，是因为他们都非常坦诚，省略了不少试探的流程。

小高正和她讨论起一家新开的餐厅，越南菜，一般经验是贵且不好吃，小高说，有你喜欢的 Hello Kitty 主题装潢哦。但我总感觉他时不时会冒出一种旁观者的语气。女友忽然往外侧了一下身，似也识破了这种故作的热情。

争论就此轻易地结束了，我们达成一致的看法，今天应该没有人光顾书店了。下午四点的阳光也开始泄露出来，这是下班的气味，女友还没决定去不去那家餐厅，小高把烟掐灭在台阶，我跟着起身进去。小高打开电脑，校对起库存单，我按照指示，把刚补仓的书摆到书架上，其实我想象出来的一个情况是，女友过几天会辞职，出于人手原因，其他人的请假都会被拒绝。

我往门外看去，女友已经不在台阶那里了，她像猫一样跑掉了，还是溜进来后躲在哪个角落，只是我没留意到而已。

有个男人进了书店，戴着鸭舌帽，不是一张熟悉的面孔，他在古籍书书架前站了一会，开始四处环顾，像是考察我们陈列的合理性。我准备下班了，小高问我这一批里头有没有感兴趣的，可以送我一本，我说没有。男人停在我刚刚整理完的书架前，翻看着一本据说会畅销的新书，"如果他拿这本过来付账，"小高说，"我就给你多放两天的假。"

男人像是意识到什么，姿态开始扭捏起来，他重新挑了一本，把手里的一本放回去，仿佛手里只拿得住三本书。小高说："你刚刚是不是又想问那个问题，该怎么对付进来的陌生人？"

这次男人察觉到店里的安静，愈发不自在起来，他站在原地，问我们词典类的在哪一边，然后顺着小高所指的最隐蔽的那一排书柜走去。小高说店里没有养过猫，唯有一次，是一只花色流浪猫，喂了几天后就跑掉了，之后再也没有见到。男人果然拿了三本书过来，小高给他打了八折，顺便成功地推销了一张书店会员卡，右手拇指熟练地给卡片打孔，撕下票联递给顾客，像是在演示说，就该这样对付。

男人走了之后，小高打开旁边的抽屉，拿出一本旧杂志，翻出那篇四千多字的小说，"很多人都说看不懂欸。"他表现得有点在意，仿佛期待我能给出阅读意见。

我坐在旁边的板凳上读完了小说，没什么难懂的情节，可能令人费解的，是那个目的不太明确的双线结构，还有，她喜欢在一些比喻性的描写后面，插叙进一段毫不相关的情节，比喻插叙进另外一段回忆，就会显得很怪异。

小高不同意我的看法，他认为是作家遗漏了出场的人物，到了必须要出现的时候，就用一个数字或者字母代替。"她忘记了他们的名字，这才是造成混乱的根源。"我们又随口聊了作家的生活八卦：双子座，酗酒，很年轻时就有过三次婚姻，晚年才声名鹊起。

其实我不算是作家的追随者，小高的热情让我感到意外，他打开杂志的扉页，上面有作家给小高的签名，"她也记不住我是谁吧，但是看得出她很认真。"

他点的外卖还没有到，我们肆无忌惮地抽起了烟，烟灰磕在包书的纸板上，天全黑了，外头的灯还没亮，书店又安静下来，我们稍停片刻没有说话，好像跟那个故事一同被锁进抽屉里。

我讲了前几天做了一场梦："发洪水，书漂得到处都是，我一边收拾，心想自己要被老板开除了。"小高走到刚才男人停留的书架前，重新归置书的顺序。"我要是老板，我倒觉得无所谓，反正现在的人也不看书了。"小高抖着手腕把烟灰圈集起来。我知道抽屉里还放着一叠备考资料，他说过自己要考公务员，态度说不上是率真还是淡漠。

我们隔着书架说话，他的音量像蜡烛一样飘忽不定，我们又聊了十几分钟，不记得是否还聊到了性。我把烟抽完，起身告别。"记得给我寄明信片哦。"小高以为我是去旅游，他把手里的清单揉成一团，投进我身边的垃圾筐。

回到家后，我重新翻起了手稿，确认几个抄写的地方无误。前几天作家跟我说，这次不用寄给她了，而是约我带上手稿，明天中午去咖啡馆见面。

第二天，我先到了咖啡馆，在门口阳伞下找了张桌子。这是一家老式的连锁咖啡馆，装修风格陈旧，人流不少，每个窗户上都挂着铃铛，菜单上还有各种中式餐饭。我读着随身带的一本历史随笔，被阳光烤得昏昏欲睡。二十分钟之后，我看见作家在马路对面，一路要小跑的样子，带着抱歉的表情。

我们没有吃饭，我点了拿铁和三明治，她要了一杯黑咖啡，跟上次见面相比，作家看上去瘦了许多，头发还是醒目的银色，微卷，浓密得像假发。

"我刚做了一个手术，结石，在医院里躺了两个星期。"

我把手稿交给她，她表示感谢，把稿子装进空间不太宽裕的手提包里。我们又闲聊了几句。

"你做得很不错。"她用了激赏小孩的语气，笑着抱怨咖啡比想象的苦。我发现她的动作简洁，刻不容缓，也不惹人注目。她又从包里拿出护手霜，右手可能是因为握笔习惯，小指往下延顺的地方有点脱皮。她的护手霜是柚子味的。

双方沉默了一会，好像必须有这么一个空白的时刻，缓解此前的沟通，我不知道要说什么，不是窘迫，反倒是我们各自都羞怯了起来。她也没有立刻说出见面理由，好像是比疾病更难说出口的事。

"其实是这样的，"她慢吞吞地说，低下头，躲避阳伞上的光影落在她的肩膀附近，"我有东西丢了。"

"什么东西？"

"手稿。"

我有点吃惊，不知道怎么追问，也还没到说安慰话的时候。她皱着眉头把咖啡喝完，"收回来的数量跟寄出去的不一样。"

我大概猜测出见面的原因了，她考虑到了安全的问题。

"你应该也能感觉到，还有别人在做这件事，"她跟我对视一下，感到抱歉的人是她，强烈的室外光让她一直半眯着眼睛，"所以给你的稿子都不是完整的，给其他人的也是。"

按照作家的说法，这件事一直是她的助理负责，每次把写好的稿子分成几份，再寄给每个抄写员，"因为没有编号的习惯，收回来后确定数量就行。最近一次就出麻烦了，他没有点数。返还到我手里，我才发现数量不对，相应的文档也没有收到。他也是随我的性子，每个人想分多少稿子就分多少，但该给多少酬劳，他清楚得很。"

"快递存单呢？"

"对比过，还是没找出来。"

我问她还有多少个抄写员，她没有回答，拿出一张 A4 纸，问我有没有带圆珠笔，然后拿笔在纸上画着。她说助理也旁敲侧击地打听过，没得到任何线索。"每个人看起来都像按时交了稿子。"她依然在纸上画着什么，这次没有看我。

"报警吧？"我提出建议，虽然她可能已经这么做了。作家放下笔，一方面可能是懊悔自己的随意，另一方面在转移注意力。"这件事对我来说非常重要，"她又强调了一遍，"很重要。"

她没有报警，有朋友告诉她这种报案很难受理。"可能我自己都跟他们解释不清。"其中也有她觉得难为情的原因。我问她有没有怀疑过助理，她很快就否认了，列举出他没有必要这样做的理由。

阳光越来越大，温度上升，店员出来给旁边的花坛浇水，有小孩在掐米兰叶子。她把目光收了回来，估算遗失的稿子，大概占了所完成字数的四分之一。

作家摘下了眼镜，微微喘气，眼睛里的忧虑一闪而过，这时候才显露出她的衰老，跟一般的退休老人的衰老无异。这个窃取没有任何技术成分，甚至有点古怪可笑，并且还不能断定窃取已经发生。她的忧虑也没有过度，也可能是掩饰得体，要做出与事件对等的表态。

"遗失的是上一份稿子，为了保险起见，这回新的稿子只交给了你一个人。"我突然感到责任带来的压力，她补充说明，送过来之前，已经先影印了一份留底。

我还不太能领会她跟我说这些的意图，假设我也在被怀疑的名单里，也是非常顺理成章的事。"所以，"她戴上眼镜，目不转睛地盯着我，"想请你帮个忙。"

"什么？"

"帮我找回那些稿子，准确地说，是帮我去找那几个人。"

我的第一反应是拒绝，因为这听上去像一道命令。"我会给你额外的工资，这个你放心。"

"你就帮帮我嘛。"她像是撒娇又像哀求。

至于我可以做什么，她也说不清楚。"我想起你做过记者，这方面的训练可能会派上用场，你就当作是去做新闻调查好了。"

她接着在纸上画着："我们暂且叫那个人为 G。"

"那 G 这么做的动机是什么，或者说，不是一个人干的？"我发出疑问，一边提醒她，或许没有她想象的那么简单，历史上有一些文学家也发生过手稿遗失的事故，但我们都清楚，类比是毫无意义的。

"不知道，同行之间的剽窃恶作剧，或者是为了利益，找到时机再敲诈我。"作家沉浸在自己的构想里头，但她好像并没有在认真地写着什么，纸上的记录，就像孩子画出的拙朴线条。她放下笔，长吁一口气，"不过你说得也有道理。"

"你为什么不怀疑我呢？"

"我的直觉还是挺准的。"

我又问她，最怀疑的是谁，她摇摇头，把笔还给我，她确定了嫌疑人G的目标，却不提供任何线索，如同她给我看的那些章节混乱、掐头去尾的小说。我找不到借口推辞，我承认自己已经被她培养出了好奇心，接纳了她的计划。她也没有丝毫顾虑，作家的威严又回来了，是作家和抄写员之间的权力关系。

"没有搭档？"我一时无法将这几件事联系起来，它们只是在脑海里漂浮的拼图碎片，里头有作家的焦虑、信任和成就，也许我也倨傲地想成为碎片的一部分。

"你可以自己找一个，不会让你去做什么危险的事的。"咖啡馆里有个小孩用手掌贴着玻璃，她对小孩笑了笑。"有什么问题随时联系我，你想什么时候结束都可以，但是抱歉啊，我现在无法给你提供合同。"

这当然不是什么非法交易，我怀疑的是，那斟字酌句的背后，是类似于粗暴且梦幻的意志。她又开始变得看起来一点都不在乎，不在乎被人听到，不在乎结局，而她自己却有意要忽略掉这个过程。"这段时间就不给你发稿子了，希望你也会有所收获。"她身体向前倾，跟我握了握手。

她走向花坛，摘了一片米兰叶子回来。有几分钟我们陷入了沉默，她说她经常这样，忍不住去想小说下一步的情节。按照她给我的那些故事的惯性，我可以猜出几种不同的结局，但我没告诉作家，即使是用半开玩笑的语气。

"你还在照顾鹦鹉吗？"她突然问我，像在询问两个我们共同的朋友。

"它们很好，偶尔发发脾气。"我不记得跟她提过这件事。

我借机提到那本《赌博和甜食》。"你怎么知道这本？"她有点诧异，解释是出版商出了点问题，这本书就没有在国内出版。

为什么出版不了，那本书是什么内容，她没有过多透露，"以后再说吧。"

"为什么要找我帮你打稿子呢？"

"也以后再说吧。"

我们在咖啡馆告别，我搭公车回家，拿着那张刚才她乱涂的纸，上面写着几个抄写员的联系方式和邮寄稿子的地址，除此之外她什么都没留给我。想到这里，兴奋感就慢慢消失了，意识到自己即将去做一个不合格的侦探，去寻找几个嫌疑犯。

也许作家没有把他们放在这么严重的位置，仿佛把任务交托出去后就此脱身，但对于执行者来说，线索依然是一片茫然。后座的小孩突然放声大哭起来，过了一会，又指着窗外问大人"这是什么，那是什么？"顺便探过头来看我手里的纸，"这个字我认得，那个我也认得。"他得意扬扬地说。

一周之后我去书店，收走留在店里的东西，小高正帮我把剩余的工作收尾，他理了个平头，看着像棒球手。店里依然人气萧索，维持着一种开张之前的慌忙，灰尘落在书套上，桌子堆满了单子和其他杂物，桌角有一块没拆封的蓝莓蛋糕。

我发现有几个书柜调换了位置，从原先并排的姿势撤离了出去，组成一个开放的"井"字，朝里的一面全部空着。小高说，老板打算进一些艺术书填上去，虽然他自己不承认这是一个俗气无比的装置。"下次你来的时候，也许就变成别的东西了。"

小高戴着的是我的袖套，我示意他不用还了。还有一件要紧的事，我打电话跟那个朋友说，不能照顾你的鹦鹉了，还问鹦鹉饲养日记需不需要交给她，对方的语气闷闷不乐，显得我是个不尽职的保姆。相比之下，小高总是一副随遇而安的样子，书店也能放心地交给他一个人，一个棒球手守卫。他往门外抬一箱清理用具，让我过去搭把手。

"你女朋友呢？"

"分手啦。"

其实我想问的是，猫还有没有来过，这是照顾动物一段时间后产生的直觉。"还不如现在这样子，"小高把工具放好，钻进那个"书架井"，"这几天我喜欢这么玩，在这里监视着进门的人。有的会问一声，我就回应，他们会到处找我在哪里。"

他羡慕我把旅行变成一个长期计划，说自己也打算赚到了钱就出国，去北欧和拉丁美洲，语气非常诚恳，似乎更有决心的人是他。我的预感却是，我不会再来这里了，在制造仓皇逃走的现场之后，我会对它视而不见，任凭它沉没在哪个角落里。

小高的想法和我相反，当人长期待在枯燥的环境，就会变得擅长忍受，独自做游戏，但我没解释为什么想要离开，就像他好几次趴在桌上睡午觉，不知什么时候醒过来。我翻着那本他找来的旅游书，信息和插图都很老旧，排版迎合着观光客，唯有一张叫鹦鹉洲的小岛彩画吸引了我的注意。书上介绍，那个岛有着全世界最丰富的鹦鹉品种，但每隔一天就有一只鹦鹉，因无法适应全球骤变的洋流和季风等原因死去。

我开始理解在朋友眼中，我在某一些时刻犹豫的表现，这时候我才想起鹦鹉们温柔的眼睛、害羞的小爪子，以及喜欢琢磨自己的羽毛，它们都没有自己的名字。不知道是朋友疏忽，还是一直在等着我来做这件事，我也不清楚从什么时候开始，告别和来不及会绑定在一起。我把书放回书架，没有看到小高，可能他已经绕到后头，趁机躲了起来。

他把井字书柜上的书一格格地挪下来，放在地上，像不忿地对付着一头怪物。没有了书本遮挡，这个装置露出了骨肉，内外通达，我甚至想说还有点好看。

书一本本掉在地上，我跨过书堆钻了进去，顶部是一个天窗，锡皮般的光线泄露下来。我们没有接过吻，现在也只是嘴唇碰在一起，像那两只鹦鹉经常干的那样。他的手搭在我的肩膀上，光照得头顶有点发热，我闻到了纸屑干燥的气味。

"没人反对的话，慢慢就会成为合理的存在吧。"

我没有回答，他站在原地，抱着手看着书架，跟我说如果在旅途中有发现品相不错的签名书，帮他带一本。他还提醒我，现在有人在二手书网上，模仿作家的笔迹卖假签名书，"就像这样，我也学会了。"我把笔递给他，才发现笔芯里的墨水上次被作家用完了，他又拿了一支铅笔，在纸上画出一个流畅的伪签名。

我们坐在桌边，一起吃掉那块蓝莓蛋糕。"从这个角度看过去，它就像猎人的掩体。"

"那敌人来这里还有什么意义呢？"小高抬起头问我。

·

第二章　陈行扬

作家给我的那几个电话号码，号码归属地显示都是潮汕地区的。我不明白她故意挑选几个不同城市的人，是凑巧还是故意为之，她也没明确说非找到所有人不可。

我拨通了一个叫陈行扬的抄写员的电话，这次我没有确认对方身份，而是直接告诉对方，是作家给了我这个联系方式。电话那头传来一个欲言又止的女声，听得出来她有点吃惊，她刚想多说几句，就被电话那边的人叫住了，匆匆地报了一个地址给我，"你来这里找我……"

她提供的地址不是作家写在纸条上的那个，我在地图上找，发现那是一个毗邻着跨河大桥的地方。当我到了现场，到了桥的另一端，我看到了一座民居和商用混合的旧楼房，路况复杂，一楼有工人走来走去，把货物放到秤上，门口堆放着纸箱、绳子和快递胶带，我询问一个正在打包的工人，他不认识陈行扬，另一个工人指着里面，示意我可以去问问。

我从侧门进去，上了二楼，二楼和楼梯隔着一个铁门，铁门之内是一个公司的前台，前台的女生正在接电话，核对着桌子上的单据，我向女孩打听，她把电话撂在肩膀上，表示这里没有这个人。我没有离开，她继续打电话，紧盯着我，见缝插针地向我确认要找谁，接着抱歉地摇了摇头。

我下了楼，站在巷子和大厦之间的空地给她打电话，第一次占线，第二次无人接听，第三次终于打通。"你等我一会。"

我走到巷子外面等她，几分钟后，一个女生从那栋楼出来了，她应该也认出我了，边走边摸摸额头，不知道是巷子狭窄，还是为了快速避开地面上的积水，脚步摇摇晃晃的。

她说她就是陈行扬，我说刚才那个女生说不认识你。"可能前台是新来的，跟我不熟吧。"她解释道，这时一辆货车停靠过来，对我们按了个喇叭，她又说了一句什么，我没有听清。

"我应该给你先打个电话的。"事实上是我不想先行告知，还打算也这么去找其他人。我想起还没介绍自己："我也帮作家打字，之前做过记者。"随即我又后悔了，记者这个身份会不会给人防备？但防备可能只是我自己想象出来的。

她的个子比想象的要高，头发很短，像只小刺猬，她的声音听上去清脆明亮，跟讲电话时不太相似，配合着她的脸，显得不太真实。

"你打电话来，我还以为是快递。"她看了一眼手机，好像要做出一个暂时的决定。虽然在互相曝光这件事上，我们是平等的，我的脑海中却有一套自以为是的、严密的构思：第一个抄写员已经出现了，任务即将开始，我可以把她归类为嫌疑人。另一方面，她过于突然和轻易的出现，让故事的侦探色彩减弱了几分，对此她毫不知情。

"她遇到了一点麻烦，不想让太多人知道。"

"什么麻烦？"她的语调依然轻快，眼睛亮了一下，我们背对着来路站着，巷口过于狭小，仿佛她随时都会退回去，消失不见，两栋楼之间的空隙很窄，反倒互相形成了阴影，像一个巨大的拱廊，稍微往外偏移一点，就能横亘在我们之间。

也许是我还没反应过来：我们身上似乎没有相似之处。我发现她的脸颊上有雀斑，一旦引起了陌生人的关注，她就会皱皱鼻子掩盖过去。

货车还在靠近，一个工人过去打开后车门，从车厢后伸下一道铁架，我们转移到旁边店门口的台阶，寒暄了几句之后，很快就站在台阶上面面相觑。对话还没真正开始，她也意识到我们陷入了一种奇怪的气氛之中。我在手机网络上找到作家的照片，递给了陈行扬，那不是一张近照，作家坐在一张黄色靠椅上，目光平静，好像她本身就是一个证物。

我跟陈行扬说，等她下班之后我再来找她，打这个手机号码。她没有反对，这时候手机又响了，也许那个没有来的快递才是她真正的目标。她往回走的时候，踢了踢刚刚从货车上卸下来的、散落在门口的箱子，帮他们搬了进去。

我在附近找到一个咖啡店，拿出黑色笔记本，内页全是以前的采访笔记，封面皮套夹着作家给的纸条。笔记里画满了符号、脚注，箭头衔接和改变着顺序，在回顾里都意义不明，好像一张临时的寻宝地图、一堆正被打乱的经验。一方面是因为我对如何成为合格的侦探一无所知，如果这是一个素描本的话，或许可以画下陈行扬走路的步伐，她两三下子把箱子抬起来，轻轻地投掷过去。我的目标也非常明确，但微妙感无处不存在于这种委托关系中，如同那张照片——仿佛此刻她正坐在哪个角落里，监督着我。

我发短信告诉她我的位置，我也不知道自己会待多久，一边做好她不会来的准备。五点半的时候，外面开始下起了雨，陈行扬也出现了，她穿了一件绿色雨衣，忘记提前脱下来，雨水沿着裤管滴到地板上，加上她的身高，显得过分瞩目。她已经看见我了，又折返回门口，像只笨拙的企鹅，有点让人发笑。

"这几天都要加班，我赶紧溜出来的。"她吐了吐舌头，坐到了我的对面，"你也没有说是什么事，但我觉得应该是挺重要的。"

"作家的稿子不见了。"我脱口而出，甚至不确定她听明白了没有。她有点吃惊，话还没说完就停顿了下来。"有一部分稿子没有寄回去。"我接着说。

"数量多吗？""不太清楚，作家没说。""你帮她找到了吗？""没有。"她又重复追问了几句。

与此同时，我怀疑自己的故作谨慎，是不是反倒让她怀疑我的身份，但因为抄写这件事本身的封闭性，让这个表述出来的失窃也变得可信。我编造出了一个协助的愿望：大家一起帮助作家，看看每一个参与者有什么有效的线索。为了显得逼真，我还把作家病后的虚弱，怎么诚恳又费力地委托我的情景描述了一遍。

"你找到别人了吗，其他人怎么说的呢？"

"你是第一个。"

陈行扬点的是一杯牛奶，奶泡上铺着果浆，看上去就像冒牌鸡尾酒。她的球鞋也弄湿了，似乎是这种不舒服使得她莫名地紧张起来，她不时用食指抠着桌角，如果我的暗示有效，她会以为作家最先要找的是她。我猜已经到了她吃晚饭的钟点，她虽然紧张，但仍缓缓地解决着那些麻烦的奶泡。

我才意识到自己一直在观察着，把她侧写进那个笔记本，尽管它已经被收进包里。再夸张一点的话，假装专注地盯着她的眼睛，可以看到瞳孔是深茶色的，不太对称的单眼皮褶痕，雀斑悄悄蔓延，就像一群羚羊偷渡。

"你见到我之前，觉得我是什么样的？"她突然问。

"我以为你是男生。"我随口编了一句，她不太自然地笑了笑。

"上一次完成的稿子，是半个月前，"往常她都是让快递员放在代收点，下班后再去取稿子，不敢确定会不会是在那里丢失的，"作家每次都不会提前告诉我。"她补充道。

我跟她说，我也从来没提前接到过通知，其他相似的地方还有：牛皮纸袋子、活页装订、蓝色修改笔迹。

"我们公司也有很多那种纸袋子，有一次差点被我弄丢了，跟其他文件一起寄出去。"

我有点难以理解，或者说暗中把她对待稿子轻率的态度与自己对比，"你帮她抄写过多少？"

"没有算过，她没有再寄稿子过来，我想应该就是快写完了吧。"

"据我所知应该还没有写到结尾。"

"其实我想提醒她不要那样子装，一不注意纸张就容易卷起来，还容易撕烂。"她这么说着，好像这个做法让她感到恼火。由此我猜测她后来没跟作家联系过，因此得一次次小心地打开袋子，避免用力过猛。我倒没发现这个问题，也没撕破过一张稿子，这是不是也说明，作家给我们的稿纸，或者其他细节是不一样的？但我联想到眼前这个抄写员会把袋子随手一扔，丢到文件堆里。

"如果找不到呢？"

"作家觉得稿子是被偷走的。"我不是故意那么快挑明意图，而是因为，交流中出现了某种无法忍耐的东西，类似于情绪，横亘在我们之间但飘忽不定。我被一种强烈的感觉攥着，感觉那个东西正在注视着你，但你找不到它的踪迹。

"我以为她只找了我呢。"我没透露还有几个抄写员，仿佛我的出现就足以让她腾出注意力来消化这件事。与此同时，我发现她和作家的一个共同点，就是当情绪不对的时候，眼睛会向目标的外延看一下，一般被当作是表达不屑或者质疑，但其实是味觉上的不对劲，仿佛是刚才那个东西落到了她的杯子里。

她问我的职业，我告诉她之前当过记者，她没有什么特别的回应。隔壁桌是一对学生情侣，女生声音高昂地说了一句："你看过哪个电视剧，女主角永远不被男主角爱上？"显示出一股较劲的认真和愉快。

"你看过吗？"陈行扬问我，"你喜欢看韩剧吗？她说的应该就是我最近追的那部。"

我说我不怎么看电视剧，很快意识到这可能也是较劲。我的谎话，包括职业性敏锐都只是应激，不产生成果。"如果是这种设定的话，戏里应该没有所谓的男主角。"

"那她现在在哪里呢？"

她说的是作家。我环顾咖啡馆周围，没发现什么奇怪的人，一个店员在水槽边洗杯子，那件绿色雨衣就挂在外面的架子上，整个场景如同一张塔罗牌。我不知道它们之间有什么关联，失踪的稿子、下雨天、吸引住陈行扬的韩剧，在我脑海中时而组合在一起，时而是奇怪的排列，把它们变成一个个句子，或许对我而言更容易理解，因为她总有一些漫不经心的动作——从桌上的罐子里掏出一副扑克，反面铺开，她抽出一张红心"A"、一张"皇后"、一张黑桃"6"，然后重新洗牌。另一个店员看过来，对这种玩法表示好奇，其实她只是随意地玩着，缓解无话可说的沉默。

我问起她在那边的工作，"刚起步的电子商务公司，公司不大，在里面帮忙制作网页、联络，可以说就是客服吧，人手不够时也会帮忙送货。"我猜测送货的时间比较多一点，也可能是更加琐碎，让她的肢体动作显得干脆利落。她洗牌的速度很快，把所有的"国王"都抽了出来，手指在牌面上拨来拨去。

"她要我们怎么帮她？"陈行扬有点故作神秘地说。

她知道她被怀疑了，所有人都是被怀疑的，只不过我的位置更有优势。她看似友好的诘问，增加了我对困难的想象——手稿被遗弃在山洞，在焚尸炉里，被涂改得面目全非，被锁进保险柜，并且这些都正在发生。

她开始表现得一点都不在乎，抽错了一张，就重新洗牌，还是没能抽到想要的牌，她让我随便说数字，我说我要方块

"7"，她笑嘻嘻地抽了出来，她的手臂肌肉很漂亮。

我脑海中的拟定被打乱了，虽然原本就没具体的行动计划，也没有假设过最佳嫌疑人。但最直接的原因，只有我自己知道，就在我视线的斜对角，一直有一个苍老的、麻木的影子，她正坐在一张圆形大桌子后面，被一本书遮挡着，墙纸的阴影投在她的脸上。

"你喜欢她的小说吗？就你负责的那一些。"我问陈行扬。

"我不爱看书，有的故事我看得不是很懂，不知道她要写的是什么故事，你是她的粉丝吗？"

我再次望向角落，又不过是一个矮小的、若隐若现的影子。她擅自为我的动机，找了一个算是宽容的借口。"不过那次，有一页稿纸的角落，有一块糖渍，我猜是沙琪玛。"陈行扬觉得这个发现很有趣，"你有边吃东西边写字的习惯吗？"她摆摆肩膀，顺着我的视角转头看过去，那里又什么都没有了。

"你在看什么？"

"那个人好像是我高中同学。"她迅速转过脸，依然是说悄悄话的语调。她已经发现他们不是学生，那个男人的年龄比女孩大许多。

不抱期待。我看到角落里的影子做出这样的神情。

"她是怎么找到你的？"我也跟着压低声音。

男人没有认出陈行扬，或者说，她觉得被认出来也无所谓。陈行扬断定男人不敢打招呼，于是比之前还要放松，恢复了正常的音量，甚至故意大声：说起来很奇怪的，其实是在医院。"

她讲的经过大致是这样的：她去给住院的外公送饭，隔壁床住着另外一个老人，很安静，不怎么聊天，也没看见什么人来探望。那时她还不知道老人就是作家。"其实我对她没有什么印象，只有那次，我帮她捡起掉在地上的橘子，她连忙道谢，看上去很虚弱。"

　　影子转变成冷淡、客气的微笑。

　　"外公提前一天出院，我去收拾他的东西，发现隔壁床也空了。作家突然出现在门口，问我要不要一起吃饭。"

　　陈行扬没有说，作家是怎么说服了她，还是她本来就欣然接受了这个任务。我也无法得知她们之间发生了什么，甚至作家是否也找过陈行扬，让她做我现在正在做的"调查"？我不愿意把关系想象得过于复杂，如果这是真的，这些场景早就在她心里预演了一遍，如果是她偷走了稿子，那她不会再接受任何新的委托。另一方面，她似乎在暗示，过多的推想没用，事情甚至又回到了原点。"她看上去精神很好，走之前她送给我一本书，就没有再出现过。"

　　她又反问我当抄写员的过程，相比之下，我的部分有过多顺理成章的地方，不管是对作家本人还是作品，陈行扬也没有表现出多大兴趣。我发现她的手指很短，指甲剪得光秃秃的。

　　她出去接了个电话，我重新打开笔记本，把作家的纸条拿出来，纸条已经变得皱巴巴的了，我把上面的内容誊抄在本子上，顺手在陈行扬的名字上画了个羊角。我知道是盯着她的指甲导致的，那些指甲短得异常，可能是为了搬货所需，但更像是啃出来的。我应该把这种观察标注成"无关紧要的细节"，就像她发现作家的糖渍一样。

"你养猫吗？"她回来之后我问。

"什么？"

一个侦探应该是怎样的？可能不应该太直接，"你养过宠物吗，比如鹦鹉之类的？"

"草鱼算吗？"她认真地发出疑问，"小时候我爸去水库钓鱼，有一次养了一条在阳台的水缸里，几天之后就吃掉了。"

她打开手机相册，递给我看："这就是我外公出院之后。"相片里的老人面庞清癯，一只眼睛微微斜视，戴着一条围巾，是一张冬天拍的照片。我以此推测，作家找到陈行扬的时间跟我差不多，也就是说作家那时就生病了，之后的六个多月里还在坚持写作，我迅速地扫向角落一眼，影子已经不见了。

"有没有可能是她之前就写好的？"陈行扬也发出疑问。

我们都没有其他问题了，就像我以前采访时经常陷入的困境一般，但这次我没有尴尬，反倒感到非常轻松，说不定走神的瞬间对我们更有利。但我把始末说清楚，向她解释作家是一边写一边寄给我们的，"如果是全部写好的话，作家就不会找我们了，"她也不太了解修改对于写作的意义，"作家自己也在考虑。"

本来我想让陈行扬把她的稿子发给我，但转念一想，也许作家原意就是分散风险，每个抄写员只能知道有限的内容。虽然作家没规定我用什么手段把稿子找回来，但我还想恪守着她的规则，如同这是在写一部小说的话，我也只能拥有像小说里一样单一的人物视角：我只知道这些，不能知道另一些。另外一个不解是，陈行扬身上什么东西吸引了她，是她说话的样子、短短的指甲，还是某种故意为之、心不在焉的魅力？

我又假装四下扫视，发现这里跟上次我和作家去的地方差不多，这就不难解释她怎么快速找到合适的位置，躲在角落窥探我们。她把哀求转移到我身上，希望我这么做，让我直视陈行扬的目光，然后说："我先去问问其他人，有什么发现再来找你。"

我直接回了家，坐在饭桌前打开笔记本，注意力回到第二个叫"林"的抄写员身上：作家只给了一个姓氏，还是这个人本来就没有名字？我转移了注意力，急切想知道没有名字的人长什么样子。我想起刚刚我们在咖啡馆门口分别，雨已经停了，空气散发着湿热的气味，提前预告夏天的来临，她拎着的那件绿雨衣特别显眼，陈行扬突然说了一句："我觉得他们会比我难搞。"

我没有深究她想表达的意思，不知道她是不是看穿了我，我害怕的是重复，如果没保证得到线索的决心，每一次的见面会不会这么重复下去？那个叫"林"的人，会不会主动敲我的门，然后威胁着要把我的稿子拿走？

很快我就知道这不可能，我要找他的话，要先去汕头市金平区，在老小区的房子里，大门是铁的，门口没有鞋架，鞋子堆在墙角，客厅光线不是很亮，以至于我不能一下就看清对方的脸。这时我的脑海里出现了重复的脸，像做梦一样，但不是哪张具体的面容，这是否也是让作家产生困惑的原因，对抄写者的感知混乱，才导致一连串事故发生，或者我来调查这件事，也是她的随机选择？而如果我下定决心去找林，这些困难就会随之消失？

"那她现在在哪里？"我想起陈行扬提的这个问题，并预感她会像监工一样跟踪我。我打了她的电话，没想到她立刻就接听了，语气依然温柔，我描述了和陈行扬见面的情况。

"很好啊，辛苦你了。"话筒里不时发着嗡嗡的噪音。

"可能是我还没掌握方法。"

"还需要我提供什么信息吗？"

"你在哪里呢？"我明显感觉自己不敢问下去，还没等到回答，就打算逃之夭夭。

"我去内蒙古了呢。"

其实我真正想问的不完全是这个，不是想要求帮助，是那个困惑和混乱的根源：南京人，常年旅居泰国，为什么半年前来这里写小说，她到底想写什么。但我说不出口，这当中有置身处地的情境，一种保护者的角色情境，因为最无可争辩的事实，是我在帮助她，我在帮她打字，帮她找东西，甚至帮她做出结束谈话的决定。

那天晚上我做了一个梦，梦里面的号码数字从纸上消失了，变成图形和声音，跟陌生的面孔纠缠在一起。我还梦见书店里的书架变成了不认识的样子，小高拿着交叉的木条，说他打算把那里改装成一个鸟巢。转眼我已经站在那个奇怪的架子中间，他却浑然不知，把剩余的木条一根根钉上。

我发烧了三天，待在家休息，没有联系谁。有一天陈行扬打来电话，她问我有没有找其他人。"还没开始找呢。"

"你需要我的稿子的话，我都发给你。"陈行扬说。

其实我调整了计划，打算再去找林。她不像来打探什么，反倒显得有点不好意思。

"你什么都可以问的，那些东西对我一点用处都没有，"她补充一句，"我连大学都没上过呢。"

"那就今天，地点你定，你不用上班吧？"

她答应了，约我在一个武馆见面。

我忍不住笑了出来，这完全是她主动引导我抛出问题，然后自问自答。我在脑海迅速记下这几个信息：二十四岁以上，本地人，可能跟我同一个高中毕业，没上大学，受过打字培训。这些特征让她从这一刻开始，清晰地和其他人区别开来。

当天下午我到了武馆，陈行扬已经坐在门口的台阶上，眯着眼睛看着我走过去。我跟在她身后进了武馆，先要穿过一个胡同式的通道，只容得两个人并肩通过，后面才是住宅。房子格局很奇怪，像是老屋改造的，又像新加筑了很多空间。左边是一个装着落地玻璃的房间，玻璃上方的招牌贴着"骨伤科"三个字，房间里传来电视的声音。右边有一个类似的房间，只不过往另一个方向错开。中间是一个四方的大堂，但也只是一面墙壁而已，周围是空的，房子大门口没有任何招牌，倒是有一块牌子挂在大堂的方柱上，黄木红漆，写着"陈伟民武术训练基地"。

我们往后面走，武术馆里中心处还有一个大天井，是一个晒场，男孩女孩都站成一排排的，在练习扎马步，一个皮肤黝黑的年轻教练在场中逡巡，手把手矫正他们的姿势。

我问她为什么要来这里，她说，"这是我家啊。"

我知道这个本地有名的武术家族，但没想过和眼前这个女孩子有关系，她好像一只蹑手蹑脚进来的猫，眯着眼睛看着他们。她指着其中一个说，那是她表哥的儿子，还有其他亲戚家里的孩子，教练是她爸爸的徒弟。她突然大叫一声，笑嘻嘻拿起旁边的竹笤，走过去打了一个小男孩的肩膀，男孩脸红了，忿忿不平地白了她一眼。

她把竹笤扔一边，坐在台阶上。

"之前你没有提过……"

"我感觉你不敢问，比如你应该要知道我几岁吧，我二十八了。"

"你怎么不在家里帮忙呢？"

"他们才不要呢，一直催我去相亲。"

"那你还满意现在的工作吗？"

"工作有不烦人的吗？你知道的比我多，你跟我说说。"

我列举了几个供职单位，但没告诉她，最好的工作是现在这个——"侦探"，虽然我还不知道自己在做什么。陈行扬说，她家里的三个孩子都是女孩，她是长女，家里从叔叔家过继过来一个男孩，做她的弟弟。我没有继续细究，知道可能因为武术就算隔代传，也有传男不传女的规矩，她的叔叔应该就是林伟忠，在市区也开了一间家传骨科诊所，我带外婆去过。

她指着晒场上另一个小孩，站在后面，跟她长得一点都不像，个头有点怯，在铺满烈日的晒场上，就像缩在一团浓重的阴影里。

"带你去看一些东西。"

我们绕到更后边的屋子，这个屋子上锁了，她拿钥匙开门，屋里很暗，弥漫着一股烟尘气味。陈行扬打开灯，光线不是很亮，但我看清了房间里的摆设，柜子，一张床，墙上挂着"发扬传统"等字句的镜匾和零碎的武术道具。长条形的桌子上平放着两个青狮头，这是我第一次这样观察舞狮的狮子，它们长着白色眉毛，眼神炯炯，脸颊上有两个旋涡，像威严的神物。

陈行扬沉默地坐在床边，我似乎是在窥探她生活的一部分，她也放任我这么做，准确地说，她在怂恿我。我沿着墙走，看着墙上的一张黑白集体照，照片中间是她外公，也就是武馆创始人陈振高，照片里他还很年轻，穿着白背心坐在长凳上，神情严肃，手搭在膝盖上。

我想起她给我看的照片，两张照片里的老人和年轻人，我总感觉在我心里有一块记忆跟他有关，"你们现在还收徒弟，教授舞狮吗？"

"有啊，过年还经常去表演的。"我见过他们的队伍，但那一块记忆不是这个，它形状不明，像是一座雾气中塌陷的孤岛，矗立在这个房间里。

陈行扬继续坐着，仿佛要把自己变成另一头狮子。她带我来这里，似乎是在说，你看，我把我自己告诉你了，现在轮到你告诉我了。

第三章　林

找林的过程比我想象的顺利很多，电话号码是对的，地址也是对的，本人也没让我出乎意料：一个戴着眼镜的男人，微微驼背，很斯文，对我的来访有点措手不及，他穿得很正式，就像从来没拥有过睡衣这种东西。

看得出他尽量在理清整个事件，或者说在帮我梳理对话内容，等着我给出接头暗号。我们站在门口说了几句话，走廊很暗，通向一个弯曲的半露天楼梯。林邀请我进屋，他的客厅只有十几平方米，没有电视机，和房间挨在一起，光线好像被很多家具挡住了，但家具没有固定的形状，比如桌布上印着苹果，实际桌子上就有一个类似的苹果，沙发磨损得看不出颜色，有一块靠背好像凹陷了，坐上去的时候差点躺倒。我看到一块面积很大的三角形，横靠在墙壁和窗户之间，开始以为是艺术装饰，后来发现是纸板，应该说，是一个摊开的纸箱。

林去厨房煮咖啡，我参观起墙边的书架，架子很高，每个格子都横七竖八塞满了书，没有分类，混乱得超出一个在书店工作过的人的容忍限度，但我被吸引住了，这当中有一种跟主人的气质毫无关联、压迫感极强的趣味，以至于我忽略了已经站在身边的林。他端着杯子，一言不发地等我反应过来。

我们坐回那个沙发，气氛变得有点奇怪，林喝了几口咖啡，依然一言不发，我成为拘谨的客人。

"你的全名是什么？"我问他。

"她叫我什么呢？"

"林。"

他沉思了一会，说，那还是继续叫我林吧。我说，这个称呼太奇怪了，总不能一直叫你林先生。"林朋"，确认我不是在开玩笑之后，他感到不明白，作家为何不告诉我他的全名，就像这个名字有什么禁忌似的。他走向书架，熟练地找出一本叫"名字的禁忌"的书，专注地看了起来，仿佛里面有一句他标注的引言。就当我以为他要念给我听的时候，他翻了几页后，放回原位。出于安慰心理，我告诉他，那个名单里面也有不是真名的，非常明显，但林什么都没听到，他把书重新抽出来，放到另外一个位置上。

我开始转移话题，问林是做什么工作的。林说，现在他在汕头一所大学的古籍研究室工作，以前的工作是在市区的档案馆从事历史资料整理，"做了十二年"，林强调，后来才到了现在这个单位。工作性质没什么变化，好处是上班时间比较灵活。

我大概了解他的气质来源，长年待在故纸堆里，简单的生活，让他容易进入专注的状态，如果光线充足的话，很容易被当作是在发呆。我们聊起了他的职业，林介绍说，他研究的主要方向是岭南人口迁移史，还有一些重要的民居建筑和风俗逸闻，要做的功夫很杂，几乎各种材料都会涉猎到。

"那古时候这里能看到鹦鹉吗？"我随口问了一句。

林显然不明白我在说什么，但专注地看着我，好像我有什么真正的意图。我不知道他能否想象出鹦鹉，或者"鹦鹉"这个词汇有没有浮现在他的脑海里。他问我最近在看什么书，我说都没有看，时间也不知怎么浪费掉的。

"这个问题，可能要看看禽物志……"

他还在想那个问题，并且认真起来，让我感到局促不安。我本来想终结这个玩笑，但他没理会我，开始走向旁边的房间，我只能跟着他过去。

那是一个卧室，基本上也填满了书，墙根、桌子和床头都是，旁边是一箱箱的书，几乎挡住了窗户，空气带着一股纸张发黄的气味，与其形容为房间，说是洞穴也不为过。我们好不容易找到个落脚的地方，林蹲下去，在黑暗中翻找着，沿着一摞摞书从上往下地找。

"朋友说这里就是印刷厂、退货仓库，就不像人住的。"他没有抬头，从抽屉里摸出手电筒，照向床底的边缘——那里还浅浅地码着一排。

我问他书名是什么，我可以帮他找，其实之前在书店学到的技能，在这里完全是失效的，我知道怎么按照编码索引一本书，但不知道如何完全凭力气去找到它。我站在原地，蹲下去的空间都没有了，就像房间里的一座不知如何处置的石膏模型。林聚精会神地搜寻着，他脱掉了一件衣服，搭在肩膀上，一副要把所有书推倒的架势，又想从里面打捞出什么，以至于我开始怀疑，他真的是想找我要的那本书吗，还是这只是他需要的一种表演？当我还没回过神来，站在呛鼻的气味中混混沌沌的时候，林说他找到了。

我们回到客厅，林小心地打开那本竖版旧书，纸张很薄，装订也快散架了。"不是啊。"林喃喃自语，好像自己拿错了书，我看到一页上画着枇杷，旁边还有小字注释，更像是一本植物图鉴。最终我们一无所获，林耿耿于怀的不是我想要的答案，而是那本禽物志，就藏匿在他眼皮底下："不见东西真是麻烦啊。"

我提起上次在文化中心看到的地图。林说，他研究几乎所有版本的本地县志，每张都略有出入，比如还有人考据过海水的花纹，来判断画工所在的朝代，以此来鉴定与地图上标注的是否相符合。这当然不是什么严谨的考证，他的语气里还有懊恼，我才发现他的袜子破了个洞，拇指露出来，跟他的着装很不相称。直觉告诉我，他经常会有这种相悖的情况发生，倒不是出于伪装，纯粹不在乎而已。

林把两个空杯子拎到厨房，我继续观察着房子，以及他在洗杯子的动静，气氛跟一个常年来访的朋友没什么两样。奇怪的是，这次我没有惦记着那个笔记本，不再想着把他一字一句地记录下来。那该启用录音笔吗，像我以前采访那样？于是我问林，我可以录音吗？

"可以啊。"他边洗边说。

我真的带了录音笔，一直都带在包里，我拿了出来，打开，搁在桌子上，但我们都没说话，房子突然变得异常安静，只有水槽里的声音。我分辨不出林还有多少东西需要清理，毕竟眼前就那么杂乱，还是为了逃避和我谈话。他允许我录音，又在故意拖延，把一个个杯子擦干净，放回架上，仿佛那是全屋最整洁的地方。还是他想独自考虑些什么，不想让我看到？

收拾完之后，他回到客厅，我们继续聊天，墙角一叠垒高的报纸引起我的注意，我问了林，他说那是报社邮寄给他的《汕头日报》，每周一期，他在一个固定版块写专栏，已经写了三年，"内容主要是民俗故事、考古研究，有时候写写生活心得"。他说"生活"这两个字，其实更等同于"工作"，对应着他把研究室搬到家里的举动。林没有拿报纸给我，仿佛叠得那么高的一堆是无关紧要的摆设。

我过去抽出最上面的一张，其实没有认真在看，报纸被晒得有点发烫。他有点不好意思，好像什么秘密被发现了，但又不好制止。

"作家看过那一篇……"林转过身。

"什么？"

他让我把报纸递过去，他翻到副刊版，下方就是专栏版块，那篇写的是本地的一座山上的官窑，文笔平淡，没什么特别猎奇的情节。"作家打电话来，说看了我的文章，很喜欢。"林好像对这件事没那么自信，不是为了炫耀，而是为了处理自己的确认，"我很紧张，都不记得我自己说了什么。"

林咽了咽口水，没有继续说下去，一瞬间他重回到那个紧张的状态，好像拿着报纸的不是我，而是作家，她带着那个相同的微笑，询问他文章的细节。他说作家还跟他请教了制作陶瓷的知识，"她不想要看大量的材料，在我看来也没这个必要，我就把我懂的口述给她，每次都说了很久"。

他们打过三次电话，都是讨论一些潮汕工艺和历史遗物，最后一次通话的时候，作家才把抄写书稿的工作交给他。"意思就是，你们没见过面？""是的。"

林看了一眼录音笔，仿佛这时候它才出现，"如果当时有录音就好了。"林说了一句，他记不住他自己说了什么，她又是怎么回应他的，一切都如堕雾里。我能感觉到他不敢提出的疑问，就是，作家是存在的吗？还是，只是一个想要廉价劳动力的出版公司在做这件事？他在向我要一个答案。

我告诉他我见过作家，并且我已经找了第一个抄写员，"她是什么样子的？"林突然好奇起来，好像只有我是不够的，还要有其他的佐证，来证明作家和在他身上发生过的事情的真实性。我大致说了一下陈行扬的情况，林没有什么特别的反应，但一直盯着我的眼睛，仿佛在告诉我，我非常难得，我是见过其他两个人的抄写员。也许他用这种方式，来表示他信任我。

"你和她见面多吗？"

"只见过两次。"

"她是怎样的一个人？"

"不好说，"我不知道怎么描述，或者说我也在逃避回答这个问题，脑海里是作家的微笑，"很温柔，但很厉害。"

林站起身，把报纸放回去，我刚刚注意到报纸的日期，是四个月前的，也就是说，林一直把它放在最顶部。由此推测，他打字的时间没有陈行扬长，但也许比陈行扬熟练，还能给作家提一些专业的建议。

他的对话变得积极起来，问了许多关于作家的问题，有一些我完全没听说过，比如星座，会不会有外国血统，听起来很突发奇想，好像他才是急切想要知道手稿下落的人。在他看来，我是全知的，因为他企图通过我来获知更多的信息，来消弭掉某种界限——我们都说不明白的界限，它的生成是焦虑、激情和竞争。与此同时，我也很好奇，他和作家有过超出四五个小时的通话内容，但他什么都说不出来。

我怀疑他是故意隐瞒的。"星座也是情绪化的代表吧。"我回答他，还有意拿起录音笔，假装看了一眼，暗示他我还有这个，我比他周全许多。

林没有表现出介意，他又恢复了一言不发，好像沉浸在哪本书里的情节，而不是在我旁边，也不在这个房间里面。我走过去，拿起那张报纸翻来翻去，做出要不小心弄坏的姿态，他没有生气，但仍然不在这儿。对面阳台上正在大声打电话的女人，穿着黄色睡裙，对话内容开始变成骂人。我把窗帘拉开，探头往外看，趁机把报纸折叠塞进包里，我也说不清当时自己的动机。林没有发现，后来我觉得，他只是视而不见，让我独自承担是非上的难题。

他送我下楼，又在小区里散了一会步，才发现我们还没开始讨论手稿遗失这件事。但就在刚才，我偷了他的东西，我不知道存不存在神秘的能量守恒，也许在之后的某一天，手稿会自然回到作家手里，我这项莫名其妙的工作也将自动结束。想到这个，我突然感到害怕起来，跟有过的体验都不一样，这种害怕捉摸不定，就像那张报纸，一旦失去了证物的作用，就会跟废纸团没什么两样。

"会不会有人忘记去寄，或者寄漏了，被快递公司弄丢了呢？"林提出质疑。

"那为何连邮件也缺失了呢？快递和邮件都忘记，这个可能性比较小吧？"我反驳道，他自己却非常平静，做出倾听的姿态。我们在一条布满鹅卵石上的小径上走，他无话可说，也不想我那么快离开，只能依靠不断走动，来让空气不那么快凝结下来。

"作家自己也不知道丢了多少吧，"林扶了扶眼镜，倒吸一口气，"这是个更大的麻烦啊。"

"她只是不记得发给谁了。"

"她的助理之前联系过我，但没有说什么，只说了一些表示感谢的话。"林翻着手机，"是半个多月前。"他把助理的号码记下来了。我没说我是直接跟作家联系的，虽然只跟她通过一次话，她可能还在内蒙古，但最真实的情况是，没有人知道她在哪里。

我们快无话可说了，这时候我脑海里重复着这个念头，林倒是一点都不担心这个情况出现，他甚至喜欢在冷场的某个瞬间发明出新话题。就在我觉得他就快要说出"我们来玩成语接龙"这样的话的时候，有个女人过来和他搭话，好像是刚才在阳台吵架的那个人，跟他抱怨物业的不作为，"昨天我带狗下来，他们非得说不让狗上草坪"。林耐心地听着，脸上始终是抱歉又尴尬的颜色。女人穿着拖鞋，一只脚有节奏地踩着花坛边缘，我是不存在的，她一直看着林，好像他的脸上有她想要的答案。

"天气真好啊。"女人噘着嘴巴抬了抬脸，我发现她的侧脸还挺好看的，但是内心却被什么折磨着，这种折磨让她无法安静下来。与之相反的是林，他也有解不开的难题，但一直在忍耐。

女人走之后，我跟他告别，"其实是我找到了她。"他突然说，并坚持送我到等车的路口，不时警惕地回头看，我想问他，是那个女人吗？但随即问了另外的问题。

"你说你找到了作家？"

"不是这个意思，"林摇摇头，"我发新写的文章给她，发了好几篇，也给她寄了报纸，她没有回复，后来她才提了给我寄稿子的事情。"

到家之后，我回听录音，这本来是我最讨厌的工作环节，接近于折磨，我还发现，回来的路上因为忘记关录音笔，一共录了三个多小时。但这次我很耐心地听完了，本来想找找可能遗漏的细节，但只有我们说过的、我记得的那些话。他的声音挺好听的，但面对面说话时并没有觉察到——因为患鼻炎带有的鼻音，说到哪件事时突然高扬又稳定的音调，仔细一听也没什么特别的，如果能哼上几句歌？找不到线索的结论让我开始胡思乱想。

"开玩笑吧。"录音里面他说。我不记得他说过这句，在我说作家叫他林，和另外一个问题之间，不是回答，就是自言自语。

我上网查了他的资料：汕头大学古籍研究室成员，一九七六年生，汕头人，研究专著有七本，获得过国家级奖项。就是这么个在专业领域小有建树的人，却介怀着作家对那个小专栏的评价。我又搜索了那个报纸的电子版，只有最近几期的。跟他和作家交流的那篇类似，都是文笔平淡、略带趣味性的故事连载。我突然能理解作家不回复他的原因，但转念一想：也许他想用这么一种方式吸引作家注意，就像那句突如其来的"开玩笑吧"。

尽管作家什么都不知道，他还坚持这么做，打磨着一个注定会下沉的决心。可能这就是他跟那个女人不一样的地方，但我总觉得他拒绝透露些什么，一些至关重要的东西，让整个侦查过程显得毫无收获。

我直接打电话给他，问他要作家的稿子，那时已经晚上十一点多了，他还没睡觉，听到我的要求之后，好像有点生气，我快要开始相信，那个"开玩笑吧"就是真实的他了。

他沉默了一会，然后问我："你能把录音拷贝一份给我吗？"

"开玩笑呢。"我只是这么想着，没有说出来，他的吞咽声表示他动摇了一下，但并不打算把话收回去，也许他更愿意我将他这个行为理解成考据学者的收藏癖。我答应了，清楚这是作为交换的条件，我们互相交换了邮箱，交换各自想要的东西。就这样，我要到了第一份稿子。

林发给我的文件夹里，一共有十五篇文稿，我先看了所有的开头，没有什么印象，也就是说，林抄写的稿子可能跟我没有重叠的部分。我看了第一篇，命名是"第28章"，后面依次是第38章、第5章、第11章、第45章……编号最后的一章是56，我看了我的稿子，编号最大的是33。

我打开那篇《第56章》，写的似乎是跟前面的情节毫不相关，像是随手记录的灵感笔记，页末后面还有不完整的一大段。后来林跟我讲，他认为她是想写一首诗，但没有成功，我和他意见相左，我认为作家对诗歌完全没兴趣，她只是想借此嘲笑诗歌界的一些现象。我们又回忆各自抄写过的部分，她好像并没有写到诗人。

我看了编号靠后的几章，后面的情节更加毫无联系，故事的写法混乱。我按照顺序，把我的稿子和林的稿子整理到一起，企图在里面找到一些连贯的情节，但收效甚微，除了几个人名，没有找到什么关联的线索。就在那个瞬间，我发现自己把所有的目标都归类为线索，当我开始反思这个归类的时候，我正努力向目标靠近，但目标越来越远，就像林在找那些散落一地的书。

我又想打电话给林，问他会怎么整理那一屋子的书。但真实的心理活动是，我意识到我需要一个伙伴，一边猜想着，作家会不会同意另外的抄写员加入进来。或者说我想考量这种做法，对她来说够不够古怪。我的思路被她小说中那些破碎的描述打乱了，小说里的声音从一章章里钻出来，不知为何，林的声音也在里面，时而自说自话，时而不得要领地解释着某段情节。

她会不会也认为他说话很好听？我恶作剧地把林的录音带调成唐老鸭的声音，让他听起来就像变声的匿名受访者，他又变回了陌生人，变成模糊的代称。我突然发现，我和作家都在这样对他：删减他，只不过方式不同。

我开始顺手删掉一些东西：联系人、过往的采访素材、草稿、一些辨认不出用途的资料，我找到一张不知何时何地，出于什么目的保留着的《汕头日报》，那还是去年四月份的一期，有林写的专栏。他讲了一个夜游神的故事，神仙显形坐在树上，引得大家纷纷围观，但他好像一点都不在意，悠悠地晃着腿，后人又根据他的样子，在桥墩下做了一个塑像。

两天之后，我突然心血来潮，去看林写的那个神像。他写的地方是在老城区的边缘，其实也在居民区的里面，从一条挨着学校的小巷子进去。但我什么都没找到，那里不是桥，只是一片空地，周围还有各种老楼房的掩体，附近也没有庙，有几个穿袈裟的人路过，打听了一下，说是要去做法事。

我给林打了电话，问他这里是不是发生过变迁。

林正在上班，语气有点不知所措。他给出的说法是，不记得具体情况了，当时查了资料后随手写的，他也没有来过这里。

我站在空地上一块高出来的台阶，根据他说的方位，盯着被夷为平地的地面神龛。林渐渐有了底气，开始补充一些细节，他说着当地人为他筑的遮阳挡雨的八字上檐，刻在竹条上的对联，被炮弹击中后却毫发无伤的供品台，他又用那种慢吞吞的叙述，仿佛暗示着只要盯得足够久，神龛就会重新出现，即使只是一个幻影。

我什么都没看到，没有继续追问，只能蹲在台阶上发呆。另一方面又觉得，也许这是他编的一个故事，发表在一个非本地的报刊上，这样就不会被发现。不知林有没有想过，有人会因为一篇文章去到现场，我承认自己被那个"眯眯眼，留胡子，额头上有伤疤"的神仙吸引住了，想亲眼看到他赌气的样子。林还复述了文章里的内容，形容那个石洞曾经塌陷过，因为一个妇人给他带了桃饼供品，想知道战场上丈夫的消息。

"是不好的兆头？"

"可能他觉得，无法完成她的愿望吧。"

我感觉林想转移话题，但我们还在聊着，谈论着这个空气一般的存在，我跟林说，附近也没有他说的榕树，只有一个绿色的高低杠。我在展现自己的固执，面对质疑，林无动于衷，他在努力扭转局面，想让那个高低杠也显得像我捏造出来的。

我明白为什么会喜欢那位神仙了：为了保守一个秘密，连自我的痕迹都可以抹掉。打完这通电话，我们最后也都把愧疚转移给了他。

确定神仙不会再出现之后，林和我的对话失去焦点，直至要挂断电话时互相道别。我有种直觉：我们之间始终隔着某种空荡荡的东西，或者说，它在我们之间，找到了它的位置。

那天回家之后，我就发烧了，寻找 G 的行动为此搁置了好几天。我想起了小时候一次突发的高烧，两个月里一直复发，就像漫长的后遗症，从那以后，我妈教训我以后不要到处乱跑，不要去废墟，我想她一定不会同意我去林写的那个地方。一天晚上，我在虚脱的迷糊中起床，打开电脑，重新看林发给我的文档，不是以前那种为了工作的努力，只是在打发时间。

然后我发现了林抄写的其中一章，有一部分内容也是我抄写过的，只不过换了个章节名字，但我之前一点都没认出来。我慢慢地找到了原因，除了内容，风格也有点不一样，就像我努力辨认出来，确认是我抄写过的情节里，就加了一段很奇怪的东西——

对我来说，世界是不真实的，世界是无法实现的，这是我和这个世界的原始关系。当我发现了这种关系之后，就不再是我的恐惧、理智等等和外界的关系，我和外界已经处在一个平面，并由此感到恶心。

还有其他不一样的地方，分散在各种段落里，打碎成看似全新的情节。我能理解作家的多次修改，但无法理解她修改的内容，也许她自己也不是完全清楚，也许是她写了好几个版本，再从中选出定稿。我把那些不一样的地方标注出来，打算等病好之后和林一起讨论。

发烧比想象中恢复得快，三天之后我开始出门散步，去报亭买杂志的时候，无意间翻到了《汕头日报》，看到林新写的专栏，那是一个整版，这次他写的是沿海湿地鸟类研究，还专门去了南澳岛考察。

我把报纸拍了下来，给林发去信息，打算调侃他一番，十分钟后他打来电话。

"我找到了一种从未见过的鹬鸪。"他郑重其事地表示找到了鸟存在的证据。

他问我事情进展得怎么样了，我没有说生病的事，只是告诉他，有一个电话一直无人接听，但没有告诉他那个建议，况且我还没有确定接下去应该怎么做。我问林，我要动身去找，还是继续等，还是找其他抄写员。

"你觉得谁更重要，那就先找谁。"林含糊其词。

"不过，你是凭直觉在找？"他补充道，好像在挑剔我的问题，"你跟作家确定过所有的信息吗？"

我大概理解他的意思，毕竟我找他之前，连他的全名都不知道，他还介意着这件事："是不是只有我一个人，名字被一个姓氏代替？"

"基本上是。不只是你，也有人不知道名字的。"我向他解释，并想起作家给那个人起的代号：G。

我没问作家为什么起这个名字。林说得很对，我缺乏观察力，不确定细节，这让我再次感到挫败。"她就会乱起名。我记得有一个角色，她叫她桂芳。"这个名字我也有印象，在林看来，"桂芳"和那个人物一点都不搭。

我们继续闲聊，林说他最近都要坐班，有空可以去大学里找他。我有一句没一句地回答着，一直想着他的疑问："她是不是暗示着什么呢？"

"也许在她心目中，我就是个小傻子。"林迫不及待说出自己的想法。

我感觉林在这个事件里逐渐变成主动者，他要为自己制造机会，在我们和作家之间，有什么秘密正在爆破，是虚惊一场也说不定。林跟我透露，他按照投递地址去找过她。"我去过。"林说，不过是一个快递代取点，可能不是她真实的地址。

我没想过在我之前，林就采取过行动，虽然没有收获，但毕竟比我快了一步。我开始不明白，作家为什么不是找他去找手稿，还是在这个寻找 G 的行动里，我才是一无所知的那个？甚至怀疑，G 真的是一个人吗？对此林也没有新的看法，他脑海里的"G"和我的是不一样的，但我不认为这需要达成共识。

在我提出那个建议之前，林突然提起他的邻居，仿佛她才开始干扰到他的生活，"从早上开始发疯，把炒锅扔下楼，到处敲别人的门。"而我回想对她的印象，只是烈日下的一道影子。

"那个女人喜欢你吗？"我问。他不回答，大概认为我想问的是"你喜欢她吗？"我想这就是共识，共识一开始都以误解为基础。

林聊起那个女人，好像她带给了他很大的麻烦，我拿着刚买的杂志往回走，阳光让我感到有点晕眩。

"你改动了她的小说。"我一开口嗓子就被糊住了，要捂住嘴已经来不及了。我听到他心里说：麻烦的女人，但他说的是："这种事不好开玩笑吧，这样你后面的工作怎么开展。"

等我到家，他又打电话过来，问我怎么知道的。

我说了标出不同内容的过程，还发现哪些词汇前后不一，"那不是她会用的词。"我理直气壮地说，但主要都是出自直觉。

"但那是写给我自己看的，写着玩的。"他不打算为自己辩解，但掩饰不住懊丧。

林就这样把稿子发给作家，"对，她什么都没说，"林自顾自分析起来，"每次我只改一点点，一个句子，甚至一个标点符号，后面就越改越多。"

"她没有发现，但是我不知道，比如她按照这个稿子，再传给另外一个人去修改，有没有人发现异常？"

　　这么说来，我就是那个发现异常的人。我第一次产生了成就感，虽然这种成就感建立在某种代价之上。我没有问林这么做的目的，他的异常，其实是从他那篇新专栏里面开始的。"你会把这件事告诉她吗？"林问我，我也没有回答。

　　我把林的文档完整地看了一遍，又发现了另外一句奇怪的话，不知道是模仿还是真迹，也不知道是林写的，还是别人写的——

　　"对于一些人来说，极乐世界的真相，就是另外一个跟这里完全相同的地方，但比这里好。他唯一的痛苦，唯一的不痛苦，都是要分辨自己是真的去到那个空间，还是只是留在原地。"

　　我开始反思自己的做法，想着接下来应该怎么做。我们都是窥视者，信任对方又质疑对方，跟林不一样的是我一直躲到那个安全的、乏味的区域里，不敢挪动半步。

　　也许我需要这个小偷的帮助，我知道这样子形容并不对，我只知道一个小偷，总能敏锐地嗅出另一个小偷的气味。

第四章　海上的岛

我查过一些史料，知道作家们有各种各样处理手稿的办法。塞林格、卡夫卡不想把手稿公之于世，布鲁诺·舒尔茨曾经把长篇藏在监狱的洞里，纳博科夫临终前叮嘱家人烧掉《劳拉的原型》的手稿，弗吉尼亚·伍尔夫写《达洛维夫人》的时候，是用紫色墨水写，有的作家则不会提前把稿子给别人看，认为这样做不太吉利。

林带来了始料不及的混乱：如果他就是 G，那真相未免来得太轻易，这种轻易是作家不允许的，她不会对这个答案满意。出于这种奇怪的逻辑，我又觉得这就是她找我的原因：她料想到了困难，并期望我们能在这个过程达成某种共识。

但既然工作交给了我，我不该受到其他人，包括雇主的想法的影响，以前跟主编意见相左的时候，我一直是消极应付，消极有时就是最有效的做法，直到最后关头，对方会说"好吧""就这样吧"，有效的秘诀就是在整个过程中，你都不能表现出在乎的情绪。我觉得即使作家不把想法强加于我，我也不会说出这样的话，困难已经被排除在了共识之外。

或许她察觉到我的在乎，那种不由自主、刨根问底的职业病，跟以前写稿子时，可以在结尾处写一句"真相还无从得知……"不同，如果我给她一个不确切的结果，就意味着这工作还没到尽头。她不是我正式的雇主和客户，却懂得用更有力的牵制方式——多数时候还让我觉得，她给了我很多的宽容。

我打开文档，读着作家的小说，想学上次那样，仅仅从文字之中就推断出线索。除了令人兴奋的成就感之外，我发现我的潜在姿态是，在所有嫌疑人面前，我在证明自己的专业程度：对于作家风格的熟悉，和作家交往中的私密和信任感，我在事件中的地位，这些恰恰是林一直渴望着的，甚至是嫉妒的。

想到这里，我愉快地在笔记本上漫无边际地画了起来，画了几个线条，写了几个名词，感觉自己就像小说家在榨取写作灵感。我又放下笔照起了镜子，这段时间我很少关注自己，我发现自己皮肤松弛，眼眶紧张。我想着要不要去染发，把头发染成灰麻色的，我想去游泳，会员卡还有半年才过期，我还想去书店，但是我不清楚小高是不是跟前女友复合了，还是已经有了新对象。哪一种情况都会让我觉得有点好玩，除此之外别无意义。

我一直没有打通第三个抄写员的电话，我不知道这算不算某种出于好玩的心态，因为我完全可以像上次那样，跳过去打另一个，但我没这么做。一方面是因为我还没想到怎么向作家说明情况，另一方面是我产生了一个奇怪的念头，就是觉得林也许有办法，但我对陈行扬没有这种想法。我搞不清楚，究竟是他的知识分子气质、内敛又自恋的性情，还是他的出格举动，在暗示别人应该对他有所期待，他有这个能力？

我在林的文稿中标注出可疑的段落，准备打包发邮件给作家的时候，她的电话打了过来。

她还在内蒙古，在一个风很大、信号不好的地方，她的声音断断续续的，我不得不捂住另一只耳朵。"刚刚有一片很大的云飞过去。"她说，仿佛杂音就是它造成的。

她用了一个比喻，两句话就描绘了那边的环境，我眯着眼睛，就真的看到了云的形状和色彩，还有草在风里翻滚，地平线随着远处的光线发生变化。尽管她正陶醉其间，但不是为了讲述旅行见闻才跟我通话的，这迫使我装出严肃的口吻，跟她汇报了工作进度。

她没有提问，没有给意见，她在期待我给出新的东西。我还没揭发林，这个爆炸性线索，或者说脱离了原始目的、最具年度价值的新闻，让我的态度显得尤为重要。我的动摇，会跟那些可疑的段落并无两样。

我咽了咽口水，问她有没有发现过手稿的异常。

作家说，她只在原稿上修改，文档成稿大致上会看几眼。她的语气放松，丝毫没受到我的影响，仿佛她跟所有人建立起的信任，和这件事没有自相矛盾之处。我也在这种信任之中，一切反面的证据，都需要有更大的说服力。

如果没人跟她反映过这个问题，可能是她反复修改的部分，都完美地避开了林篡改的段落，也可能是林根本没把篡改的文档发过去，原本是一个自娱自乐的副本，碰巧我上门了，他把稿子给了我。旧的问题还没解决，新的疑问推翻原定的假设，让最初的疑问已经不成立……而那些处于推断阶段的线索，正像层层套索一样把我淹没。

她的温和善意发挥着作用，她乐于保持这种一无所知的状态，我有点生气，毕竟她无视我的困境，但我没有立刻表现出来。我问她，稿子有没有在不同的抄写员之间流转过，她回答说记不得了，写完就交给助理，他俩分工明确有序。

"也许你要仔细想想，"我差点喊了出来，"助理没办法替你做一切事情，她就没法帮你写作。"

"这个有可能哦，你是对的，我应该考虑怀疑她的。"

她想激怒我，而这让我觉得自己思虑太多，觉得她有意用轻飘飘的态度来提醒我。我不得不承认她擅长安抚人心，她在作品里从没体现过这一点。

"不着急，不用那么快下结论。"我并不觉得这个回答是针对我的问题，她只是专注在做自己的事，也许在走路，观察某个风景，也许正坐在草地上看书。

"你还在继续写这部小说吗？"

"写得不是很快。"

"计划完成的时间？"

"到我这个年纪，你就不会做计划啦。"

"做起来也很麻烦。"

"是啊，但麻烦跟折磨是两回事。"

"你的出版公司不会有意见？"我贸然提问，没有出版社喜欢未完成的作品和拖延的作者，其实我是担心，她对我感到厌烦和冷淡。

"不怕说实话，还没找到合适的出版社呢。"她重现了那种害羞，在我看来是异常珍贵的时刻。她说辗转给过几次，目前还没有出版社想要。

我知道很多大作家遭遇过退稿，但我非常吃惊，这个消息发生在她身上，与她的名声地位极不相符，相比之下，失窃仅仅是附加其上的玩笑。同时她深知那个最重要的、让她底气十足的东西，至于表现得轻松和失落，都只是一种维持体面的方式。

我想问她，如果找不到了，重写的难度有多大？如果真相就是那样，你会伤心吗？但我问的是，有没有写别的新作品，短篇小说、散文游记什么都行，我也会做这种令人讨厌的安慰。

"告诉我你在干什么。"她直接打断我。

"不是正给你打电话？"

"我说是打电话之前。"她使用这种俏皮的、无所谓的、接近小说的口吻，轻易营造出令人着迷的气氛。我从未真正着迷过什么，我很幼稚，因而抗拒和我一样幼稚的人，但我又觉得每个人的幼稚独一无二，聪明的人总能从中获取价值。

我回想着前几个小时发生的事情，告诉她早饭吃了什么，告诉她小高是个什么样的人，唯独隐瞒了林的文档，它们逃离了她的控制，被我反复打开又关上。作为代偿，我继续向她倾诉，不索求回应。

你为什么不会失控？我差点说出来，最后还是忍住了。

结束通话之后，我在网上翻阅她很久以前的一篇随笔，随笔里谈到了写作对她的折磨，其中包括头痛、睡眠障碍、和亲友关系出现问题，但不是用诉苦的语气。

我想起可能是林杜撰的，可能是作家写的那一段，里面被一种激烈的情绪挟裹着，那团情绪没有叙事，也没有隐喻，却比情节更让人印象深刻。我才发现一个被自己逃避着的事实：林可能写得确实很好。这种好建立在对她的理解之上，相比之下，我更像一个带着记者本分、带着体谅的旁观者，这让我觉得自己的能力低他一等。

我想，或许林能分析出作家那么喜欢打电话的原因。以前工作的时候，我最不愿意接受的就是电话采访，那是比见面更糟糕的方式。我们之间的沟通方式是她在主导，虽然对她而言，口头表达确实比一笔一画地发信息省力多了。林在这点跟她很像，他真是擅长学习。

我发微信给林："你觉得作家写得怎样？"

他回复："时好时坏。"

"坏是指什么？"仿佛我更关心的不是"好"，"好"也不是他可以定义的。

"也许她觉得，预测跟创造是一回事。"

说漂亮句子对他来说不是什么难事，但我不接受这么敷衍的答案。"那你觉得，她爱不爱她写的人物？"他反问我。

我看过一些对她的作品的评价，小高也说过，基本上大同小异，但在林看来，爱或者不爱却显得很重要。我没办法像他那样给出谜语般的句子，我回答不了。退一步说，他真的清楚自己说的爱是什么吗？

我又问他怎么看男性和女性思维上的区别，指的是创作上的。十几分钟之后，他回复说，他觉得唯一的区别，可能要在某个需要做决策的时刻才能看出来。他们想要学习一下对方的做法，当然是为了做得更好，不是为了互相伤害。

他这番充满暗示的话，让我觉得他并不厌烦和我聊天，特别是前一个通话对象是作家，这种对比尤为强烈，他想让我感受到彼此是平等的。

你要不要解释那个"爱"是什么？我特意加了双引号，表示不是他和我所想的，而是那个作家头脑里的、接近真相的爱。回到上一个问题就是：他认为自己有一个和她相似的大脑？

"很多问题是能用直觉解决的，你不是相信直觉吗？"

他客气又疑似内疚地问，你是不是有什么要帮忙？

我发现了，当有人关心我的时候，我会表现得更在意自己，我仔细端详着镜子里的脸，但不是真的在意，我可以变成头发皮屑指甲等等任何东西，我们可以由这些相似的东西构成，唯独大脑不是。我看不到自己的大脑，却能看见作家和林的，它们展现为一些有迹可循的、可信的文字。我对自我的在意，只是为了把情绪抵赖给他人。

我说，我自己行的，谢谢。

他没有再回复。我打开他的朋友圈，他近几天转发了两条动态，是古籍研究的内容，往前一个月只发了照片，好像是在研究所外面拍的，照片里的花像一张带有强迫症的脸，强迫着别人把注意力放在跟他有关的信息上。

你最近着迷着什么吗？我问他，我第一反应是那个女人，那天的情景，会在我离开后一遍遍重新上演，而林会把她当成素材写进去。

控制情绪。他回复。

林擅长的跟作家又是不同，他擅长取消对话的意义，他更拿不定主意，但这就像上了不同的赌桌，都是概率游戏，有什么区别呢？

我擅长的则是把问题转移到别人身上，看看是什么效果。比如我问朋友"你怎么了"，其实是我想知道自己怎么了，当有人想知道我的隐私，我会说你得先告诉我你的底线，这是一种不易被发现的，也容易讨好别人的圆滑，是我工作生涯中为数不多的技能收获。但是在作家和林的面前，我总是无计可施，如果可能，他们更容易形成联合，将我孤立起来。

她没有挑选林，是因为她也怀疑林的诡计，这个猜想没有让我感到不适或者沮丧，这是我的另一个技能：当猜想成为事实之后，便说服自己是承受过了。

在等林继续回复的间隙，我给陈行扬发微信。抛开工作目的，其实我对她的好奇多于林，跟林想要达到目的不同，她身上有一种笨拙的、游离的情绪。我开玩笑在本子备注上"柔软的嫌疑人"，一边问她最近是不是很忙，我觉得她会喜欢像朋友的语气。

我想我们可能待过同一个小学和中学，结果都不是，她说她打算去上一个函授课程，是隔壁市的一个二本师范学院开的课，专业是英语教育。我问，想当老师？她说不喜欢。不喜欢是应该的，我回复。我也是师范生，学的是汉语言文学。

她大概搞不清楚我的意图。我只是想抓住下一个人，让聊天的状态能够继续下去，因为我又开始变得无法忍耐。自从辞职之后，这种感受出现过几次，如同一股蛋白味的气体卡住喉咙，周围一切都消失了，只有空虚和可怕。我想让他们在我的头脑里走来走去，不同的是，她好像正在我面前，左右扳着手指。

我问能不能去找她，她回复：今天不忙，你来我公司这里吧。

我涂了一点面霜，随意收拾一下就出发了。半路上我想到林说的控制情绪，按照他的风格，可能是打坐，还是散步？我提前几站下车，走着去目的地，突然意识到自己去早了，他们还有五个小时才下班，午后路上的人很少，我感觉面霜正在融化。我顺路进了一家大商场逛了半个小时，最后还是厚着脸皮给她发了信息。

她让我进了办公室，空调开得很足，我坐在休息的沙发上，看着他们的业务员在杂乱的工位之间穿来穿去，办公室的人对表格和打电话，没人注意我。一个好像是领导的人和我点头，然后走向陈行扬的工位。我看见男人跟她说话，拿起桌子上的文件，转过身看了我一眼，她显得有点拘谨，表情却很无所谓。

陈行扬和我交换眼色，然后对男人笑了一下，对着桌面呼了一口气。我坐在沙发上喝水，玩手机，看他们工作，似乎某个时刻她也观察着我，不停按着圆珠笔按钮，发出和打印单子一样的声响。过了一个小时左右，她把打印出来的文件交给领导，回到工位，拿起挎包带我出去。

"我请假，不扣钱。"看我不相信的样子，她补充道，"反正也没给我年假。"

我们在大街上东逛西逛，在老城区周围打转，像互相带一个外地朋友在观光。我没有提手稿的事情，无话可说的时候，她就吹口哨。到了西马路，她突然钻进商品大楼，大楼一层的过道昏暗逼仄，有一股陈旧的灰尘气味，从那些不规则挨着的服装店里散发出来，店门口堆着纸箱等杂物，有的店被商品填塞得满满的，我才发现这里已经改装成了小型批发市场。跟第一次见面时的摇摇晃晃不同，她灵活地穿行着，像是到了她的秘密基地。

　　她要去的是一个小音像店，夹在一堆服装店里，铁闸拉着，只留一个侧边的小门。我们钻了进去，两面墙几乎被唱片铺满了，海报被挤到天花板，一个两面CD架隔开了中间的过道，音响低声放着英文歌，一个年轻人坐在最里面的柜台，头也不抬打着游戏。店里只有我和陈行扬两个顾客，她走到墙边，瞄着那一行行杂乱无章的CD，顺手拉过一把椅子，站了上去。

　　我沿着另一面墙看过去，大多是港台歌曲，中间有两排全是欧美歌星的精选集，看不出正版盗版。有一层CD架套着塑料袋，扒开一看，居然是电影原声带CD，我随意抽出的一张带着全白色的半封闭封套，封底写着曲目，第一首是《对她说》的 *Cucurrucucu Paloma*，后面还有《弗里达》《天生杀人狂》等电影的插曲。这里根本没人会买这种CD，说不定是老板一时兴起的进货或者私家收藏，我看了一眼那个年轻人，他仍在打游戏，神情冷漠又专注。

　　她拿了几张CD过来，让我帮她挑。我选了一张画着天鹅封面的英文唱片，她盯着封面看，一边走到柜台，对着二维码扫码付款。老板一手打开抽屉，似乎这也是游戏中的一个动作，他拿出一张类似卡片的东西，是清洁棉。陈行扬把它放进包里，从他的桌子上摸出一把小刀，割开 CD 的包装，再装回包里。他们对这一套交易流程非常熟悉，又对彼此视而不见。

我俩像刚从沙丁罐里逃出来的鱼，汗水贴着后背。陈行扬提议去唱 K，"周围没什么好玩的了"，她下了定论，她的表态显示不是她想去，而是知道我足够随意，这种随意也许对于工作，对于临时发挥和交朋友有作用。

我们在附近找了一个 K 歌房，人很少，只有一两个包厢传出声响，看上去像个临时组装的地方。陈行扬先唱了几首粤语歌和口水歌，像个逃课的女学生，既活跃又可疑。我说我唱歌不好听，她不相信，又点了一首合唱曲，那是首人人都会唱的经典，我唱慢了几个拍子，她的部分完成得不错，结尾是毫不费劲的完美。

"明明很好啊。"她夸奖我。我告诉她自己很久没唱歌了，私底下也是，在浴室的时候，独自走路的时候都没有唱过。

"我倒是经常干这个。"她回答。我认为她更擅长吹口哨，吹那种轻快的、悠长的、要让人猜一会的调子。她点的那首歌开始了，她把话筒放在桌子上，看了一眼房间，像在观察有没有摄像头，然后从包里拿出一包烟。她放心地点了一根烟，以为我会做出诧异的表情，她试探着把烟盒递给我，我说我现在不想抽。

她随手把烟头按在地上，歌快要播完了，她快速切换成下一首，拿起话筒说："那你平时都干什么？"

我说没什么可做的，一般就是看书、看电影和睡觉。音乐伴奏声音很大，不知道她听清楚没有，她稀稀拉拉地唱了几句，又对着话筒说：“那你还会喜欢自己吗？”然后噘嘴笑了起来。

我觉得她很可爱，因为这些可爱的瞬间能被感同身受。我想起那些在工作中被迫认同的时刻，比如肯定对方的儿女、安抚情绪、装出客观的态度，自从接手这项工作之后，这种情况还没出现过——也许都只是情境式的感受，这里的肮脏地毯、泡沫墙壁和那个遥控转动的迪斯科灯，让我觉得她可爱，尤其当她脱掉鞋子，假装瘫倒在沙发上的时候。

“昨晚看了一集英剧，我吓坏了，真的。”我以为是什么可怕的情节，结果她描述的，是世界末日毫无预兆地来临，其乐融融的一家人突然互相翻脸，男主人抛下妻儿逃跑，去找前女友做爱。

她很会模仿女主角失魂落魄的表情，没有说真正吓到她的东西，她眨了眨眼，好像那个可怕的东西就飘浮在空气和乱七八糟的伴奏里，她可以借机想些什么。

“我上周去相亲了。”她说，表情还停留在上一句话里面。

我问她对方是什么样的人。“本地人，在地税局上班，比我大八岁，我们去吃的羊肉火锅。”

她没有继续说，那个人没引起她的兴趣。我又问：“你着急结婚吗？”

“你说人老了会喜欢做什么？”她坐直起来，抓了抓头发，好像相比相亲，这是更困扰的问题。

我身边的老年人，喜欢的活动好像都千篇一律，作家是个例外，我想起她，但没有把她当作例子，所以得不出什么结论。

"我家里好像就没有什么正常人。"她抽出第二根烟，没有马上点，急着控诉一件好玩的事。

"我外公退休之后，泡药酒，就是生病之前那段时间，他突然不耐烦起来，还想发明什么永动机。我外婆喜欢看拳击比赛。坐在电视机前，一看就是一两个小时。"

她又讲了外公从收破烂那里买了很多东西，有一次还准备从二楼跳下来，试验自制的跳伞，"我们就叫他双飞人"，这次轮到我笑了起来。我们都没有唱歌的欲望，歌一首首播过去，有的伴奏声很小，就像我们对话的实时字幕。

"人真是一堆奇怪的组合。比如我的家人是这样的，我可能也有暴力倾向，但除了打游戏和做噩梦，我不爱发脾气，也没对人动过手。"

我告诉她，我的一个朋友经常会梦见杀人的画面，但他不是暴力型人格，只是容易有狂热情绪而已。但她现在一点都不狂热，电视机放着一首快歌，不断重复着同一个节奏，我的心脏像被敲的鼓点一样，于是随口乱扯了个理论，说神经衰弱可能也会让情绪失控。

"她请你工作，给你多少钱？"她指的是作家委托我这件事。

"没多少钱，主要是人情。"

"有时候我不知道我是什么样的，我是说，我不知道自己是什么材料组成的，我长得像外婆，性格像外公，我很小的时候就知道了，比父母还清楚。"

电视机播到了一首伍佰的歌，她唱了起来，闽南语咬字也不太对，我躺在沙发上，看着天花板上的灯光，看着屏幕里穿着粉色演出服的歌手，感到整个下午都恍恍惚惚的。

唱到一半，她自言自语道："太难唱了，怎么会喜欢唱这首歌呢？"我走神地听着她的歌和她的话，早上和作家、和林的对话，则变得像记忆里的事，我不是那个较劲又想占据优势的采访者，我被抽掉了力气，接受着她的拷问。

"也就是说，别人也可以请你的是不？"

我回答她，是这个道理。显然也不是她想要的答案。

"我请你呢？"

"什么？"

"我想要找个人。"

她补充说，"我找我未婚夫。"

我还没反应过来，她觉得我可信，还是作家的举动启发了她？我解释自己的本职不是这个，但又解释不了为什么接这个奇怪的工作，也许他们在我身上看到了什么可以加以利用，然而无法真正亲近的特质。这种想法顿时让我感到失落。

我们有一首歌的时间沉默着，她抽了第二根烟。"家人知道你抽烟吗？"她摇摇头，说他们不知道的事多了去了。

我打算拒绝，因为不想再有新的问题，我想告诉她我只能专注做一件事。专注很快让我分析起来：她要找到的人，包括找人的目的，会不会跟稿子有关系？

一整个下午的友谊眼看就要破灭，我自知要带着那点虚假的专注。我问她未婚夫失踪多久了。

"快五个月，不是，半年了。"

"逃婚吗？"

"嗯。"

她说了一点未婚夫的情况，在当地的一家公司做对外电子商务，负责翻译的工作，最初他们是合作客户的关系，会在工作时间偷偷聊天，见过几次面之后，他们就在一起了。订婚是在他们交往的四个月后。

"没有任何消息，电话号码也换了，没人联系得上他，有人怀疑是陷入了传销，但我知道肯定不是。"她回答着，现出难以启齿的神色。

"他为什么要走？"

"不知道。"

我问他可能去了哪里。"深圳、广州、上海，一些他说过的、生活的远方，也可能就躲在附近。"说一些词的时候，她会特意用普通话说出来，"生活的远方"这个词就是。

我觉得她没有完全坦白，于是问她未婚夫长什么样子。

她打开手机，给我看她和一个男生的自拍合照。男生看上去二十多岁，圆脸，眉眼弯弯的，看上去挺普通。我能想到的形容词就是普通。

"你以前是长头发。"

"以前更好看吗？"她滑动手机，翻着其他照片，好像是没有找到更合适的照片。她又说了一些他的信息，身高，在哪里上的小学，换过几次工作，有什么嗜好。

"他也喜欢老 CD，喜欢暴力的电影，喜欢刚才的那首歌。"

我过去翻歌的目录，找到刚才那首叫"海上的岛"的歌，重新放了一次。陈行扬这次没有唱，她正后仰脖子，捂着额头。

至少要告诉我他的名字，我几乎是在逼问她。

"周冲。"她深呼了一口气，好像说的是世界上最短的咒语。

最后一首歌播完，我们走出KTV，阳光已经没那么刺眼，我的脸泛着油光，她抽出一张吸油纸给我，自己拿了一张贴在鼻尖。

"我见过你外公。"我告诉她。

"什么？"

"他来过我家看房子，那时我五岁，蹲在家门口玩，他跟我妈妈说我很可爱。这是我妈妈告诉我的。"根据我妈的形容，我很难联想到他是那个跳伞老头。这时，一个新的疑问始料不及地浮现出来：为什么我家想过把房子卖掉？

她外公年轻时就很喜欢买房，作为家族的带头人，总想要让后人有置业的本钱。整个下午我们达成一致的看法是，亲人关系就是充满愧疚和感激，反过来是怨恨，永远没有中立的时刻。

她说要带我去见另外一个人。我突然很想知道，除了我没去过的武馆、音像店和KTV，她能把我带到什么地方去，她像在游泳，但无法在海里待得太久，需要不断游上各种各样的岛，喘一口气，然后再离开。

走了半个钟头，我们到了一个城中村。"你可以帮我去看一下吗？"她停住脚步，开始左右张望。

我明白她的意思，那就是他的家，就在那几个平行并列的小巷里，马路边的商铺和后方的民居混杂在一起，路面逼仄，在她看来，那边与张牙舞爪的兽口或是黑洞无异。

巷子里都是两三层的自建房，我按照陈行扬示意的，找到了顺数过去的第三个门。一个中年妇女坐在板凳上，穿着一双红色的拖鞋，拖鞋比脚短了一点，手里不停拨弄着什么。我猜是什么手工的半成品，她熟练地给布贴上珠片，翻面，把线缠起来，再一个个扔到地上的簸箕上。她狐疑地看了看我，我假装在等人，她又低头，专注地做自己的事，就像在度过一个等着孩子放学、等着做晚饭的午后。院子里看起来很空，门边除了杂物堆，还有一棵歪脖子石榴树，花开得很少。偶尔有屁股离开自行车后座，吵吵嚷嚷的小学生经过巷子，她好几次下意识抬起头，但那时我已经缩到墙角后面了。

我出了巷口，陈行扬坐在一个假山景观的边上等我，没有抽烟。假山旁边是居委办公大院，里面传出拉二胡的声音。

她沉默地起身，我们往回走。天渐渐暗下去，路上车流多了，她在我的前面，在暗淡的街道逶逶迤迤地走着，我以为她还要去什么地方，或是想让我自行离开。

她一口气走到一片空地。空地的前后被老房子圈住，跟早些时候的巷子相比，是另一种形状的逼仄。我们坐在一条形状不规则的石板上，前面是一条水渠，水渠没有被围起来，边上种着大榕树，坐落在榕树下是土地伯公的石龛，周围没有灯光，水边和草堆的蚊虫很多，我知道我们还在这个村里。

"你有没有想去，不敢再去的地方？"

我想起上次被林误导去的那个神龛，那里什么都没有。我突然意识到，什么都没有，也是一种结果。我又想起白天对他的诘难：你能不能解释那个爱？然而跟爱比起来，不爱，不也没有更多的为什么吗？

"他的其他家人呢？"

"父亲早去世了，他是独生子。"

她说他妈妈有关节炎，以前会去林伟忠诊所那里看病，她也帮她擦过药酒，自从那件事发生之后，他妈妈就不再去了。她扳着手指，好像那不是她的手指，而是他妈妈的，是属于一些秘密的。

陈行扬说了其他的情况，他们合过八字，订好拍婚纱照的日期，连婚房都准备好了，他是在下聘礼的前几天失踪的。"其实他还挺敢的，我家里人那么能打，也因为这样，才会找借口躲得远远的吧。"

他为什么离开？我问她，我想知道他的那个借口。

蚊子开始咬我了，我拍着腿驱赶，然而一点作用都没有，我走到水渠边，又走回来，蚊子越飞越高，从灯罩上发散下来，形成一道三角形的光柱。她始终坐着，一动不动，许久没有开口，像一尊矮小的、风干的神像。

"他给我留了字条，他说，他是同性恋，他喜欢男人，让我不要告诉他妈妈。"

第五章　罗得的妻子

我没有答应陈行扬的请求，尽管我知道，这样做会破坏我和她的关系——友谊说不上，敌对说不上，也很难确认有利益的成分。我表示可以介绍一位从事性别研究的朋友，也许比我更能帮助到她，她没有拒绝。我就把朋友的微信名片推给了她，没有问过他们是否联系上了。

但我还是把那张照片发到朋友和亲友的微信群里，像电视播报寻人启事一样，问大家认不认识他："周冲，二十七岁，在渔湖塘埔长大。"结果一无所获，我还担心有人记忆出错，求证了别的朋友。

我没有告诉他们找人的具体原因，有人说样子普通，有人说挺好看的，诸如有"内眼角很优秀啊""减点肥应该很帅呢"这样的评价。但照片上的男人始终让人感觉不真实，好像他只是小时候玩的明星卡片上的人，是陈行扬拼凑起了他的眼睛鼻子嘴巴，她的主观愿望如此强烈，以致蒙蔽了他真正的神态和个性。这使得这张脸被赋予了生动的、故事性十足的信息，又几乎截断了寻找的可能。

一天，我在网上用识别功能搜索他的照片，我又有点蠢蠢欲动，想着如果两件事同时进行，既能分散我对找稿子这件事的压力，也能在各种负担中找到灵感，设想着两件事的沉重部分能够相互抵消。就像是谁告诉过我的方法，如果什么都做不了，等待一段时间之后，那些困境就会自动解除。如果是相反的结果，抵消就是一点点地丢失，最后什么都找不到。

我只找到熊猫和其他奇怪的图片，当我准备放弃这个玩笑的时候，我才意识到是因为我没有把合照裁开。按照图片原来的信息的话，我找的其实是"陈行扬"和"周冲"的脸，因为这个疏忽，我搜索到一张出乎意料的照片。

那张照片是三个穿着校服的女生的合照，一个发生在教室门口的自拍。她们挤在镜头里，最左边的女生兴奋地摆着剪刀手，另外两个女生头挨在一起，最右边的长发女生只露出侧脸，皱着鼻子，做着似笑非笑的表情。

网页识别到的就是那张侧脸，跟她给我的照片里的角度几乎一模一样。如果照片里的人真的就是她的话，她的长相没什么变化，看镜头的方式相似，衬托得她和周冲的那张合照也像个小孩子。

一种几乎是强制性的、毋庸置疑的直觉告诉我，她就是陈行扬，毋庸置疑地排除了双胞胎姐妹以及认错人的可能，盯得越久，就越会发现两张照片在细节上可以相互印证，让她自始至终的形象更加固定。

我看着她十几年前，一脸青涩地掩饰，或者说期待着什么的样子，现在则更像是不想说话的神态，感觉很神奇。好像一个刚刚建立起认知的人被一分为二，过去的她和现在的她，近乎复制的、没有损坏，也没有进化的面貌。

为了对付这种空白，我觉得她在做着一些努力，并产生一些无法理解的效果，这种努力会让那些对她有回忆的人产生迷惑。如果现在在街上遇到，我比女同学更能认出她来——我没有过多的记忆负担。

图片的原始信息标注是"仙桥中学高二3班"，网页原链接已经失效。我下载了照片，没有告诉陈行扬。我又产生了另外一些疑问：她还能说出其他女生的名字吗？她还记不记得拍照那天的天气，拍照前后发生的事？她会否认这张照片吗，还是她根本就不记得了？她会把记忆置于什么位置？她为什么只告诉我故事的一部分，却省略或者隐藏了另外一些部分？

我从两张照片中找证据，根据想象拼凑着她，结果就是重新变得对她一无所知：两张照片构成一段完整的首尾，又像闭合起来的圆环，中间那一段具体的人生，就像被轻轻抹掉了。

作家提供的名单里，有个叫"小飞侠"的人，跟其他人不一样，联系方式只有电话和电子邮箱。作家解释说，这个抄写员经常不在家，领到的稿子最少，收件地址也经常变化，一般她会提前发邮件跟对方沟通。

我想没人真名叫小飞侠，林那么介意自己被剥夺了姓名，小飞侠知道了又会有什么反应？

我觉得很难一下子找到小飞侠，打了那个已经停机的电话号码，又发了邮件，简单说明了情况，一个小时之后收到了邮件回复。

> 我是小飞侠，很高兴认识你。
>
> 看到是国内邮件的时候，我以为又有新稿子了，没想到是你联系我，我的第一反应是会不会是个假记者。（不是你个人的问题，同时我也在怀疑你是否有必要假扮，国内诈骗手段？）不知你对我是否也抱着同样的感觉？如果你愿意原谅这些冒犯，愿意和我进一步沟通，我会很乐意。
>
> 我正在慕尼黑呢，晚点回复你可以吗？
>
> 　　　　　　　　　　　　　　　　　　　　小飞侠

把稿子寄到慕尼黑吗？简直不可思议。

我重新发了一封邮件，附了一张有作家笔迹的照片、一张以前的工作证。小飞侠很快发来邮件，一并打包了给作家打过的稿子。

或许刚才的"验明真身"只是玩笑话，或许这样的做法符合对方的逻辑，我继续用着小飞侠这个称呼，但我更想和对方打电话，毕竟我还不知道对方的性别。"我是女性。"小飞侠回答。她说她有一个 Skype 账号，但现在不方便通话，问我介不介意暂时用邮件交流。

我问她经常变换着地方住，有没有担心过收不到稿子？她领会到我的意思，说自己一年来虽然喜欢在不同的地方居住，但每搬一个新地方，她都会立刻通知作家。三个月前，她开始留在德国，她觉得是这个原因，作家之后都没有寄过稿子给她。

她开始打稿子的时间比我还早，我解压了她发的文件包，发现里面只有六个文档，字数很少，工作量还不及林的和我的五分之一。真的如她所说的话，我不明白作家这么大费周折地寄给她的意义，这么点字数，完全可以交给其他的抄写员，除非费尽周折也是作家想要的效果。

我问她上一次作家寄稿子的地址，她不太记得，说可能是广西南宁，"其实国际快递是不好走的，她真是固执得可爱呢。"

我想不出作家哪些称得上可爱的行为。除了双手紧扣坐在桌子前，当一个放弃威望的妇人的时刻。

小飞侠每隔十几分钟就发来邮件，回应我的疑问，不是一问一答，而是带着讨论的语气。我感觉到她文字功底扎实，但表达没有目的，类似那种会写漂亮明信片的人。

她给了我 Skype 账号，但是现在用不了。她说自己现在住在一个朋友的家里，那个位置很偏僻，回去需要路过一段很长的斜坡，斜坡只是作用于阻挡海风，很少有人开车从上面经过，她有时候会爬上斜坡步行回家，能看到大片的桉树丛在地平线上坚硬地浮动，四周空气非常稀薄。今天早上刚遇上了暴雨，他们房子里的电路又出了问题，网络信号断断续续，她正在发疯地按着"发送"键。

一个小时过去，她一共给我发了四封邮件，每一封的内容越写越长。不知为何，我发现我对小飞侠比较有耐心，这当中有一种被蒙蔽的、得不到满足的好奇：作家重视她，为此不惜让自己的稿子漂洋过海。她说不记得第一次寄稿子的地址，但我查到作家给的号码归属地是广东汕尾，小飞侠说，她的确在陆丰待过三个月，因为待的时间有点长，才办了一张当地电话卡。她说除了这些麻烦，为了收集戏曲歌谱，每天往乡里跑，晒得脸过敏脱皮。

"一个业余的人，业余的音乐爱好者。"她半是开玩笑半是认真地介绍自己：就读于慕尼黑大学的声学工程专业，休学一年，回国去了北海、湛江、福州等地，跟着同样做声学工程的男朋友收集民间音乐，但她描述着自己的时候，听起来像个东南海岸线的观光客。

我猜测她有着旺盛的精力，记得住具体时间，好奇心用不完，也不缺钱，所以没必要很认真地做事。我问她去干什么，客气点是问她在那边有什么工作。她说了一个充满学术名词的题目，关于语言对人声带的影响。"为这个东西也是吃尽苦头。"她说。我突然很想知道，诸如在路上磨破脚皮那样的事，是不是也很容易让她产生抱怨。诱发我这种想法的，是我在做一种处境的对比的事实：小飞侠的自在和我的繁重，她到处游荡，和我不得不为之负责的任务。

她只有六篇稿子。

我想知道作家的助理有什么可疑的地方，他们经常用邮件沟通，她可能会知道更多一点。"是个很温柔的姐姐呢。"她回答。

我想了解她的工作状态。就像见陈行扬和林时那样，工作可能才是维系着我们关系的枢纽，之前我们各行其是的工作，现在都搅在一起，我是那个整理线头的演员，胁迫或者恳求其他角色不明的人配合。

我告诉了她我的一些乱七八糟的方法：喜欢在笔记本上画来画去，在适当的时候放弃目标，再把一些习惯总结为规则。小飞侠说，为了收集到最真实的声音素材，她会让那些受访者唱歌，还表示可以把一些有趣的录音发给我。

她又马上发给我一个压缩文件。

我的反应明显没有她快，她主动，分析处境灵活，轻易能摸清对方的底细。关于六篇稿子的内容，她也说不出所以然，好像对她来说，那只是顺手采集的一个资料，随手丢在角落，需要时才会翻找出来。小飞侠说，作家小说里提到了几本喜欢的书，列维－斯特劳斯的《忧郁的热带》、丹托的《艺术的终结》、列夫·托尔斯泰的《克莱采奏鸣曲》，玛格丽特·尤瑟纳尔的《哈德良回忆录》，这四本书她都找来读了，已经读完了一本。

"能被选中做这样的事，我们真是何其幸运！"小飞侠写道。不仅加了感叹号，"幸运"两个字体还加粗标注。

我的邮件编辑到一半的时候，电话响了起来，是陈行扬打来的。

随意问候了几句之后，陈行扬说："昨天他妈妈来我家了，说要找我。"她的声音听起来怯怯的，我追问她有没有发生什么。

我盯着邮件界面，随手把那张照片从电脑桌面移进文件夹，今天唯一闯进来的声音让我产生了错觉，以为电话里是小飞侠的声音。

她告诉我，她还没有退回聘礼，很大部分原因是出于她的坚持，她跟父母闹过好几次，结亲双方的几帮人带着商量来，含糊地离开，场面吃力又尴尬。消停了好长一段时间之后，昨天周冲的妈妈突然来她家，又提起这件事。

"本来说好的，把人先找回来，人要先找回来。"她声音变得结实起来，一字一句地说，像在肯定课本上某段名言的意思。

我问她后来怎样，她沉默着，我听到了打火机的声音。我知道她是生气的、不甘心的，这也使得她要说的结果和过程，已经比她让我帮忙的那件事更加重要。

"他妈妈说，那是她儿子，不是我们的儿子。"

"我也不怕他将来会怨我假力洗茶渣*。"

她模仿着另外一种、不属于她的轻浮的语气，就像即时吐出的烟圈，我猜现场还有一些难听的话，她只是说周冲的妈妈在她家里坐了一天。我想起那天看到的、坐在院子板凳上的妇女，好奇是什么样的决心，让她选择单枪匹马地去做这件事。

我向她解释，解决问题的唯一办法，还是先找到周冲，先后顺序无法改变逻辑，但是能正确推进整件事的发展。

不知道她有没有听进去我的意见。她开始喋喋不休，开始说起他们谈恋爱时去过的地方、说过的话、发过的短信，没有任何预兆。"我昨晚还梦见他了，他哭着说要回家。"

我觉得自己起了私心，比起听陈行扬漫无目的的絮叨，我更想跟小飞侠继续发邮件，后面我没怎么听她说了什么，衔接式地应和了几句："然后呢？""你打算怎么做呢？"随手

---

* 假力洗茶渣：潮汕俗语，好心做坏事的意思。

打开了邮件。

陈行扬在电话里说着，我打着字，觉得像小飞侠做的采集——一种客观的、无关立场的记录，不需要接受道德上的苛责。

她觉察到了我的动静，问我是不是在忙什么。我否认了，借口说有个紧急邮件发过来了。

她立刻说："那不好意思。"

明知会有这样的回应，她挂断电话的瞬间还是刺痛了我。

我放下邮件，从文件夹里找出网上那张照片，愧疚的情绪一下子涌现出来：两个一模一样的女生，不是外表的一致，而是她们都会说出尖锐愤怒的话，试图打碎自身。

我的第一反应，不是我没有耐心，而是我不够"专业"，前提是她们盗取了我的信任，分散我的注意力，干扰我该做的工作，把无法摆脱自身处境的负担加在我身上。然而各种自我辩护，都无法阻止我感到愧疚，但是我并不想着回打电话给她。

我已经忘记刚才要写什么，我突发奇想地想要说一下刚才发生的事，发生在陈行扬身上的故事，用一种虚拟、简洁乃至有点变形的描述，谨慎地透露细节，一种不会伤害到她的方式。这样，陈行扬在我的描述下，变成了朋友 A，一个差点被骗婚，寻找那个同性恋男人的女性，把自己锚定在失控的边缘，又会在真正的困难面前犹豫不决……

花了点时间编辑一番，将邮件发了出去之后，我开始在屋里走来走去。这是拙劣的冒险，我对她的回信充满期待，希望她能够体察到我的愧疚，和我产生同样的情绪反应。

她很快就回复了。

你一下子跟我说了两个故事，当然都是真实发生着的、让你很受触动的事。我很高兴你愿意和我分享这些。

那个女孩，感觉也是一个有趣的人呢。

我在想，他们两家人之间这么做，她的爱人的态度，跟你们当地的习俗是否有很大的关系。我不太了解你们潮汕的情况，虽然我只在它的某一个村庄待过三个月。我记得一个朋友跟我说过，有些地区的 gay（男同性恋）在圈子里的名声很不好，因为他们一定要结婚，当然不是和男生，在某些法律允许的范围！

你了解 A 的性行为吗？

另外，她感到困扰的地方，也许是他给出了那个答案，但答案并没有被证明。

小飞侠

邮件内容虽然看起来像是用英文写了之后，再用软件直接转换成中文，但她在认真分析陈行扬的处境。于是我回了另一封邮件。

给小飞侠：

他们之间的事，A 跟我说的，就是我知道的全部。

我无法回答你提出的那些疑问，就像我如果了解聘礼的概念、流程和对结婚双方的意义，就不会发生刚才的事了。我查了网上的资料，传统的潮汕婚嫁步骤是：提亲、合婚、定亲、行聘、请期、迎亲。这是古时候定下的规矩，至于现在还有多少人遵循这样的步骤，大概也没人去调查过。潮阳那边还要求新娘出了娘家门之后，就不可说话、不可往回看，进了夫家门，拜神之后才可开口说话。

你推断得没错，确实在我成长的环境里，从未听过有人谈论性少数，我也不认识出柜的同乡人。但我相信，这些都不是造成A的困境的主要原因。我知道我应该对A抱着一种客观的态度，同情容易显得过于廉价，倒不是我相信她会找到解决办法，而是那些充满同情的想象，反过来会阻碍了她。

我也不知道自己在写什么，跟我在笔记本上画的草稿没什么两样，十分钟后收到她的回复。

你说的那个风俗，让我想起了《圣经》里罗得的妻子在逃出所多玛城时，回头看了一眼之后，变成盐柱的故事。

你知道吗，上帝为什么要毁掉所多玛城？所多玛盛行不良行为，城邦里的男人和男人性交。

这就是回头的代价啊。

小飞侠

我能理解作家为何会不远万里把稿子寄过去，她喜欢她，她们有蛊惑人心的魅力，也许还看到了彼此身上相似的东西，这让她们之间能保持一种微妙的、不为人道的坦诚——作家没有轻易向她透露稿子失窃的事，因为"坦诚"占据了如此重要的位置。我还幻想着，她们会不会聊文学，像我们现在这样发着邮件聊。

想到这里，我对林的那种优越感消失了，就好像坐在滑梯的顶端，突然被人推了一把，你只能任凭自己滑下去，看看自己到终点之后，还会不会残忍地摔一跤。

　　给小飞侠：

　　　　关于 A，我知道的和能说的非常有限。我又想，对于 A 来说，失去和消失有什么区别？我是说，A 失去了他，或者他们对彼此而言，就是互相消失，没有谁主动做出那个动作。

　　　　我对 A 的轻率，还因为我害怕分辨这些，我害怕摔跤，害怕痛苦。

邮件发过去之后，我打开她发给我的音频，音频的名称格式是地点＋人群＋人数＋时间，很像日记的抬头，比如"广西三江＋苗族＋七人（2018 年 11 月）""曼谷玛哈泰寺＋僧人＋三十人（2017 年 6 月）""日本名古屋＋椎名林檎演唱会＋人太多了（2017 年 5 月）"。

我点开一个叫"马达加斯加＋萨卡拉瓦人＋十一人"的文件，开始是一个女声，重复唱着一个调子，接着，一个两个人的声音加了进来，还是重复那个调子。然而，就在这听似杂音的合唱中，萨卡拉瓦人突然步伐一致地转音，前面只是在推波助澜，真正的演唱才刚刚开始。他们用一种类似圆唇音的语言哼唱着，在声浪越来越高，直至变成沸腾的烘托下，听起来又很像热带雨林的夜晚遇上了暴风雨，发出无法预测的白噪音。

她大概是被原始的生命力所感染，仰仗着强大的自觉在做这些收集。我无法体会他们的情感，除了听不懂歌词的原因，也许还因为觉得他们呐喊、激动，但没有失神的片刻。里面有一个不是集体声音的音频，她录了一只鹧鸪鸟，在什么柔软的物体上跳来跳去，物体反弹的窸窸窣窣的声音像乐器一般俏皮。我突然意识到她隐藏的深意——不是一个个音频单独拎出来，而是要全部连起来听，十八个音频，被她精心编排成一首歌。

还没来得及等她回复，我就把这种想法告诉了她。这次她花了一个小时才把邮件发过来。

> 你听的那段，其实是我男朋友录的，我也觉得很好听，当时他在南回归线穿过的印度岛屿录这个片段，我正在北半球录一只鸟。他跟我说，萨卡拉瓦人保留着祖先们的生活习惯，他们的神叫Zanahary，他们的部落王国里还有占星师。
>
> 小飞侠

小飞侠说，她认为声音比文字更能塑形，文字总是狡猾又模棱两可，而声音的纯粹性能让它变成自己想要的形状，"不是为了任何听众客体，而是它自己"。她已经不怎么提自己的事，但对我说的 A 的故事充满兴趣，作家的事更是被抛到九霄云外。

和林认为我对细节关注得不够的观点相反，小飞侠的看法是，我总是过分琢磨，有时候我是对的，有时候这让我错失时机。她在意的是，那个这么关键的问题，我居然没有问A，"亲吻，一只避孕套都能说明真相！"

她大呼着，"我们两个女人，在讨论什么啊，那是我们可能完全不了解的事！"

我告诉她，了解一个人一点都不难，难的是你该不该把这种了解告诉对方。她的回答是：了解就是你只要告诉我临界点是什么，我觉得你也要去找到那个临界点。

我不确定她是说A，还是也指我对其他事情的态度，她又举了另一个例子："你对作家有没有这种感觉？其实，我一直在等待她的临界点，等她什么时候不再继续忍受我。以及我这边的信号修复了哟，你要不要和我 Skype 通话？"

习惯了和她文字交流之后，我突然有点担心听到她的声音。正如她说，声音会更纯粹，因而会更加暴露且不可违抗。我编了个借口说账号登录时被反复提示不存在，一边记下了她的 Skype 账号。

我们继续谈论着A，但她的语气变得没那么友好，比如抱怨我没有细究A和她未婚夫的母亲的对抗，认为A可能没什么朋友，所以也不把这件事当作秘密。还说我刚才不应该挂断电话，我应该表现得更真诚，而不是让人觉得我在利用A。

她开始为A打抱不平，这让我感到失落。她的冷漠、立场的转变不是陡然发生的，而是有一个经过推理的过程，犹如我被自己的背叛审视着，而逃避这种审视的方法，就是我在拼凑着 A 的眼睛鼻子嘴巴。

"她真的是你的朋友吗？"

当然算不上朋友，我们总是容易在友谊里产生幻觉，认为自己无所不能。我没告诉小飞侠这些，我才知道临界点也好，界限也好，都不是我们制造出来的，界限正是眼前的"我"和"你"。

"你跟她挺像的。我觉得你在掩饰着什么，我的意思是，A 其实就是你吧？"

她的疑问使我释然，因为我没有欺骗她，她的动机，竟然是迫使我不再欺骗自己，她要把我变成第三个表情一致的照片女孩。她的做法也让我陷入了行动的悖论：我无法证明自己是，也无法证明自己不是。

我反驳她："我也可以怀疑你是不是德国留学生，是不是有一个男朋友，你是不是真的是小飞侠。"

"那我没什么好说的。"她回应道，显得自己不是始作俑者。

虽然她急于处理自己兴奋又无聊的情绪，一副自作聪明、控制好奇的姿态，但我们的对话已经跌至冰点，但我认为她想要帮助 A（帮助我）是出于真心实意，于是我还是问了她那个问题：如果你是 A，你会怎么做？

"我不知道自己会怎么做，可能哭个三天三夜什么的，我不至于变成好人罗得的妻子吧。"

小飞侠没有再发邮件过来，我也没有回复，我们的对话结束了。无论是作家、陈行扬，还是小飞侠，我一个问题都没解决，她们可以撤离，我还是得独立完成这个工作。

我快速下载了我和她所有的邮件内容，按下打印机的操作键，外面天已经黑了，我以前没发觉，一页页 A4 纸滑进去又滑出来的声音是那么富有节奏。

当邮件内容全部打印完毕时，她发来一份新邮件。

希望你不要生气，我也不知道该说什么，但我还想跟你讲另一个神话故事，是亚当和夏娃，肋骨分离，从属于男人的女人，邪恶引诱，你有没有想过，夏娃没有亲手把苹果交给她所谓的丈夫。

我想起那天我提着超市的塑料袋，经过斜坡，坐在矮路墩上休息，不知从哪里蹿出一只灰褐色的狐狸，站在路的对面，定定地和我对视了十来秒。

我眯着眼，它很快转头跑掉了。我被一种奇怪又遗憾的情绪抓住了，回到家后，我在窗边坐了一个下午，没有等到它。

所以可不可以这样来讲这个故事：夏娃，正打算独食第二个苹果，突然在树林的对头，看见一只高高兴兴的、翘尾巴的狐狸，苹果从她的手里直线掉下，滚了出去。

小飞侠

第六章　张孝全

我们相约在一家叫"中诚"的面包店见面。跟前面几次的约见不同，那个叫张孝全的抄写员主动提出了见面。我们在电话里没有说太多，就在挂断电话的几分钟后，他又打了进来。

"你怎么不接呢？"电话里传出怒气冲冲的男声。

生气的男人的音色都很相似，犹如一记闷棍靠近徘徊在耳边。

他没有理解我的沉默，又含糊地说了些什么，依稀能辨认出"我爸""三万""不自觉"跟几句脏话，当他觉察到了自己按错号码的时候，我已经准备接受他的倾诉。我想告诉他的是，深呼吸，平静心情，但他用别的东西接替了我的沉默。他用了另一种临时发明的语气跟我道歉，一种介于温柔和掩饰的语气，一点点地滤掉刚才说过的话，虽然他没意识到，这种道歉很快就变成撒谎，一个跟我无关的谎言。

他说的方言有种奇怪的口音，后来我知道了他的妈妈是客家人，他第二次说的应该是客家话，横冲直撞的，从丹田发出来的，属于中年男人的声音，但他分明只有二十四岁。他拒绝透露内容，透露那些被愤怒淹没的细节。

他恍恍惚惚地说着，我们都不知道要商量出什么样的结果。我不记得这次是谁先挂断了，对他的求助我能做的甚少，我也不是真的想去找他，外面天气很热，应付跟我无关的谎言的方式，就是使用不会导致内疚和狼狈的客套话。

鉴于前几次的经验，我告诫自己只须按照约定的时间去见他，打听，最好能问清楚稿子的下落，干脆利落地完成这件事。这件事已经占据了我全副身心，并随时显露出虎头蛇尾的迹象，没有截止日期让它显得像一条散漫的蛇，它自身并不想变成什么——它盘桓在我的脑里，没有威胁力，不忘自己监工的身份。

我开始考虑这个工作会给我带来什么，与其说带来什么好处，不如说我不确定正和它建立怎样的关系。在此期间，我萌生过找正式工作的念头，直到前几天，作家突然预支了我三个月的工资。

她的这种慷慨里附加了一个条件，就是将之后的每一个抄写员的情况汇报给她。"抱歉啊我没有提前说，之前觉得没什么必要。"为了显得不是我的疏忽，她一直轻声细语，"前面的部分可以先不管，就麻烦你从现在开始吧。"

我没有拒绝她的不由分说，甚至是故作克制的热情。我也需要这笔钱，仿佛她也在暗示我，机会就挂在钩子上，随手抓住一个，对于她和我来说，都不会没有收获。

沟通了一会儿，我理解她的意思是让我发邮件给她，如实汇报我了解到的情况。

"那要录音吗？"

"看你的方便吧，只要是你认为有用的信息，不需要整理得有理有据。"

这个要求不会给我增添多少工作量。我提醒作家，之前我就提过这个建议，但是当时双方都毫不在意。"类似于观察日记，"她解释道，"小时候写过植物生长日记吧？"

她是个打比喻的高手，而且我发现她做出的提示，多少能激励我的斗志和想象力，我知道她不会教我从一条直线走到另一条直线，她让我去漫游，顺手收集一下种子，打捞一点战利品。

偶尔她也展示掠夺者的脾气："不用写太多，我记不住，也没时间看。"

"那你记得什么？"

"对我有用的东西。"

这次通话只有两三分钟，她又消失了，在那些无用的瞬间。我躺在沙发上，揉揉腹部，想学张孝全刚刚那样，气聚丹田，狠狠地喊出来，结果只发出了"哼哼哈哈"。我终于知道那种中年男人的声音是怎么发出来的了，借助一点力气，最好带一点愤恨，调动整个腹腔到咽喉的肌肉，想象眼前有一个看不见的东西，你恐吓着它，带着必胜的决心。

这样试了两分钟。以前我就尝试过各种呼吸法来调整情绪，这次试了之后，我感到体内的那个"我"被吐了出去，吐到了眼前，我只是一个空躯壳，真实的我是被恐吓的产物。

我想着有没有一种情况是，他们谁都没有撒谎，只是不知道自己在哪个环节出了差错。我要做的是帮他们理清这里面的线头，这是合作的关系，而不是调查人和嫌疑人的关系。

他们其中一个和我交换位置，我现在又在干什么呢？他们会不会选择跟卑劣的人分开，让那个人主动或者被动成为G，如同一个被瞄准的靶心。公平一点说，G也可能会被投票选出来，现在不过是由我来掷骰子，与此同时我又是骰子的一面。

我继续睡着，感觉自己在慢慢爬上自己的手脚、眼睛和肚脐，想象扮演着手、眼睛和肚脐的角色，扮演着林、陈行扬和小飞侠，他们时而站在同一阵营，时而互相反对，最后我像一个摔烂的橘子一样无所适从。

这个情况在和张孝全见面的时候也发生了。我身体里的脏器重复着同样的经历，闷热地挤压着。我靠着调整坐姿，才装出若无其事的样子。

我喝了太多冷饮，必须抵押出所有情绪才能继续谈话。六月已经开始变得炎热，气温失去逐步上升的耐心，一声不响就到达顶峰，以至于我开始有点后悔，后悔自己不明就里穿了长袖上衣，还估错目的地的距离。我了解这种结果不是快速行动导致的，而是任性，任性总能准确地报复每一个人。

面包店没有开门，张孝全添油加醋地迟到了半个小时。"你知道自己的长相吗？"想到这里，刚刚的不适使得我脱口而出。坐在我对面的张孝全穿了一件醒目的白背心，这让他看起来像一段光滑的仙人掌。

他以为我是不善意的，他觉得在这件事上无须撒谎。"我曾经是校草。"顺手在胸前比了校章的位置。反倒是我小心翼翼，担心自己心里的声音过大："嫌疑人""年轻男孩""最佳罪犯"。

他从一开始就态度坚定，表示自己没有拿那些稿子。假设前面几个人带有保留的态度，张孝全则是头脑里没有"写作"这个概念，他的理解是，试卷上不会做的题目为什么不先跳过去，堵车为什么不选择另外一条路。后来我才知道，他不是要区别A和B，非A即B的做法，恰恰相反，他时常认为两者都可疑，所以必须用B去推翻A。

我不认为他会给出什么更好的建议。他高中辍学，比小高年纪小，看上去却比小高老练许多，上一份工作是给面包店烤面包，"那家店拖欠我工钱，本来今天想来碰下运气，哎……"

我明白他的意思，他认为我的记者身份也许能帮得上忙。我突然担心他的下一步行动是再把我带到面包店，让我加入对峙的场面。那一通粗鲁的电话给我带来了这种担心，虽然坐在面前的男孩看上去有点不耐烦，还没做出什么出格的举动。

"面包店关了之后，我怕她找不到我了，就给她家里的地址。"

也就是说，之前稿子都是寄到面包店里去的。我想象面包师的手从烤箱边移开，拉开手套，触摸A4纸上的石墨，寄回去的稿子上面沾着面包糠？

"她来过好几次，她喜欢吃奶油炸面包。"张孝全说，有一天傍晚，作家来到店里，那时候他正准备交班，她问他能不能出去外面说几句话。

"她跟你说了什么？"

"她说我不应该待在这里的，我，我可以去当演员。"

这句话差点让我叫出来，虽然他算得上眉清目秀，但侧脸上有没消退的草席印子。为了表示不是在开玩笑，他磕磕绊绊地强调了一遍："不是去影楼里拍照片，是真的那种。"

"因为这个原因，她才找你干活吗？"

"我觉得她不是乱说，因为小叔差点就当明星去了，不骗你。"

我不觉得那位小叔跟这件事有什么关系，于是我假装饶有兴趣地盯着他看，他不好意思地别过脸去。

"听我妈说，他去深圳的时候，在酒吧唱歌。"他说那位小叔个子很高，骨骼分明，后来因为走私被关进去几年。他还说小时候小叔带过他去礐石公园玩，拍了一张骑摩托车的合照，"小叔没有孩子，他很疼我，但我对他一点记忆都没有。"

这是第一次，有人主动跟我提起礐石公园这个名字。我对它的记忆则是，七八岁的时候，外公带我们来汕头走亲戚，第二天中午搭船过礐石玩。那里有一小块被开发成旅游景点，景点巨石前面搭着一辆水车。

"你跟他像吗？"

"我谁都不像，不过如果她见过我小叔，就会知道为什么有这种感觉。"

"鼓励你去当明星，还是把稿子交给你的感觉？"

当你说到一句他感兴趣的话，他会快速抬头，专注地看着你。他知道我在打量他，应该说这种打量的习惯，已经变得容易被觉察，他习惯做一些小动作，满足打量者的好奇心，也让那些沉默的瞬间显得没那么尴尬。而沉默的长度超乎我们的想象，有时候是他不知道要说什么，有时候是我提出的疑问，对他来说很晦涩。

他见证着我日渐生疏的技能，我口舌打结，但感到很放松，这样让我感觉自己在对他说着唯独只会对他说的话。店里的环境，也暗示我们不必把这里当成公共场合，聒噪的电视机，响壶煮着凉茶，外面有人在打台球，周围都像被放在一个扩大版的音响里。

我知道不是他干的，但我不想停止"盘问"。

张孝全自行设计了一套被盘问的程序，好几次在说完之后，他会再补充一两句："我这么想，因为她是个好人。"

作家没有把他从嫌疑人的名单里划去，他似乎对此毫无察觉，他的全部注意力被她那句话吸引住了——那句话是真的。他想让这个念头顽固无比，附加在所有的谈话上面，其中包括"她是好人""继续联系""蓝色很适合你"。

其实我想提醒他的是，他太关注自己，认为什么都可能发生在自己身上。相反，在他看来女性特征无法和威严并置，作家被他描述为老师傅——跟面包师傅作用相似，只是工种不同。

"你比我实在，我挺崇拜她的。"

"我想不出她年轻时候的样子。"

"中学老师吗？"

"不知道啊，男人看女人容易看老两岁。"

我尚且相信他的那个理由，让作家有兴趣把稿子交给他，我想了解的是这两件事之间的联系。"我觉得也不太可能，我是色盲，考不了驾照。"他不知道，色盲跟当不了影楼模特和明星都没什么关系，也许放大这个缺陷，能让他获得另一种心安理得。

张孝全说，第二次作家来店里，就带了厚厚一叠稿子，从那之后，她时不时寄一个信封给他，其他步骤跟别的抄写员大致相同。

"她为什么要你做这些？"

"你们文化人真是肚内能装事，她就是需要帮忙啊。"

但我知道，她不是真的想对说过的话负责，这些话是随时能废弃的草稿，这是她的诱饵，张孝全由此也产生了一种莫名的虔诚：只要抄到一定的数量，就能实现愿望。

直至察觉出这个愿望有消失的可能，他才反应过来很久没接到稿子了，和我们坐在一起的原因：稿子不见了。对他而言也意味着作家就此不见了。"我没有她的电话，她没有告诉我，她就这样走了吗？"

我看到他的眼睛里闪过了一丝失望，或者说恐慌。"最后一个信封，"他的声音微微颤抖了一下，"信封是白色的，不是之前那样的牛皮纸，我应该多留意的。"

我的笔记本上记着陈行扬说的：牛皮纸袋子，活页装订，蓝色修改笔迹，一不注意纸张就容易打卷。我之前没有想过，发给每个人的信封是不是有可疑的地方，张孝全无意中提醒了我。我问他那些信封有没有保存，他表示可以回家拿给我，又委屈地说："你用完记得还我。"

他就这样陷入了微弱的、毫无预警的震惊之中。通常我会备选几个常规问题，来提问我的采访对象，于是每一张脸会做的表情，都在我的脑海中预演过一遍——我试图不眨眼地盯着他，等待他把注意力落回我身上。他不知道我正变成过来人的身份，旁观他们，不再被他们的情绪左右，我甚至可以失去身份，变成敏锐的蜻蜓复眼，写出一篇观察手记。

但是很快，我就意识到这当中的悖论，他可以是一棵蒜苗，按照生根抽芽的节奏，他也可以是明星，但我没见过明星，不知道他们真实的一面是怎样的……这些判断不由我负责，但必须由我发出。

张孝全认为遗失的手稿很重要，"要不然她会让你做这么多事情？"我没有告诉他之前找了几个人，我的常规操作同样出卖了我。这时候我的胃疼又开始突击我，我感觉脚指头变成蒜，长出根茎，半身在泥淖里，空调风不断攻击着我的头。

他问我是不是来月经了。我正滑向一个可怕的地方。

"写过植物生长日记吗？"我弓着腰把水杯推到他的面前，我不在意自己看起来很狼狈，倒是突然好奇，作家会怎样写疼痛？我曾看过一部电影，电影里女主角向前走，握拳的手划着粗粝的墙，镇住失去丈夫和孩子的痛。

我回想看过的小说章节，她似乎在感受快乐的同时，也会为痛苦留出阵地。她难以忍受的是未预设过的痛苦。

"我快忍受不了。"我说，只有我自己听到。我也预设过被病痛阻碍，就此中断的见面，不是提前结束，而是时间提前到了尽头，"不是他"就是这个尽头的答案。

张孝全还在按照日记中记录的速度生长着，他张着嘴巴，好像在观看一件不可思议的事，而我拒绝被观看，拒绝接受真相，我所有喋喋不休的铺垫，只是为了说明另一件事是真的。

　　"这就是你最痛的时候吗？"我不知道怎么回答他，仿佛我刚才假装忍耐的表现，在他看来就像在自残。"我告诉你个办法啊，你觉得太痛的时候，就这样，"他突然半蹲在椅子上，头埋进膝盖，然后又抬起头说："这样子喊出来，没人听到的。"

　　他把头埋进手臂围出的黑洞里，开始喃喃自语，也可能只是沉默地在椅子上上下跺脚。外面台球桌有人大声说话，准备跟旁边的人争执，张孝全往外面探头，穿上鞋子走出去。他们交谈着，张孝全还拍拍那个人的肩膀，那人向后摆摆手，拿球杆对着桌面戳了戳。张孝全走进来，半路又折返，一脸不甘心，那个人把他拉到自己身边耳语几句，得意地笑了起来。

　　"我挺怕的，他是我认识的骂脏话最凶的。"我不清楚他说的是那个拿球杆的，还是那个争执中断后走开的男人，"我的小学同学，能把班主任骂哭。"

　　"你被他欺负过？"

　　"倒是没有，我们有一段时间是好朋友，现在也是。"

　　"他们刚才发生什么事了？"

　　"好很多了。"

　　他又转过头去看，他一直想确认那边的矛盾已经解决了，而我的疼痛只能飘荡在自己的体内，无法复制给另外一个人去感受。

"生病是很不好受的，是先死去一会。"他不像会想这种文绉绉的话的人，根据从他口里说出来的语调判断，"病"和"暂时"两个词靠得更近，其他的短句和语气词，只是配合它们拼凑出具有独立意思的句子。

为了抑制疼痛复发，"暂时的，只是暂时的"，诸如这样的句子在我的脑海里被拼凑起来。我想起我打过的文档里，有七页古怪的对话，跟作家以往的文风大相径庭，没有说明对话人的身份和性别，有很多骂人的方言，好像在勘察粗鄙可以到达的极限。

张孝全说，自己的文档里也有这样的段落，"比如说，欸……"他不好意思形容，"我爸喝醉之后骂人，就是那样的。"

"就像人在十分危险时的应激反应，不是骂出来，是吐出来。"

"对对，就像在阴暗的、怎么都爬不上去的地狱。"他说他抄过其中一段，大概有十六页，有一次午夜失眠时起来干的，抄到第十页时他后悔了，但停不下来，控制不了自己，感觉黑暗里有什么在注视着他。他一边打着字，后背一边不断淌着汗，直至凌晨五点完稿。

他被这段情节打动，但没说那夜为何要抄写这段，午夜之前发生了什么，这种日常的、熟悉的粗鄙让他产生了共鸣。我能够体会他的感受：那些脏词活灵活现，密度极高，我居然想到用"完美"来形容，完美地表达了能指和所指的关系为何总是破碎，粗鄙们趁着这些破碎的缝隙，在文字中找到自己的位置，也带着一种完美的快感。

虽然年龄相差不大，但我们对时间的感觉是不一样的，他只有二十四岁，记忆力良好，不觉得正被时间追赶着。但我很快又意识到，这可能不完全是语境的问题：他不像我们脑袋里装那么多东西，所以反倒能从空旷的意识里，准确地拾起信息。

"我觉得自己游过了一条河，又觉得自己身处云端，到处看来看去，下一分钟又身处菜市场，看到那些小商贩争斗，我想起读小学的时候，一个菜贩子和卖猪肉的吵架，猪肉贩子刺了菜贩子一刀，当场毙命。第二天跟没事发生过一样，大家照常去买菜，通菜、白萝卜、荷兰豆，水瓜一斤两块二，鸡肉有冷藏和现杀的，现杀的要贵一点，二十块四可以吗？鸡的喉咙很脆，里面有一层薄膜，手脚快一点的话日进一千元，小姨问我要不要去，这都是日常必需品啊。我的脑袋很重，有种戴着一顶白色帽子的错觉，恶毒让人上瘾，还是着迷，我说不明白。"

这些话不是脱口而出，只是被流利地背诵出来，像描述被瘟疫重创过的内心。"后来呢？你去市场干活了吗？""没有，我闻到血就恶心。"他说完一直抿着嘴，咬着吸管，把吸管从左边白齿转到右边白齿的位置，一颗颗牙齿传递过去，像机器人的表演。

我对张孝全说，刚刚他的举动让我想起至今还在乡镇里流行的"落神"（一种民间通灵活动）。我也不知道为何要这么形容，他没有抬头，手腕托住下巴，又按顺序把吸管移回左白齿。

"你去问过米吗？"

"没有。"

"你好没见识。"我理解他想说的下一句是，你就喜好判断那些没看过的东西。而张孝全自己不也沉浸在这个游戏里？动作慢慢地变得机械、重复，情绪在牙龈传送带上摩擦。他用这种方法喝完了一杯甘蔗汁。

我发现张孝全一旦不动静过多，他就做到尽可能不引人注目，甚至不存在。他的眼睛越过我的位置，漫无目的地打量四周，看着冰室里寥寥的客人，柜台摆满了不锈钢凉水罐，墙上挂着龟苓膏、奶茶、烧仙草等的牌子，牌子套着透明塑胶，沾着一层黄色的油尘，外头的热空气让街景变得模模糊糊，一切都要融化掉。

"这是被蜡烛烫伤的，"他说得起劲，撩开了领口，一个圆形的肉结痂格外醒目，"跟同乡去玩鱼虾蟹（一种民间赌博），桥洞下蚊子很多，大腿都挠出了血，我们没钱，赌谁输了就往出包的地方滴蜡，我只是觉得很痒，回家倒头就睡，几天之后水泡不褪，乌黑乌黑的。"

他描述的是自己身上污秽的河，鱼虾蟹浮着游着，堆积出湖堤中心的亭，让他可以卖参观门票。他又摸了摸心脏的位置，随手要揭开最深的伤疤。但他走到柜台边，对着立式空调撩起衣服，露出肚子，肚子上有一道疤痕，从肚脐右边倾斜延伸，在胃部底端弯折，还有一块像是神经和皮肤的扇形淤积，水流停顿、蜿蜒至肋骨，颜色越来越淡，像蜈蚣一样钻入皮肤。

仔细看才看出不是蜈蚣，伤口的终端文着一个蛇头，从损伤的皮肤里冒出来。

"看起来是不是很痛？"他双手搭在眉上，脸凑近空调扇叶的缝隙，像是里面有什么吸引着他，他突然下巴上扬，用手一按，把扇叶全部上翻，空调也配合着，发出一声异常的响声。

"当时疼生疼死，疼过去就想不起了，想起的就只有药膏味，无法说清楚的味道，它随时能被召唤出来。我现在试试。"张孝全坐回来，摸摸鼻子，神情好像一只小黑狗，"嗯，是碘酒，黏黏的，因为加了一点过期的枇杷露。"

但我不相信他说的，张孝全拿了一根筷子，敲着桌面，"你知道以前这里是什么地方吗？我就是在这得到这条伤口的。"

我猜了录像厅、游戏室、赌博摊子，他听了都摇头，"是'大台北'，对啊，就是那几年很流行的大台北奶茶，后来仿牌店满大街都是，奶茶花不到两块钱就能买一杯。高二那年，在这里，为了女人打架，那个女人，我还记得穿着米色的裙子，坐在高椅上喝柠檬水。我一个人对三个，一个留着长头发的人行进来，是个男人，我不认识他，给了我一刀。我坐在这里，血从这里一直流，淌到门口的小水沟。"他用脚尖示意划了划地面，"那个女人和那个男人我再也没见到，不见了，老板跟我说，他们是一对，后来老板也走了，店也转让给了别人。"

"自从那之后，你知道我的外号叫什么吗？"他的音量引来了老板的注目。

"台北张孝全啊。"说完他自己大笑起来。老板还没来得及和我们对视，又马上将视线转移到电视剧上。

张孝全笑得手舞足蹈，他身上不会失控的部分开始让我感兴趣。或者说，在我眼前的张孝全，有时候不是一个具体的人，而是类似信息拼图，波长粒子，消除了影像的色块屏障，他说话也变成断断续续的蜂鸣声。我知道对他来说不太公平，他可能是 G 吗？还是刚才他告诉我的这些就在说明，他的性格里有 G 的一部分？我看到他的嘴巴在动，身体却像分散在每个角落、到处晃荡的幽灵，然后他又慢慢回到椅子上，显形，声音也渐渐真切。

"你没见过问米，见过问事吗？我老姑是真的会，她就是通灵人。"张孝全说，他的老姑住在南澳岛上，本来只是普通渔民的女儿，老公也是岛上的渔民，二十多岁那年有一日，她不知不觉就在岛上一个山洞里睡着了，有仙人托梦，说给了她通灵能力。

"这是她跟别人说的，你问我信不信？我信啊。"

"老姑有没有帮你算过命？"

"有啊，她说，我是个好人，心地善良，说我三十一岁那年会有了不得的事，没说好事还是坏事。"张孝全眨眨眼，"不过最坏的事也都过去了吧。"

我发现他的一颗虎牙缺了一小块。"我也很想知道这种能力是什么样的，是不是就像我们说的天赋呢，天赋就是别人有，自己没有的东西，跟适合做某事是一样的吗？"

"可能吧，但应该还是有不一样的地方。就是当那个东西出现，你是全身心投入，没时间考虑其他的。"

我已经很久没有全身心投入到一件事之中，这个工作也不例外，甚至已经让我产生了逃离的想法。我无法描述这个人，短短的会面里，他提到了自己的小叔、老姑、他的爸爸、女人，他们给我的印象都比他自身更加清晰。他由这些素未谋面的人拼凑出来，他们构成一个更完整的、更全身心投入的张孝全，这些都要写进手记里吗？

店铺外面传来了打锣鼓的声音，打桌球的人放下球杆往外张望，张孝全一口把饮料吸完，我们也走到了店门口的帐篷外头。打锣鼓的是一个游行队伍，游行队伍前方，有几个人敲着锣鼓，两个人吹唢呐，乐声像乐团开始表演前的校音，一字排开的人举着燃香，后面表演的人的头上歪歪斜斜地顶着鱼和虾的造型。再往后的队伍则什么装饰都没有，踩高跷的人穿着戏服，脸上涂油彩，最后头的人顶着一个倒扣的方形箱，箱子掩没了他们的上半身。

"奇怪，这个是游神？是哪个乡里的？"老板表示也没见过这种仪式，说大概是外乡的队伍路过，顺便表演一圈。张孝全说，他们喝醉了，肯定是这样。老板"嗯"地应了一句，继续看他的电视。

踩高跷的人经过我们身边，"那个高佬对我笑，你看到他的眼仁了吗，扑死他。"他对恐怖的反应非常迅速，反应在恐怖发生的瞬间，他无法像关注自身那样盯着这些，好像这世界上所有的恐怖都是一样的。

"有什么好惊的，惊你就眯眼。"他的同学"喊"了一声，他们聊了起来，声音一直被唢呐声盖住，我被迫断断续续地加入他们的对话中。

"把家里的钱都拿走了，说做生意输光了，谁知道他是不是去赌了？"

"他想我有公家饭吃，你看我哪里像这种人？"

"你听到了吗？"张孝全侧身转向我，一边扭头对那个人说，"不是我讲你，我现在还懂你，以后就说不定了。"

"我很怕蛇，你还要带我去喝蛇胆。"

"我想我就是从我二伯那里抱养的，这样他怎么对我都无所谓。"

"你问过你妈的想法没有？"

"你仔细看下，里面有两个人长得一样的，刚才已经走出去了，你看，他又来了。"

"你知晓什么，神不是用来信的，是用来敬的。"

"要真有个隔在我们之间的鬼，我们不会也是别人的鬼吗？"

"你不应该生气的，我快要知道了哦。"

"你干什么？"张孝全突然猛烈地撞了我的肩膀，差点把我撞倒。

"我学我爸啊。"说完他扯掉背心，快速蹿向前去，从哪里拿了一罐液体，泼向刚才看他的游神者，然后推搡开人群逃跑。

其实游神队伍并没采取什么行动，他们按照原先的速度向前，偶尔不放心地看向这边，担心出现新肇事者。他的同学也不见了，一张张涂满油彩的、动物形状的脸如同从万花筒里走出来，看得人目眩。

不一会儿，一个穿白背心的中年男人被人从巷子里押出来，身上是湿的，裤管上沾满灰尘，他们站在原地一动不动，抓着男人的头发逼他抬头。看热闹的人转移注意力，朝他围了过去，他成了所有人的目标。

"不是他。"我对那几个人说，不是他干的，但没人听我说话。男人没有反抗，他瞟了我一眼，不接受我为他辩白，他的沉默和忍耐，仿佛在暗示，这就是张孝全的身体，张孝全脱壳跑了。最后，他终于承受不住攻击，眼皮像突然老去般耷拉着。

我蹲在街边呕吐，众人的膝盖将我淹没，心里有个声音在说骂出来吧骂出来吧，吐出来，脏话、谎言、脑电波和磁电波一俱消失。

第七章　《积木游戏》

　　自从踏上旅途，我每天醒来都有一个习惯：默想当天的时间。现在是一九四七年七月，我正躺在床上，外面阳光很大，木板床还是让我有种躺在棺材里的错觉，我慢慢确认了我已经离开轮船，半夜的风雨加剧了我晕船的头疼，现在我在汕头的旅馆里。

　　吃过午饭，我去领事署办证明，又去了潮海关办公室。从潮海关办公室出来之后，我就在附近村里的田地和堤坝边散步，到处看来看去。这么多年过去，这里的人还是会用狐疑的目光观察我，我也以为自己已经认不出这片土地的模样。回到城镇时已经是黄昏，空气里有一股烧草料赤煳煳的气味，街上的行人不是很多，女人们坐在大埕边抽纱、编草席，街上有儿童在卖菠萝和香蕉，每个人的脸上有淡淡的紫蓝色光晕。

　　一个卖莲雾的妇女叫住了我，确切地说，她在叫我的名字。

　　我怎么都想不到，会在这里遇到她。我早已认不出这个老朋友，她穿着黑裤和蓝布衣，跟我在路上遇到的农妇没什么区别。有人向她投去目光，好奇这个身体壮实、看着像干了半辈子农活的邻人，为何会认识我这个外国人。

我离开那年，她还是不足十岁的小女孩。我问她这几年过得怎样，她告诉我，十多年前嫁给当地的一个农民，后来丈夫沉迷赌博输光了家业，她带着两个孩子回了娘家，一直没有再嫁。她有很多话要说，很紧张，手不停地扯着袖口，我听得懂她说的话，但我已经十几年没说过这种语言，她的热情和质朴使得我放下异国人的身份，我也跟其他小贩一样脱掉鞋子，坐到她放在箩筐边的板凳上。

我对这趟旅程有过很多想象，与其说是忆旧，不如说是追溯那些从没被我正视过的风景，如今烧草料的味道就很让我着迷。很快我发现，我忽略的东西比想象的东西更多，比如我一直不知道她的名字，当时所有人都叫她细妹，我也跟着这样叫。她的原名叫雁，我们都没想到这个名字，竟是打开那一段往事的钥匙。

这不完全是我的故事，但还是要先从我的经历开始说起。我出生在英国格拉斯哥的一个手工业家庭，从小我就无心继承祖业，一心梦想着当语言学家，考入了威尔顿公校，主修完语言应用学课程后我才发现，自己懒散的天性根本不适合做这个职业。一八九六年，我拿到毕业证，不甘心就此留在英国，于是去了越南、缅甸和印尼游历，最后选择在菲律宾落脚，在同学的帮助下，很快我在驻防部门当了一名执事。

由于懒散的天气和热带气候的消磨，我在闲差中挥霍时光，也染上了酗酒和玩桥牌的瘾。一天晚上，我喝了很多龙舌兰酒，什么事都不记得，只记得在街上跟一个马尼拉人斗殴，我不喜欢马尼拉人的脸。那时菲律宾刚被战败的西班牙送到美国的手中，除了政治上的交涉，各国人在此地经商和生活，早就形成了微妙和制衡的关系网，而我只是一个无关紧要的、爱酗酒的文官，那次斗殴事件之后，我就被革职了。

就在那流落异乡、游手好闲的期间，我认识了一位叫约翰逊的美国传教士，他说他正打算前往中国，问我有没有兴趣去。于是我跟着浸信会的传教士队伍，坐上蒸汽船，在海上漂了几天之后，抵达了他们在中国的目的地。

我们在一个叫樟林的港口登陆，很多女人站在码头和更高处的土垛上，朝着大海挥手和哭泣，约翰逊告诉我，她们正在送别自己下南洋的丈夫。约翰逊还告诉我，我下船的这个临海地区是潮州府城。我对这个地方一无所知，我只知道我要来中国，这个远东最大的国度，犹如无边无际的码头组成的大陆，就在踏上码头时，我记起了对它的第一个想象。

我们在汕头落脚，在约翰逊所在的教会里吃住，我先是在当地的教会学堂当教师，主要教授英文和数学。跟在菲律宾一样，我依然过得贫瘠散漫，不同的是，这里主要是南亚热带气候，季风走向和温度也较为宜人，加上当地对外国人的保护政策，生活在这里，我的性情变得非常稳定。凭着以前在语言学上学到的一点技能，我慢慢认得一些中文，一年之后，我基本会听官话，还学了一点本地方言。这种叫潮汕话的方言，听起来像是某原始部落的语言，也是这个国度最古老的语言之一，我在印尼等地听人讲过这种方言，那时我并不知道那些移民的华人来自哪里。潮汕话非常难学，我辗转托人找来一本《汕头方言手册》，才渐渐摸到一点窍门。

这本手册是英国学者翟理斯编撰的，十年前他曾经在汕头当外交官，据说他的外交生涯不是很顺利，不久后便返回英国。我很遗憾没能跟这位研究语言的同乡见上一面，对于此地和我这个后来者，他只留下一本词典和几篇游记作为线索。当时我沉浸于语言的学习之中，我那点浅薄的、投机取巧的语言能力总是让我畅行无阻，我经常到集市和稻田边去，跟挑扁担的小贩，跟坐在树下的妇女聊天，他们一开始都很害羞，妇女们会赶紧走开，或者用草帽遮住脸，但你听得到她们在笑，男人们满腹心事的神情，也跟我在其他地方看到的不一样。他们不好意思教我说粗话，就教我歌谣，我曾想过学翟理斯编一本歌谣册，但最终还是懒散作罢。

当时的美国浸信会和英国长老会，在潮汕当地各有传教版图，但他们还是必须谨慎地和当地人相处。我的朋友约翰逊和他的同僚费尽周折，制作方言版布道手册，还让我帮忙编成歌谣，便于向村民讲解。约翰逊经常被派往莲下村布道，印尼的热带光线把他的皮肤晒成了古铜色，让他看上去有一种平易近人的农民气质。他一点都不享受乡村旅行，农民们的热情和冷漠都会让他倍感受伤，他喜欢坐船穿行于各个水道之上，看渔民和艄公的活计，听船里琵琶声声的伎乐。他不动声色地思念着老家新英格兰，就像思念路边芳香的黄色小花，在他看来，传道、乡愁和野花，都和《圣经》里的每个名词一样珍贵。

约翰逊是个性情温腼的朋友，这种温腼会和我的好奇心形成强烈的对比。他从不跟我辩论，也从不和抵制传教的本地人置气，他把乡野和河流、外国人和当地人当作互相连接的事实，我却热衷于辨认每一样东西之间的区别，就像当地人告诉我的，某个方言词汇的音调一变，意思可能完全不同。约翰逊当然不会和我争论稻子和麦子的区别，但他不能理解我沉迷于各种方言，特别是一些他所形容的、看起来像匪客的人说的语言，发现过多的区别，只会让我轻易发现跨过边界的后果。但边界不仅仅是我个人遇到的问题，我知道一些当地人称信教为"吃教"，意在讽刺多数人表面加入教会，实则是寻求教会势力，庇护他们在乡里械斗中的生存权，约翰逊鲜少提及他对传教和当地信徒的看法，相比起传教士的身份，他更像个抚恤帮贫的士绅。

就像有一次，我们经过一处邂逅的村庄，听到几个庄稼汉在吵架，约翰逊打赌他们是因灌溉引水触发的矛盾，我则发现是男女丑闻，我们没有过多逗留，就这样走出了村庄。第二天乡里府衙贴出了布告，说一个农户把他出轨的妻子装进猪笼，推到河里溺毙。约翰逊为死去的女人祷告，却不称赞我的能力，仿佛是我一语成谶害死了农妇。

没有跟约翰逊一起的时候，我就独自在野外漫游，从清晨走到暮色四合。几十年前的天色跟如今的天色无异，但我已经没有诸般行走的精力，那时我还可以往黑暗里头走，走到陌生的地界，走到放弃语言的时刻。雁却仿佛有很多话想对我说，这位妇人时而平静、时而激动的叙说，一点点唤醒我的记忆。

我想起那是一九〇八年，当地的富贾正在找一位会教外文的家庭教师，去给他家的少爷上课，教会便把我推荐了过去。那时我已经在教会学堂待了两年半，家里寄了几封信来，问询我对未来的打算，可以这么说，外界的事物和植物都蓬勃发生着，只有我沉寂在个人的世界里。本地人和教会有过几次升级的矛盾，约翰逊也说不好接下来的形势，包括教会的人事变更，学堂的后续支持，他是否会离开这里等问题，菲律宾的那段经历，也让我对富人还抱着心有余悸的态度。那时正逢入夏，蟋蟀的叫声快要把我淹没在午睡里，不一会儿又骤风暴雨，雨水落到了花园里，我模模糊糊听到有人在外面，报告说有位牧师被村民绑架，所有人跟着他冲了出去，房子和蚊帐也跟着摇晃着。我睡到傍晚，在街上闲逛时遇到约翰逊，跟他说了自己的决定。

雁是在一九〇四年去的陈家，当时她六岁。她家祖上是在福建漳州，整个家族在万历年间才迁居到澄海县，家里世代为佃农，那时候的澄海经常遭海盗上岸打劫，农田也频遇旱涝，她家里的兄弟姐妹众多，口粮吃不饱。她的表舅原是在陈家做工，就将她一同带去陈家，因为年纪小，一开始她学着做一些针线活，还跟着家里的小孩上过几年私塾。

我不记得第一次和雁打过照面的情形，那时她已快十岁，没有缠脚，已经熟悉很多家务和女红，放假回家时也帮忙干农活。我也不记得是哪一位女仆搬下我牛车上的行李，打了一盆水给我洗脸，盆里还搁着几枝我不认识的花草。陈家的女仆都是勤劳强健的女人，从不柔弱，我在陈家领受过她们的照顾，我一直相信，就算拿到手的棉花变成了谷穗，她们也能织出一张舒适的床垫。

女仆带我去见我的学生，在书房里，陈家的幼子陈立桐穿着一件宝蓝色的立领对襟长衫，戴着圆礼帽，神情淡漠又羞涩，他的脸庞让我想起丰满的动物，不激烈不粗野。他抹了当时在东南亚非常流行的香膏，举手投足间却是旧式的礼仪，他对我在欧洲的经历饶有兴趣："你会踢足球吗？"他突然提高音调，双腿在高椅上晃来晃去，小心隐藏着一个十三岁男孩的心思。

谈话并未因为我生疏的语言而中断，很快，他就展示出了来自富人家的自信，开始介绍他们家的种种，我恍然大悟过来，他就是这个家族递给我的第一张名片。其实陈家在府城的名声早就如雷贯耳，那时我在乡里游荡，经常从乡民口中听到这个家族难以想象的财富：陈家第一代商人靠着经营红头船发迹，咸丰元年就在香港南北行创办商行，经营大米进出口业，陈慈黉是子承父业，渐渐做成了暹罗商界的米业大贾，在暹罗、新加坡、越南和曼谷的商界，无人不知"陈黉利行"这个商号，有人亲眼见到陈家每天傍晚时分结算一天赚的银元，称重时要动用米斗。

在外人看来，这个家族始终蒙着或是神秘或是华丽的面纱。按照雁的说法，她能到陈家来，简直是不可思议的运气，她深知那超出运气的部分，是置身于这种鼎盛的传说里，就是一种至上的特权。传说的奇异不在于宏大，而在于细节，她开始告诉我一些隐秘的事，比如她第一次来月事时非常害怕，以为自己过早得到了生命中的所有馈赠，不得不提前死去。

陈家幼子倒是一点都不怕怕我这个外国人，可以看出，他的父亲虽无意让他去上学堂，但也正在把他培养成一个学贯中西的中国绅士。我们正说着话，那位穿着织锦长袍的父亲拄着拐杖进来了，这个已过花甲之年、建立了一个纵横异邦的商业帝国的老人，身材高大，目光锐利，气质接近于我在乡间庙里所见的男性神明。他和我寒暄了几句，就继续去厅堂里议事了。

陈家为我安排的住所，比我之前寄住过的地方都要宽敞：一个朝东的房间，光线充足，除了日常的家居用具，还为我添置了书桌和书柜。我快乐地向女仆和她背后的主人表示感激，女仆提来一桶水，快速把地板清洗了一遍。我告诉她自己没有随身带太多的书，只有几本词典，一本大英历史书，和约翰逊给我的中文版的《圣经》，显然她对这个话题也不感兴趣，但她问我信教这个行为的奥妙。

她就住在旁边的村子，经常能看到传教士在传教，她一句都听不懂，神奇的是，她竟期望从我这个一知半解的外国人的口中，了解更专业的宗教知识。我只能告诉她，宗教不是承诺，不是任何实用的事情，我想表达约翰逊的说法，宗教是一朵黄色的花，这个说法让她的脸浮现出了生动和茫然两种颜色，这个可爱的女仆因为专注而嘴巴微张，出汗的脸颊红成一片。她没有停下手里的活，我无处下脚，就坐在窗边的横梁上，打扫完房间，太阳已经完全西斜，她恢复了那种毫不在意的态度，提着木桶走了出去。

这是我第一次跟这里的女性对话。我的意思是，她不把我看成高她一等的客人，回想起来，她们的脸、眼神和语气确实都不一样，在那里你可画不出一张仕女图。相比之下，男人们的面貌就有点千篇一律，他们也出现在各个角落里，大多手持烟筒，结队议事，或者一言不发，登上观景台眺望远方，写下诗歌。相同的是，男人和女人都对我尊敬有加，作为那里唯一的外国人，有时候我感觉自己像一只到处闲逛的、没有性别的野生动物，没有规范束缚我，也没有新世界要我去遵循。

我就在那间西南角的藏书阁里，教那位少爷英语、历史和数学，他小时候就有私塾老师教过他四书五经等古籍，人很聪明，也很能接受一些挫折。虽然我很严格，但我没有像外界传言的那样，传授他什么诡谲的西洋之术，倒是他教会了我很多好玩的东西，写毛笔字、糊风筝、挖田螺，当我玩得尽兴之时，才发现他并不喜欢这种乡野小儿的意趣，倒有点在旁观我像乡野小儿的表演。

陈立桐还有两个年长他许多的哥哥，已经在家族的海外企业中经商，他是他父亲的老来子，格外被溺爱。他羡慕我云游四海，不必背负家族的期望，他爱听我讲在缅甸和暹罗的经历，但我隐隐感觉，这位幼子其实哪里都不想去，他喜欢并接受着这里的一切。

搬进陈家之后，我减少了出门次数，不全是因为慵懒，还因为这里四时轮转的景色总能让我注目良久。春天的时候，澄人熙熙若游化日而登春台，在县志优美的文字里，整个宅子似乎也变得温柔夺目，门庭闪闪发光。女仆们抱着被子和衣服经过，到处是皂粉的味道，柳絮在风里东倒西歪，宅子变成了一座漂浮的孤岛。

我从不吝惜对这个地方的赞美，认为暹罗的皇宫也不过如此。大宅也是这个家族坚固繁茂的象征，那时的澄海夏天频发台风，就算遇到最严重的暴风雨，宅子也毫发无损，台风过境之后，小孩子还拿木盆当作红头船，在门口划着玩。

我分不清楚是出于权力的附丽，还是宅子本身就有一种魔力，那里总给人与世隔绝的幻觉——这个挂着西洋钟表的孤岛家族，自行制定着自己的时间规则。一九〇六年的新年很快就到了，宅子里每天都在燃香，达官贵人陆续登门拜访，鸟叫声都比平时欢快了一些，我经常睡到中午才起床，慢悠悠地穿过院子，远远窥探着宾客的活动，再去找厨娘给我做点吃的。我记得那是新年开始的第五天，我吃完饭后，准备去找小孩斗陀螺，走到后院的拱廊底下时，从高架子垂下来的忍冬花枝条碰着我的头顶，就在瞬间，枝条的震颤闪过我的全身，一种怪异的、分离的感觉在我的心里升起：麦芽糖黏住我的牙根，溶化在口腔里，我对那里的忍冬和每一根柱子都了如指掌。我站了一会，几近忘记了时间，直至有孩子跑过来，拉了一下我的袖子，我像在缓解贫血症一样，眼前幻想出来的色彩慢慢消散，大宅则一直岿然不动。

我记得很多陈家的细节，却还是想不起第一次和雁打照面的情形，雁却记得很清楚，那时我头发红火，总挂着不知所以的微笑，像个老头俯身观察屋檐。她以为我是在找鸟巢，其实我是在看瓦当上的花纹，我不是合格的学者，但当时我沉迷于这座宅子，研究它的结构，我计算过花纹的种类，还数过房间和门窗，中国人喜欢谈论风水布局，我也开始认为这种奥秘也发挥在那种宅邸里。在那个家里，数字是一种更敏感的禁忌，我听说陈慈黉在给一百艘货船编号的时候，只编到九十九，最后一艘没有号码，如同幽灵的名讳。我还发现有的房屋边沿故意做缺了一角，中国民间有这么两句谚语：

"金无足赤，人无完人""月盈则亏，水满则溢"，都是指万事不可过于完满，否则很快就会走向反面，但不得不说，陈家的这种谦虚，也是一种精明的退避。

雁也尽情观察过那个宅子，她喜欢那些瓷砖上的花纹，觉得它们的美丽举世无双。一个男孩走过来，脸上怏怏的，手插进她的衣兜，那是她不到三岁的小儿子，她生育了六个孩子，其中一个女儿夭折。她依然记得那些好食物和衣服的情景，回忆旧日，她的脸变得温柔，她不知道如何向男孩描述她的亲眼所见，任由他执拗地掏着什么都没有的口袋。

雁的讲述和我的记忆有重合的部分，但我感觉，我们始终生活在不同的时间线上，实际上当时的我们已经被装进无数个庞大的时间口袋里。一九一一年后，陈家从不称民国几几年，这涉及他们的政治立场：隔年"剪辫令"颁布之后，陈慈黉不反对家里的男丁剪辫，但他本人拒绝服从法令。我听说他的胞弟陈慈云本来被举荐为候补道台，革命爆发时，他正在上海候船准备去日本考察，仕途也就此断送，一开始也拒绝剪辫，后来迫于形势才干脆剃了个光头。这两位老人戴西洋表，和外国人做生意，却终生拥护旧日王朝，仿佛他们创造财富，是为了挺直腰板，伫立在无力反哺的帝国之中，最后还是威望保障着他们的忠诚和自傲，让他们避免过多陷入行动的拉锯之中。

外面怎么变化，陈家大宅始终像是那片土地上一个坚固的、引人入胜又充满敬畏的存在，经常有形形色色的商人、乡绅和官员来访。我认得一位叫高绳芝的乡绅，据说他帮助过革命党人先后光复潮梅各县，还召集过那些有钱人筹资，秘密捐款给革命党人。高先生的祖父是暹罗机械火砻业的创始人，他自己也有过人的经商眼界，在县里率先从日本引进技术，开振发织布局，布匹都卖到了南洋。他还顶着亏损的压力，在汕头创办第一家自来水公司，之后又组建了电灯企业和民用电话企业。

他知道陈慈黉对新政态度不佳，从不主动在他面前提起这些事，陈慈黉佩服这位年轻人，也不只出于商业同僚的考量，这位年轻人壮志雄心，一直说要让本地人喝净水，用上电火照明。我知道他聘请过日本人，不反感外国人，也曾和他交谈过几句。有一次他独自在大厅里的大挂钟前站了很久，他看到我，就说他家有一个小客厅，有翠绿的椅子和老姜色的鸟笼，每到傍晚光线渐斜，客厅就像一幅明代的画，并邀请我到他家去欣赏他的收藏。说完他疲倦地笑着，他只是想从我们这里盗走一点时间，尽管他家财富万贯，花园里花繁木盛。那是我最后一次见到他，两年之后，起义同僚被杀害的事实让他深受打击，病逝时三十五岁。

那个家里的每个人都有数字天赋，雁也不例外，她清楚地记得每个人的年龄。她问我认不认识有一个叫"瑟"的女仆，我一下就想起来了。瑟是一种乐器的名字，我之所以对她的印象更深刻，是因为她有一种耐心做事的力量，那种力量在我看来甚是神秘。她穿过长廊，在黄昏时候把家里的窗一一关上，她喜欢一边关窗一边点数，当我在中途遇到她，跟她打赌已经关上的窗户数量时，几百扇窗户数下来，她也从不出错。雁告诉我，瑟回福建老家成亲，第二年就难产死了。

瑟在回老家之前曾算过命，算命先生告诉她，生下来的第一个孩子不能要。我从不喜欢算命，算命神通跟西方炼金术、占星术一样，有算术也有骗术的成分，人容易受到蛊惑，也因为命运就像是一个线团，看不清来龙去脉。她突然想起这位姐妹，是对算命先生心存芥蒂，恐惧预言的实现，还是感慨命运的灰尘，一直随机地落在每个人的头上？雁告诉我，现在乡间也有人用《圣经》来占卜，即任意翻开一页，那页的第一段是卜文。她想请我也用这种方式，替她决定半个月后的一件事，但我想的是，如果约翰逊了解人民如此嫁接了信仰和生活，不知道他会做何感想。

一九一三那年的大事，是立桐娶了妻子，她是福建漳州一个盐商世家的女儿，嫁给立桐时十七岁。成婚那天，锣鼓和鞭炮响彻天际，硫黄气味弥漫在整个隆都县的上空，那场婚宴持续了五天，家里出现了很多我没见过的礼物：报时鸟挂钟，金色小人跳舞的发条转盘，骑风车的仙人，弹簧活门，百鸟朝凤的雕花屏风，一种坚硬的、长着绿毛的水果……他们举办了新式婚礼，旧式礼仪也一样没少，很多人第一次见到婚纱、照相机和没有裹脚的新娘。白天宴请宾客，晚上就演大戏，陈家在宅前的大埕搭了一个舞台，比我在乡间看过的舞台都要华丽。那几天我喜欢拿着酒瓶子，爬到楼顶，看看月亮，看看戏台上唱书生和小姐的潮剧，我真又喝得烂醉！

后来有人提起了拍照摄取术，那时候迷信的风俗认为，拍照会把人的灵魂给摄走，中国人从不认为灵魂是抽象的东西。结婚那天，陈家找了一架很大的闪光灯，把暗箱放在厅堂前的中间，拍了一张大合照。我和雁都没有见过那张照片，照片也从未被挂在家里，大家的灵魂不知道被摄去什么地方。几个月后，那新娘生了一场怪病，突然变成哑巴，找了许多医生都不见效。立桐很爱惜这位妻子，他对包办婚姻没有过激的看法，新娘的美丽也缓解了他长年的忧郁，女眷的议论让他心烦意乱，他恐惧于妻子的遭遇，还给庙里捐赠了重金祈福，但那新娘依然说不出话。

他们一直叫雁为细妹，记起她真实的名字来，也是因为新娘的病。她说是家里几位主事人把她叫过去，立桐也在场，他们劝说她放弃自己的名字，实际上是剥夺她的名字。一个算命先生说，新娘之所以生病，是家里有人跟她的名字犯冲，而家里只有细妹的名字"雁"，和新娘的"彦"字重音，虽然是不同的字，但他们找不出更多的巧合。

最后雁接受了这个请求，她描述着自己的遭遇，如同描述着一件我没见过的暴行。在中国人的观念里，人只有被命名后才可以顶天立地，名字也是世界上最短的咒语，失去名字，就像没有了眼睛和嘴巴。对他们农家人来说，名字还代表祖灵的编码，是灵魂落叶归根的依据。这个故事的残暴之处还在于，他们继续称她为细妹，没有人主张给雁一个新的名字。雁是一种野鸟的名字，在英国的水边经常能见到，雁说他们乡下称它为野鹅，跟它名字中的美好寓意没有丝毫关系。

雁觉得人如其物不如其名，倒也是件好事，她学会了在屈辱里寻找乐趣，一度想把自己叫成"蜡烛""凳子""毛笔"，仿佛只要她愿意，就能变成自我命名的这些东西。雁说那段日子她经常睡不着，端着饭碗吃着吃着哭了出来，她还去了庙里找庙祝求一个名字，庙祝跟她说没有办法，除非她出家，出家了会有一个佛号，这样才能舍弃俗世的名字。

我对我的好胃口感到抱歉，对我还有多余的名字感到抱歉。那时陈立桐为我起了一个汉语名字：杜甫，我知道杜甫是唐朝的大诗人，写过很多诗歌，我喜欢读他的诗。我顶着这样的大名，反倒有一种幽默感，甚至在某些时刻，这个名字让我想起了自己的童年。我把"杜甫"遗弃在了中国，如果不是雁叫住我，我以为已经没人记得，以及知道这个名字的人都已经不在这里了。

中国人有各种大名和小名，活着时候的名字和死后的名字，很多姓名是忌讳，是权力。就像在陈家，没几个人可以直接称呼那新娘，但现在我可以说出来了，她叫彦枝。没下过南洋的人说，她长着一副南洋女人的面孔，从南洋归乡的则说，她是最典型的中国美人。她那美丽的面孔之下，潜藏着特异的性情，如果说有人怀疑雁的事情是出于构陷，跟她这样的性情不无关系。

我听说她病好之后的第一件事，就是找人画像。不是那种严肃的、为了给后人留纪念的画像，更像是仿造仕女图的消遣。那时候有个画师不小心画歪了她一侧的眉毛，彦枝不但没有怪罪他，之后几天，她还一直做着歪眉毛的表情。之后越来越多的画师听说了她这种奇特的性情，故意改造她脸上的部位。外面开始流传她的画像，有的丑陋，有的端庄，时间一长，这些画越画越离谱，有传闻称，张员外就收藏了一副女钟馗，所有人看一眼就知道画的是她。彦枝央求员外带到家里来，都被他几番婉拒了。

有个师傅做坏了家里的一个窗户，她对那位手工不好的师傅早有耳闻，于是他时常被她描述为"生着六个角的怪物"，有时候是"满脸白毛、叫阿斗的猴子"，盘踞在屋顶，专门抓小孩，当她涂着凤仙花汁液的长指甲伸出去，孩子尖叫着逃跑。之后家里召集工匠，那位师傅也在名单里，临众人集队过来的前夜，他就病死了。彦枝就说，那工匠是个懦弱的老头，哪禁得住要他现身为鬼怪猿猴呢。

仆人们还学过她见张员外的情景：想起这些流言，她就忍不住跟员外抱怨"哎呀，气死了"，转着手里的扇子，员外赔着笑抹着额前的汗，想着这回非转变心意不可了。他们的谈话生出了另一段流言，他最后生气回家，是看到她在那把扇子的内面写了骂他的话。

我有幸亲眼看到那个和尚的皮囊术。陈家请他来大堂里表演，表演开始时，和尚会盘膝在大堂的中央，用一个大麻布袋罩住全身，一会过后，布袋慢慢撑大，升起来，开始贴着地面游走，在场的人都不敢呼吸，只听得到和尚走路的声响。

和尚表演那天的天气非常闷热，在场的人的眼睛、胳膊等关节似乎都被麻袋无形地套住了。彦枝叫住和尚，问他的法术是从哪里学的。

那和尚停住脚步，布袋里传出声音，像是从陶缸里传出来的。

"我是无用的孤儿，城北佛寺的大和尚好心收留了我，长到九岁，又跟江湖上的师傅学了一点法术。"

彦枝又打听城北佛塔的传说，她说她听说的是，有两个工匠，当年被叫去造佛塔，那个塔造了一半还没有造好，他们就死了。这两个死去的人一直没忘记这个没造完的塔，他们的鬼魂不愿意离开，一直绕着那个塔，一直没法转世。

那和尚原地不动，声音也不动："他们也想转世，但先转世的人要把另一个人吃掉，眼睛激动发光，嘴要喝辣酒，火要烧舌头，他们认不出那苦恼，不得摆脱，只不过不跟任何人说而已。"

和尚说完就继续表演，他弯曲身体，围着大堂走了几圈，布袋慢慢随着形状变大，鼓胀到了顶点后，开始微微摇摆，里面发出风旋转的响声。布袋又放松下来，像呼出了气，其中有一侧晃动着，有东西正在直接钻出来。

那东西完全脱离了袋子之后，悠悠地走着，东飘西飘，这是布袋走出的透明人形，人形跟和尚模样相似，轮廓和眉眼像极了中国画里的白描，也很像我在仰光见过的僧人，闭着眼睛微笑。在一众惊叹声中，它飘到大堂的门边，朝着门外，一声不响倒地下去。我们走过去瞧，地面上只有一张鹅黄色的人形油纸膜。

和尚脱下布袋，回到厅堂中央，交叉着双手缓缓叩首。表演结束后，一般他不着急着回去，会坐下来喝茶，小孩捡走了油纸膜玩。但那天的和尚，忽然有了属于和尚的超脱，他脱下湿透的鞋子，解下脖巾，泥鳅般瘦小的身形竟比之前矮了一截，似乎真正的障眼法表演才刚刚开始。

我第一次见到如此惊人又古怪的法术，和尚和彦枝的对话也让人费解。那天晚上办宴会，彦枝没参加，她捡走了油纸膜，把自己关在房间里。那晚我们观看了潮剧《南泉斩猫》，讲的是一个僧人为了结束纠纷，杀了一只猫的故事，仆人先把家里的猫都藏了起来，他们担心某些可怕的巧合，又说不出巧合会是什么。

我因为着迷法术，又观摩了他的第二次表演。这次他只转了几圈，就利落地做出半蹲的动作，眨眼的工夫，人形从布袋里一下子弹出。

彦枝叫住了他，和尚已经走到了门沿，只能顶着全副装束，喘着大气返回来。

"上次我说的是佛经里的故事，城北根本没那两个人。"和尚沉默着，她又问他可要听城北两个人转世后的故事。

"故事讲的是，那两个人终于转世为一对子母鸟。母鸟每天出外觅食，将食物叼回来给巢里的雏鸟，雏鸟长大一点，母鸟就带着一起打猎，母鸟杀猎物，雏鸟站在旁边看着。母鸟每逢求偶，转头看一眼那什么都不做的雏鸟，就立马把眼前的求欢对象啄成肉泥，两只鸟扑过去尽情啃食。"

众人听完心知肚明，她所描述的，正是家里某个女眷房里挂着的《三鸟夺食图》。那幅画出自苏州一位名画家的手笔，又拿到庙里去开了光。然而自从挂上那幅图之后，那位女眷就噩梦缠身，最后不得不把画藏在斗橱里。

那幅画手法精湛，家里并不舍得毁掉，也曾把画再请去庙里做法事，但那女眷依然受到画的侵袭。奇怪的是，彦枝编了那个故事之后，那女眷再也没做噩梦。

和尚卸下布袋，平静地和她对视说道："夫人，这的确是人间实苦。"

那天他没有表演完就走了，再也没来过，我也没能看到那样神奇的魔术。有人说和尚就是修塔人，被彦枝揭穿后落跑，我却认为那是和尚的报复，这样彦枝永远无法知道他的把戏的奥秘。有一段时间，"修塔人"成为在陈家流传的代称，指那些顽固又没法自处的人。雁对这件事完全没有记忆，也不记得是否被叫过"修塔人"，她早已下定决心拒绝被命名，她宁可当只有姓氏的人，也不愿意被变相剥夺。

我在印尼见过很多华人劳工，如果不幸在南洋去世，他们的坟墓是一块写着名字的石板，统统面朝故土的方向。其实极少有人在乎他们的名字，他们被叫作"猪仔"，在南洋修塔修铁路，或者去烟草和橡胶种植园当苦力。我不知道雁当时有没有听说过那些悲惨的故事，他们才是一群没有名字的人，身体和灵魂都难以回乡。那座宅邸的魔法保护着和雁年龄差不多的女孩子们，让她们还能在那里如常地吃饭、睡觉、互相比较和嫉妒，只有雁成了彻底的游荡者，名字成了她记忆的全部。

彦枝有着比她们更多的自由和更大的权力，一九一五年，她似乎找到了更好玩的魔法。陈慈黉告老还乡之后，一直有扩建宅邸的计划，一九一〇年开始动土，中途因为革命暂停过一段时间，一九一五年的春末，乡里人都知道了陈家要建新房子，泥沙匠和砖瓦匠纷纷来试工，周边的农民听说工钱可观，都来陈家应聘，管家坐在西门口登记人数和发放工钱，人群像鱼一样游过还未建成的大宅的中轴线，分散到各个角落去。

工匠和帮工们一般穿着黑色的裤子、蓝色上衣，白天上工，中午休息时就在脚手架下睡觉，草帽盖在脸上，劳动人民的举止总能引我驻足，我喜欢找他们谈话，这让我找回当年在乡间蒙混过日的感觉。他们依然贫苦，也依然乐观，我向他们打听传教士们的行踪，一位农民说几日前，一个长老会的传教士跟他们村里的陈某买了几间房屋，打算用来建教堂，族长担心教堂会破坏祠堂风水，命令陈某收回房屋，邻居不从，族长便带了一些族人烧了房子，火势失控，半个村落火光连天，他自家的牛也被烧死了。

我早已对算命、风水、巫术这些东西见怪不怪，也深知潜藏的破坏性，但那农民无奈的神情多少还是触动了我。潮汕的每个村落里都供奉着不同的神，神仙的身份有道家神话人物，也有历史名将，而在宗教信仰和无名无实的神幻之间，往往唯一的边界就是个人利益，所以也启发了他们用《圣经》来占卜。

农民还没来得及为自己重建家园，就来为富人家起高楼，他的心里没有半点抵触，因为陈家给的报酬非常丰厚。他伸出四个指头说，做四天工的收入，抵得上他在家耕田半个月。

我没法模仿历史学者的语气来讲述这些，我曾多次想确认我在那段历史中的位置，当我把时间称为历史的时候，我也不自觉地，把自己想象成一个过去的人，这种想象促使了我和雁，和那段记忆的相遇。我现在也无法从记忆的任意一头出发，去描述一九一五年后发生的故事，就像描述那个忍冬花枝条击中我、时间变得无限长的下午。我再次受到语言挟持，既不是英语，也不是普通话、潮汕话，而是非我所属的语言，最终是语言允许我逃离自身，遁入沉默的虚无之中。

我没有看出陈家人对新建宅邸表现过理想和期望，仿佛宅子不存在还没完成的部分。那年的天气提前变得炎热多雨，整个澄海县像热带雨林，台风来临时，凿子、锄头、铁桶等工具东倒西歪，在洪水里到处漂流，一些干杂活的人请假回家，把家产迁到高地。台风过境后，感觉得到回来的人数明显变少了，回来的人说河水上涨，很多农作物和房屋被淹了，他们捣弄着瓦砾石灰，觉得自己是要建一座天堂。我不知道他们心中的天堂是什么样子的，他们当中的信徒则被教堂的外形影响着，有几个信徒跟我说，死后的灵魂最好的归处，就是像教堂那样的地方，有的人认为去祠堂或是教堂都可以，只要能遮风挡雨，不受到洪水侵袭。虽然他们受过洗礼，也听过传教士讲解《圣经》，但他们大多都不知道诺亚方舟的故事，我跟他们讲，诺亚根据上帝的指示造了一条大船，诺亚一家和各种动物躲到船里，度过了一个阴历年零十天之后，洪水彻底退去，船上的生灵都安全着陆。

在乡民们看来，故事里的神通大于宗教的意义，因为他们无法准确预测何时要刮台风，何时雨下得刚好，水可以灌溉农田，也可以毁了他们的生活。明清时候，沿海的居民就常年遭遇海盗打劫，两百年间，朝廷多次下令将耕地内迁，远离海界，有的穷人为了生计，顺势也当了海盗，当中还涉及反清复明和农民起义等事件的发生。藏书楼的县志记录了这些，但解释不了本地人对海复杂的态度。他们痛恨海盗，现在又要出海，才能为家里挣到一口饭，他们的先辈和同乡人乘坐红头船，去往另一个完全陌生的世界。有个短工说他的亲戚在去南洋的中途死去，尸体被丢进大海。我也只能跟他们解释，诺亚方舟比他们看到的红头船和汽船的体型更庞大，于是他们又问，比陈家大吗？他们还是习惯把一切想象成渴望之物，一个遮风挡雨的、安全的房子。

与农民们的忧患不同，陈家热衷于生产新事物。台风过境之后，彦枝就带人清理积水，砍掉了预留地的杂树，拔光杂草，用火把土地清理过一遍，她让那个家产被烧的农民领头去做，很快就把被台风破坏的地方清理成平整的待用地。谁也不知道她为何插手这种烦琐的事务。他们发现她不轻易生气，也不会把命令重复第二遍，于是不得不更加谨慎。他们始终惧怕一切未知的、模糊的东西，虽然陈家为他们提供了庇护，但那种东西对他们来说是不安全的，仿佛它的内里随时会爆裂开来。

刚开始的几天，我好像在观看一个马戏团的后台或是召巫现场：几个人拉着尺子比来比去，在地上画满记号；有的工人在脚手架和墙边，一动不动组成三角形的队形；有的围着窃窃私语，看到我就急忙散开。我一度以为是自己神经过敏，直至亲眼看见彦枝用各种匪夷所思的方式折腾着他们。我无从得知彦枝如何说服家公，让她主持建房子的过程细节，但管家的地位自此微妙起来，他不再对很多事情拥有决事权，他必须每天中午就提着鸟笼去议事厅，向她汇报各种细节和进度。

他说，她是那种就算遇到鬼怪，也会做完鬼脸再逃跑的人，就算她提出要坐在门口登记和发钱，他也愿意把位置让出来。跟其他人的热情不同，四十多岁的管家擅长将好奇心藏在冷淡里，远远地看着我们这些马戏团的表演。

那时我也把管家的话理解为，这里的人已经习惯白日做梦，造房子也正变成一个巨大的梦境。马戏团、鸟笼和鬼怪悉数登场，它们瞒过人的眼睛，挪动了建筑的方位，将涂料和香水到处泼洒，狼藉让人眼花缭乱又心满意足，那种心满意足接近道德的边缘，而享乐和失败正变成一种新的道德。我做过在英国的梦，做过在菲律宾的梦，梦的内容经常没什么区别，只是换了个地点，延续前一个梦境里的事件，最后它们会一起出现在我的房间里。

我借来那幅《三鸟夺食图》挂在墙上，当晚就梦见了棕榈树上栖息着一只大鸟，眼睛比拳头还大，我正想着那个和尚讲的转世故事，它就转身飞起，飞进了烧得弯弯曲曲的蚊香里。

这些梦被我写进日记，那是我为数不多的能坚持下来的习惯。回到英国之后，我整理过那些日记，其中一九一五年秋的日记写着：大宅要建成东西朝向的"驷马拖车"，据说这是一种模仿皇宫的格局，像是四匹马拖着一架车。我头一回被激起对马戏团的热情，是曾经有个同学跟我说，他们家乡的人喜欢佩普什马，我误会佩普什马是一种戏剧活动。这里没什么娱乐，我极度渴望性爱，有朋友给我介绍做性买卖的女人，让我在巷子里相会。她们大多长得矮小黝黑，神色紧张，有的屋里挂着摇篮，摇篮里躺着婴儿，还有一两个小孩在屋外绕着墙玩耍。跟她们在一起时，我会偷偷想念大宅里的女仆，其中有两三个非常可爱，我没有罪恶感，因为我没跟她们发生过什么。昨天我没去巷子里幽会，去找了船妓，朋友一直跟我说要谨防被船妓骗钱，但我觉得她们很自信，姿态曼妙无比，我们在江上喝酒，错过了回家的时间……

一九一五年底的日记：陈家还从韩江边的入海口挖了一条运河，直接将从意大利和南洋进口的瓷砖等材料运到隆都。

这项工程简直要从古罗马帝国开始计算起，有时候源源不断的材料填充进去，都像被一头胃口大的动物消化了，石灰混合胃液，把原先的柱子墙体等等也吃掉了，他们可能真的在造一个房子，只不过是在地下进行，被输送到其他地方去了。我私底下打听过，大宅自从建造以来，没人见过一张工程的全貌图纸，没人知道陈老爷想要一座什么样的宅邸。我从未像现在这样怕老，早上起床后我照着镜子，发现我的眼神比我的样貌更迫切地老了十岁，镜中的我变成了中国人。

一九一六年的一篇日记，记着台风过境，鬼火乱窜，街上静得像地府。那种惨烈，不亚于一九一八年正月里的日记所记录的地震：昨天午睡，我被像很响的打雷声惊醒，人坐在床上天旋地转，跑到外面空地，过了很久才敢回屋。去街上看到的木房都塌了，地缝喷出的硫黄臭水到处流，海水到处倒灌，听说韩江边的塔和万美斋茶居被震塌了，街上死伤无数。虽然是冷天，但苍蝇到处飞，我不忍心目睹惨状，早早就回来了，心情真是不好，什么都做不了。

一九二〇年五月一日的日记：经过潮州开元寺，才发现潮安青年图书社在寺内开了一个卖新刊的窗口，我买了《新青年》和《胡适文存》，晚上还看了话剧《安重根刺伊藤》。演完话剧，学生们走在街上手拉手唱歌，买麦芽糖吃，他们并不像其他人一样，用打量猴子的眼光围观我，一个学生邀请我去他们的地方，去给他们讲课，我跟他们喝酒，我喜欢他们说真话的样子，虽然我知道自己以后不会和他们相见……

雁的经历超出了她的语言能力所能描述的范围，从她断断续续的描述中，我理解的是，雁没有了名字之后，她对很多东西的概念也发生了偏移，她丧失了对马的概念，固执地认为长相奇怪的牛拉了十几车木材，被漆成了红色后统统作废，她把来家里的学生当成了袁世凯的军官，说他们要立新皇帝。虽然她现在已经是个走向衰老的妇人，只要回到那座宅子，她就依然是个记忆鲜活的少女。说起姐妹们互相系头花，用花汁染指甲时，她笑了起来，那时候她们不耐烦单调的工作，经常用墨炭在墙上偷偷画记号，只有她们知道那些记号的意思，比如天会放晴，眷属之间又发生什么新闻，厨房剩下的哪些肉可以吃掉。对于雁来说，那有着另一层意义。"无了名字，画个圆圈代替也是好的，那也是我画的。"雁喃喃说着。

我这才得知那些几十年前反复出现的，诡异标志的真相。我见过花、几何、数字、人脸，一开始还以为是工匠打的记号，后来发现它们简直无所不在，看上去就像神魔活动轨迹的显现。

她们为这合谋感到快乐，直到那件事发生。雁说，一位姐妹看到了，向大家转述了当时惊恐的情况。

是一个非常高大的人，要顶到房梁那样高，四肢很长，头很小。雁说，家里没有那么高的人，不确定是不是人，姐妹们都说是西洋鬼，这片土地没有它居身的地方，没有神明愿意收它，看到这里有西洋装饰就躲了进来，以为是回了家。那时候是黄昏，一个女仆画了一只蜘蛛，转头看到了它侧身在空地上走着，驼背，走得很慢，没等它完全转过头来，她就往大厅的方向跑，她知道很多人在那里吃晚饭。从此以后没人敢乱画，那个游戏也就终结了。

我感觉她们时常站在高处俯瞰着我，看着我在大埕等空地上散步。后来我彻底成了无事可做的人，陈家没有让我离开，我继续留在那里帮忙做一些记录的工作，教更小的孩子读书。我把她们画符号和遇到古怪的人等事，理解为精神经验上的意形：比如本地人在谈论陌生的排斥的事物时，会冠上一个"鬼"字，像我就是番鬼、红毛佬。雁说，只要它在，宅子就不会有完工的一天，至少在她离开之前，一九三二年，大宅还在继续施工，那时候房间已经扩建到了三百多间。雁说那时是瑟负责开窗，所有的窗开完就到中午了，黄昏关窗，关完窗天也黑了。她自己去最偏僻的角落，自己回来，都没遇见她们说的西洋鬼。雁说，瑟没看到，是因为她跟她们不一样，她会游泳。我不反驳她这种飘忽的逻辑，反倒觉得很好玩。

那时候谁也没想过，那座大宅的建造漫无尽头，就像一场不停歇的、流动的宴会，漫长源于主人对工艺的挑剔，彦枝采用分工制，让工匠们自行组成几支队伍，通常在确定要制作工艺类型，比如门廊、桁条或墙面装饰之后，工匠们不画图纸，而是直接去领材料做出样板，最后由彦枝选出最好的作品。这个筛选的过程持续到施工的时候还没结束，如果效果不好，彦枝又会命人推倒，让工匠重新设计。

工匠对报酬满意，或者是被这种磨人的进程激发出了斗志，这种竞争关系有时让人害怕。我发现一个事实，就是他们发现美的高级形态是梦境，结果就是每个人都在做梦。他们把做过的梦画出来以此博取赞同。

有时处理太多人的梦境就跟处理呕吐物差不多，但是雁说，彦枝告诉她们，只有死人才不会想象，只要他们活着，这件事就能完成。她要把他们变成野心勃勃的艺术家。

　　工匠们大多是文盲，很少透露制作过程的秘诀，说的无非是砍下一棵树，凿成原来的样子，再让你无数遍通过眼睛去指认那些细节。他们熟悉自家世代传授的技能，你相信了他们都是从原始的耕种起步，一粒一粒种下稻谷，稻谷养活了身体和头脑，养出了手艺。当他们面对陌生而巨型的花岗岩、黄铜、楠木，这些那些欧洲和南洋的工艺品时，你能感觉到他们丝毫不慌乱、不轻佻，反而是充满自信地摸索着美的起点，即便开始非常混乱，也能在混乱中慢慢成形。

　　然后他们知道如何舍弃经验，不用一块砖头，只用水泥和石灰砂做起全部的墙，或者把一块块彩瓷打碎，用黏土搭配石膏塑，在窗廊上做成嵌瓷的造型。他们在欧洲风格的浮雕下方放暹罗的狮子，让檐梁上的花朵、星辰和英文字母互相缠绕。

　　我喜欢看雕刻工匠工作，勾出形状，把多余的石料一点点凿去，磨斫，站得远远的，还是闻得到石料有股强烈的腥味，鼻子和喉咙像沾上铁锈。师傅跟我说，用得最多的石雕工艺是浮雕和沉雕，包括那些从希腊转世来的柱子。他们不懂什么是多立克式和爱奥尼亚式，凭着管家交付的图样拆解混合着手上的用材，包括在柱头上雕刻卷草纹和涡卷，还有花体的英文字母。

　　我意识到字母有灵活的装饰性，是因为它无法意形，这使得字母能轻易弯曲成月桂叶、苕莨和蔷薇花萼。相比之下，汉字的装饰就复杂得多，比如郎中第的门厅木门底端的"薨"字，我数过一共有十七个圆点，直线和弧线交纵连接，就像沿着点阵不断添加笔画，脱离字形，慢慢织成一张复杂的网。汉字时常有超出视觉的解释，就像我认得那个"薨"字，但我从来不知道怎么组词，怎么使用。写书法时我也深有体会，比如长久盯着一个字，字会重新变得陌生。

如果要模拟植物，汉字则有自己的方法。中国人要讲究风水，要把树种在特定的位置，来祝福家宅兴旺。陈家为了顾全布局，就请了书法家写"三槐"和"五柳"的牌匾，分别挂在东西两个方位。我一直不知如何解释这种神智，三棵槐树和五棵柳树，在字里又不在字里，这是佛教经书里才有的注释。

陈家当时花了重金，聘请书法家陈世奎题了十一个字，据说一个字收费一千银元，可见陈家对于题字的重视。雁说他写的字像一只草鞋，也像一只船。草鞋是宽慰自己不缠小脚的愿望，船是后来她的丈夫想要出洋时的心思，她感到侥幸的是她曾经以死要挟，阻止丈夫跟着同乡下南洋，那次出海半遭遇了翻船，无人生还。

虽然雁那样做完全是出于直觉，他们还是把这段经历归结为神明保佑，神明是高于自身的力量，也是一种可被复制的信念感。这里的工匠帮人造宗祠，刻的也大多是仙人和英雄、神话和历史的故事。他们没有在陈家使用这种经验，我不知道他们有没有意识到自己要建的是什么，但是据我观察，那些每天准时上工、愿比服输的工匠，都没臆测和思考过这么做的意义，这样比较起来，我的想法确实俗气。

我喜欢木头多于石料，因为无论是雕刻还是上漆，闻起来都是清香的。木头也更容易藏匿动物的踪迹，善居室东面的一处外檐额枋，凤凰的头从柱子上方伸出来，雀替部分则雕成一对翅膀。除了凤凰这种传说中的动物，正厅的梁枋还刻着松鼠，下方那个叫随梁枋的部位，是喜鹊停歇在梅花丛中，大理石和黑油麻石相互辉映，古老手艺的光彩从不因朴素而被淹没。有一段时间我放弃了阅读，每天观察他们的工作，经常能看到做了一半就被铲掉的雕塑，很像曼谷荒废的寺庙里，四处散落的佛像的头和四肢。有的墙壁等待被填充，那些被当作实验的彩瓷碎片则像爆竹屑，我总是遇到一场场触目惊心的梦境，被惊得目瞪口呆。

如果你看到这种设计：书房门口的木头柱子，从空心的柱体的侧边打开，里面是可以放书的橱柜，虽然它实用性十足，但它还是让我想起中国园林设计里的假山，那种虚实闪现，处于平凡和神秘的交界，让人欣喜又心神不宁。孩子跟玩具在一起时也会有这种感觉，我从工匠们的脸上看到过这种表情，他们相信自己亲手造出了没见过的东西，世界不过是手中的袖珍艺术品。

建筑用的瓷砖是专门定制的，一说是陈家在外国学艺的后人设计，再将设计图纸送到意大利。另一个说法是彦枝带着家里的女工绣了很多织品纹样，她选了样品送去意大利。很显然，彦枝不满足于建善居室——那座最先落成的，属于她和立桐的宅子，在她的主持下，宅子的理念和风格也延续到了分属于其他兄弟的寿康里、郎中第和三庐书斋等等宅院，池塘抹上石灰的第二天，她就命人往池里注水放入金鱼，小孩们像被那神秘的磁盘紧紧吸住，有的蹲着有的趴着，眼睛跟着金鱼游动，这样的画面生动极了。

路人渐渐被赤紫色的霞光吞没，走进一大团没形状的阴影里，万物显出空旷的距离，回忆至此本可停止。听说陈家府邸现在无人居住，被当地政府封禁了，只能绕着外墙参观，我不知道西洋鬼还在不在那里，但我早就体会到死亡一直有着超乎寻常的蛮力，不给人留下任何道理。一九二一年，陈慈簧在他未完成的宫殿里逝世，后辈从中国香港、越南、南洋等地方赶来奔丧。一九二二年春，立桐突发急病去世，彦枝成了没有丈夫和儿女的寡妇，那时陈立桐的兄弟都在外埠和南洋成家立业，族里有一位叔公在陈家协助家事，决事权基本落在失去丈夫的彦枝身上。

建房工程也再度中止，加上前一年八月的台风来袭，雷电毁掉一大片未完工的屋顶，残骸像刮开的鱼鳞一样触目惊心，没有及时修复，瓦片掉下来又差点砸死一个工人，叔公赶紧找人来设坛做法，读诵《地藏经》。那年的二月，英国人霍华德打开了图坦卡蒙（Tutankhamun）的墓室，那位埃及法老去世时才十八岁，他创立了一神教的父亲的陵墓，和他父亲的王后的雕像就震惊过世界一次了。我一位跟随考古队摄影的叔叔写信告诉我，年轻法老的墓穴就是一座皇宫，里面有卡诺匹斯罐、镀金神龛面板、巫沙布提俑等宝贝。他偷偷寄给我的相片里，有一张让我印象深刻，是一个头顶着鸟的黄金女子，嘴巴微张，她侧着头站着，双臂张开，护着类似棺龛的物体。他在信里描述：太可怕了，你正看到天堂，你不会相信你的眼睛……年轻的死亡就那么值得庆贺和纪念？

我见多的是在死亡面前露出的狼藉。

很快我也与死亡擦身而过。我搭船去海丰看朋友的新教堂，去到村口就遇到农民起义，没等我反应过来，火枪子弹就穿过我的右臂下方，朋友把我送去当地诊所取出了子弹。我第一次动了回英国的念头，学生去世，时局不稳，传言一直说段祺瑞要篡位了，我只是个胆小的人，我最终是要离开的，旧秩序和新秩序更替冲击，我却始终像被迷雾包围，没有一个客观的立场。

停工的日子里，我时常看到彦枝独自在半成品房屋之间走来走去，挑拣着一些地上的瓶罐和泥塑，摆在墙头和石墩边，扶起半夜被吹倒的花草，她要在残垣中找出一个圆形斗兽场。她就像一头眼睛发热的豹子，日夜在领地逡巡，她已经没有建造什么的目标，相反，她在拆解形状、色彩、声响，要拆解掉自己。有一次她去书斋，穿过二楼天台，转向楼梯的暗角和回廊的衔接处，就这样消失了一天一夜，没人知道她去了哪里。女主人的短暂消失，使得陈家人陷入了前所未有的恐慌，他们打着灯笼连夜搜寻，还去了警察厅报案。

我带着受伤的手，也学她每天穿梭在那些柱子、雉堞形的墙和遍布泥沙的地面之间，有时会在两个平行又不同的空间错位经过，像两个互相交付、又迅速分离的影子。我观察过每一座宅院，发现整个建筑群不管变换出什么风格，中心的厅堂永远是方正的、代表着传统宗族权力的格局。可是当我绕到善居室的后包巷，我又发现了十二根古希腊石柱拔地而起，像十二门徒站立着。当我无从分辨这些意义的时候，是美一次次收留了孤独的我。

那天我跟管家详述了辞别的理由，返回时在大埕边遇到一个工匠，奇怪的是，只有他一人在干活，我过去和他聊天，才发现他的身边还有一个人，彦枝穿着女仆的衣服，正跟他学雕刻。我们三个人坐在地上聊天，聊到太阳晒到身上也不觉，我才知道她早就偷偷加入了那个画符号的游戏，并且深谙每一种符号的意思，有时候还故意捉弄，给别人的图画添上几笔，暗中观察着女仆们乱成一团。

当时我对西洋鬼事件不知情，也没查证召唤出西洋鬼是不是她的功劳，她也不记得在瓦砾堆中遇到过我。我问她失踪那晚去了哪里，她说她一直在三庐书斋里转来转去，不知不觉天就黑了，她没有提灯没有拿蜡烛，在黑暗里忘记了时间，好像她已经走到了沙漠、大海，走到了动摇的边界。我也尝试说出忍冬花丛下的那次经历，照样成了白日梦话。工匠一直转着雕刻刀，削着手里的木头，那才是我们眼前唯一实在的事物。

雁无法相信我说的，说她像个农妇一样坐在门槛，面朝太阳，说着下流的笑话。那是我和彦枝唯一一次的长谈，我又问她还记不记得修塔人的故事，她回想了一下，说那是随口编的，她根本不知道什么转世鸟和修塔人，相比之下，她更关心手里的木头。

那师傅一笔一画地示范，很快就刻出许多沟壑，磋磨出一颗核桃，我的眼睛失去了对尺寸的判断，仿佛世界也缩成核桃般大小，沟壑上有山川河流，带着我回家。我看向远处的建筑，它们显得高大又空旷，在黄昏的光线中显得朦朦胧胧。对我而言，它们始终崭新又陌生，这个游戏也只能由孩童发明，混合了躁动、不安的想象和破坏力，不是游戏无法忍受缺陷，恰恰是因为它独一无二的美，使它随时都在濒临绝境。

她手里的半成品像是一块云、一块簪头，她突然说了句模模糊糊的话：只要活着，这件事就能做完的。那工匠应和了一句：活着就能做完的。他们接着低头干活，疲倦又虔诚。那句话让我很感动，但不知为何，我自己也朦朦胧胧的，我的身体变得很高，变得空荡荡的，直至从那个画面退了出去。

这就是我能得到的全部答案了。我不是历史学者，但还是大致交代一下：一九二四年秋，我乘船离开汕头，经过印度洋时差点染上痢疾。回到英国休养之后，我当了一名记者，写一些偷工减料的社会新闻，玩桥牌，再也没见过一个中国人，我那些隐秘的宝藏和渴望，也正随着记忆力一点点地衰退。我想起从马来西亚到菲律宾，睡过摇摇晃晃的隔板床，也睡过潮热的棕榈床，唯独想不起陈家的女仆第一次为我铺的床是怎样的。我害怕记忆像沙漏里的沙一样不断塌陷，这才下定决心中断原先的访问计划，再次在汕头上岸。

雁静静地听着，跟我说，你等一下。她转身进入后边一个黑暗的小房子，过了一会，她从房子里出来，拿着一个小布包。雁跟我说，一九三三年，日本进攻中国的时候，陈家遣散了所有的仆人，全家搬去暹罗，再没有回来过，她和姐妹们都失去了他们的消息，不知道谁还活着。他们离开之前，大宅还没建完，现在正被当地政府封存着。

她打开布包，里面是一块像瓦片的东西，她拿出来，透过微弱的霞光，我辨别出那是一块瓦当，上面浅浅地凸现着一只蓝色的鸟。

"她走前给我的。她说，这个还给你。"

我清楚地看到瓦当上画着一只大雁，看到这方土地的人、河流、稻田和眼前的莲雾摊子。雁微微颤抖的手握住我的手，哀求着我："如果你遇到她，一定要跟我、想办法跟我说。"

我买了一袋莲雾，去了小酒馆，回到旅馆已是深夜。我坐在床边，在黑暗中张开的五指，作为一个人，我对神的期望仅仅如此。蚊子在我的耳边飞着，外面蛙声叫着，仿若另一个世界的颤音，我说出一句潮汕话，我想不起是什么意思，只知道那是很美丽的话，这句话很快也被黑暗吞没，这个世界静寂得只有我一人。

我不断告醒自己，现在是一九四七年，而我身上的西洋时间，正在渐渐失去作用。

第八章　王庶虹

"我比较留意这一篇，有些不符常规的地方。"

"我感觉这是小说最后的部分，她提前写了出来。"

"有的整段整段涂掉了，以前的稿子没有过这么大的改动，我还怀疑她改过人称。"

"你确定你没改动过？"

"我不确定。"

《积木游戏》是林抄写的，这是目前所得的手稿中较为完整的一章，无论是情节还是结构，我和林都没有在各自的稿子里找到这篇的后续。我也怀疑林研究了那些黑蓝墨水涂掉的地方，我找出那一份手稿，看到那些涂掉的字像鸟的脚抓住纸背，字形被更重的横线掩盖，她是下了决心不让人看出她的败笔。有趣的是，对于违规操作的林来说，这恰好是一种反修改警告：不合适的句子都被她埋在横线下面了。

我不知道林有没有感到被羞辱，我想知道他作为粉丝会怎么评价这篇小说。"她的写作不止这种体量，我的意思是在玩文字的代码游戏，这个新小说不太像她的风格。"

"她应该属于什么体量？"

"一头豹子，时刻蹲在树上的那种。"

"你是说她想要改变？"

"也不是要改变，她故意要当一个小说新人。我刚刚想起她早期的一篇小说《鼓师》，有点《积木游戏》的影子，我是好奇她怎么跑来写这个故事。"

他的语气比上次强硬，有意无意地暗示着，这个故事不应该出现在她的书写谱系里。林告诉我，《鼓师》写的是一个女萨满独自前往日本寻找生母，在札幌火车站遇到一个老妇人，她们交谈了两个小时，雪下了起来，小说结束。

听林的描述，我好像预感到她偷偷跑回来了，间谍一样潜行在小巷和街区里，在垃圾桶边翻找着她的稿子。我倒是相信林没改过这篇，就算是模仿旧作，这篇小说也有种笨拙的坦诚。林的犹疑，一方面是出于奇怪的自尊心，认为这一章理所当然得分配给他（谁比他更懂汕头澄海的历史）。他沉浸在自己的分析里："她未必拿得出真正的耐心，之前她和我讨论嵌瓷，我就感觉出来了，我的意思是说，实地考察有时才是最重要的。"

"除了我告诉她的那些，我不知道她的其他途径，我是说，史料也带有欺骗动机。"

她使用资料的姿态跟在日本火车站遇见生母的设定一样可疑。他想要精准地使用怀疑，想在作家的文本和他的知识之间，得出一种相对客观的评价，"我很喜欢她写的女性角色，生机勃勃，不期待着被考证的角色。"

他大概忘了自己写《夜游神》时的投机和偷懒，我也没有反驳。他发现自己一开始就被套进虚构的权力游戏之中，任何的纠错都是荒谬的，尽管她也做出请教的姿态，还暗示他不要把注意力都停留在校对错别字上。但规则如此，他在这个游戏里动弹不得。

我的关注点和林不一样，我更喜欢研究小说的结构、对话里的信息、虚构写作者穿越时间的能力。这么分类的话，我也默默地加入了作家那边，旁观着林的自言自语，仿佛这才是游戏的第二部分。作家大概没想到，两个抄写员会对她的小说乃至创作观念如此评头论足：

"如果她问我对小说的意见，我应该会沉默，我希望她写那种无聊又冗长的大部头，交易时的那种野心，这才是她宝贵的地方啊。"林还着迷于他想出的那个比喻，得了风湿的老豹子也依然是豹子，"我倒不相信她到了这个年纪，还有志于成为博物作家，在文物和大自然里找点什么，她真的像我说的去过实地考察，就知道追踪一只美翼有多困难。"

"你只是想让她动弹不了，坐在冰冷的房间里木头椅子上，写出让大家都满意的小说。"

"她要是得了狂躁症、退行、失忆症，也不会得到一丝同情，因为谁也创造不了她头脑里的怪东西。"

"把作家看成一种职业，才会造成智力和文字秩序的混乱。"

我们在微信对话里互不相让地争论着，像摇动的钟摆，只是为了确认彼此提供的信息的重要性。他认为我在袒护作家，理由是很多大作家年迈了都会返回原点，写自己的故乡和童年，而不是去写一个毫不相干的外乡故事，"最后一部小说，就是真真实实地剖开自己。"

我认为他提前宣判了作家写作生涯的长度，她完全还可以写下去，十年、十五年，直至谁也预料不到的终点，拿出"童年往事"的杰作，林表达的只是某种狭隘的规则。他觉得自己在游戏里，实际上是我们先打破了游戏规则，比如互相泄露稿子内容。作为调查方，我应该承担更多的责任，无论这是不是对她所展现的冷漠的报复。

我感觉林有的是挑剔和分析文本的热情，其实他不想通过文字去接近作家，他想到的，是去她的人物传记里找蛛丝马迹，"我不能体验那种写作引发的……奇异的痛苦，虽然我知道奇异的感觉能让痛苦消失。"

我大致理解痛苦引发的各种并发症，但也不能理解他说的痛苦。写小说对他来说，就是漫无目的地走去荒野，捡起一些有用没用的东西，把自己的尸体留在那里，这也是我们能谈论作家和小说的原因，窥视者都想躲在神秘而安全的角落，我发现我们对看到手稿全貌的渴望，超过看到最终的成书。我能想象这本书出版后，作家接受赞誉，一本本地签名写赠语，寄给每一位抄写员，前提是我帮她找回稿子，找回拼图碎片中最关键的一块。

我想起张孝全，他像一颗卫星飘浮在我的脑海里，我对他的印象已经有点模糊。我把他的资料和录音整理完，发给了作家，林的录音发生在协议之前，所以我没发过去。我跟林描述那天游神的情景的时候，没提当天有录音，林只能想象哑剧场面，而作家只能通过声响过滤画面，事实就这样被拆解成两件即兴的创作。

"这么奇怪的，我从来没听说过。"他在网上查不到当天的新闻，问了几个朋友，都说没见过这种游神形式，他要求我提供更多的信息，服装、道具，走路的节奏，是走路还是跳舞？戴着纸脚镣、树枝？确认的过程一点点变成了对梦境的复述，林的逻辑则是档案馆里的黑白录像带，他找了一些相似的资料照片拷贝进自己的逻辑里，录像就转动起来。林觉得我没有夸大其词，认为我遇见的是一种快要失传的古老仪式，只能通过神秘的方式显现，就像没感光的胶片，冲洗后显现的残影。

我感觉得出林的羡慕之情，民俗研究里已经很少有令人兴奋的新对象，按照林的说法，考古有时候也要发现一些无用的乐趣，不管是一张纸还是一个人，前提是你相信你能找到。我不清楚他指的是找到真相还是找到乐趣，他又指出我精神紧张，说这是造成我肠胃痉挛的元凶。我说不，元凶是工作任务，当我想着逃离任务，逃离这个房间时，寻找最后一个抄写员的念头开始耸动：姓名王庶虹，性别不明，年龄不明，信息只有固定电话和地址。

名单上的第一个人成了最后一个人，世事往往难以预估，没什么特定的顺序和轨迹。我把这些信息告诉林，现在他知道还有一个装在档案里的人亟待复活。这是比考古更刺激的事情，他的专业知识能帮到作家，应该也能帮到我，其实我是好奇他会不会也去打电话，偷偷去找这个人，他把结果回传过来，我再倒卖给作家。林很快就打电话过来，语气像个在找暑假课题的学生，他也知道这个游戏正被推向失控的边缘，无所谓再增加一个游戏成员。

周末，我先去湘桥区接上林，一起去金石镇。距离上一次见面已经过去半个多月，网络聊天聊了几次，现实中相处的感觉却依然陌生。半个多小时之后，车子开进省道，我打开手机地图，开始找王庶虹的具体地点。

沿路的小卡车和公交车开得很快，我们沿着路边开，在一个修摩托的店旁边找到了路标：一条跟大马路成十字交叉的进村小道，两边长着杂草。林建议我开进一片住宅区，那些房子都是宅基地，大大小小的巷道相间，狗冷不丁跑出来吓人一跳，地图标注的地方是一个废弃的铁皮屋，"不可能吧。"林嘟囔着。我掉头找了一圈，不小心又开到另一个出口。

我们确定了搜索范围，地图指针突然摆动不停，又失灵般静止了，我们是一无所知的陌生人，被编织进迷宫一样错乱的信号、路线和方位里。

我们都不相信这是空手而归的预兆，毕竟又不是去荒野。我把车停在一个空旷的晒场上，晒场边有一棵大榕树，几个老人围在树下下棋，我问他们认不认识王庶虹。一个穿着白背心、挽着裤腿的老人抬起头说："我就是王庶虹。"

我和林面面相觑，跟他说明了来意之后，他从榕树的圆坛中走出来，向外走了五六米，我们跟了上去，又说了几句，我发现林和我都感到一种古怪的诧异。王庶虹提议去他家，我和林在后面跟着，我才发现他赤着脚，走路很快，刚才看到的那些巷子只能容许两个人并行通过，蜿蜒在一侧的住户的门上挂着门帘，底下露出竖着的铁栏杆。我们在一条钉着"西保巷6号"牌子的巷口拐进去，第三间就是王庶虹的家，就在刚刚我们看到的铁皮屋的后头，被一个封闭的巷角隔开了。他打开一道双扇的铁门，一道木门，屋里的收音机低声响着，但屋里没有人。

老人把灯打开，调低收音机声音，拉了两张凳子过来，他不主动说话，盯着地面，还没来得及从陌生人的目光中收回自己的局促。屋里什么角落发出细微的声响，好像一个搪瓷的东西被拨动着。

"那天下午她来找我，她穿着裙子，裙子上串着什么很好看、哗哗闪的东西，就像村里的女人做的彩色珠。那天天很热，她应该是自己一个人来的，我不知道她是谁，她一直笑眯眯的，头发银白，但是很雅。她没说什么，放下文件袋和一张纸条就走了。我叫我孙弟来看，他看了，说不是什么违法的内容，我才放心下来。纸条写的是她的邮箱。"

林想知道作家是怎么找到他的。"她跟我说，是在电视上见到我。那是我参加市里一个民俗协会的展览，她看到电视台在现场采访我，就想办法找到了我的住址。"

老人说当时他展示的物品是侨批。民俗协会以前的活动一般只是组织画画、写书法、听讲座，这次为了响应建市庆典，于是策划了一个潮人历史展览，协会秘书知道他有几封特别的侨批，又是自家协会的会员，就邀请他参加展览。"那是五〇六〇年代，我大伯以前从南洋那边寄来的。"他走向墙角五斗柜旁边，拿出一个带抽绳的灰色布包，他把布包放在桌子上打开，拿出一个塑料封口袋，里面才是十几封侨批。

我们隔着塑料袋看着侨批，侨批信封的纸张已经泛黄，边角残破，最上面的一个信封写着"信至潮安庵仙乐乡望上社，玉萍母亲大人亲启"等字，看不出来信的具体年份，有的盖章和邮戳已经模糊不清。老人摆弄了一下，拿不准要说明什么，又讷讷地把它们收起来。

"我说自己眼花，她说没关系，看不清的字就空着。"王庶虹突然举起手腕，做了一个奇怪的动作。他的讲述跳跃，不连贯，看得出他努力回忆起当天的情况，以及后来发生的事情。很快他就不知道要说什么，和我们面面相觑，不知道如何应付这两个索要谜底的人，他也有疑惑，他自身也携裹着谜团。

王庶虹说，接到稿子之后，他过了三天才开始动手。他带我们到他的工作台前面。"这是我孙子之前用的电脑。"那是一台老旧的台式电脑，主机发出嗡嗡嗡的响声，键盘布满灰层。老人慎重地按下主机键，生怕按坏了似的，接着屏幕亮了，浮出"Window97"的标志。他继续慢吞吞地按着键盘，吃力地辨认桌面左侧遍布的 QQ、斗地主游戏、扑克游戏等软件。他在其中找到一个命名为"4179，写字"的文件夹，说这就是她让他做的事情。

老人打开其中一篇，他用的是三号宋体，页边距很小，他滑动鼠标，这时文章中开始有空格，他用方格"□"代替那些打不出来的字，有的干脆连空格都省略了，就醒目地空着，林的表情告诉我，他也认为制造这些空格看上去比打字更加费力。老人把文档关上，又犹疑地打开，鼠标在上方移动着，他在检查有没有保存。之后林跟我说，在很长一段时间内，他也有过这种焦虑，会不断地按保存键，换了新笔记本也无济于事，"那是一种应激的动作，习惯性恐慌，觉得自己被背叛了，所以我难以想象作家遭遇了什么。"

　　但老人只是做出确认的动作，跟确认隔夜饭菜有没有变味、门有没有上锁、电灯有没有关这种日常琐事没什么两样，他的动作迟缓，又难以分辨什么时候转换了意图，稍不察觉，他已经打开另一篇了。有时让人感觉不是他本人在动，是他影子在动，屋里遍布着他按部就班的痕迹，似乎一旦触碰的力度失误，那些东西就无法复原了似的。

　　不知道是不是这个原因，我发现屋里的很多物件都成对出现，比如两张凳脚修补过的凳子、套着塑料膜的方形纸巾、日灯管、电视倒映着电脑荧幕的反光。

　　我坐在林的旁边，按照这个逻辑，王庶虹或者我们其中一人，在此刻应该显得非常多余，但他专注于敲着键盘，键盘运动着，和收音机里的拖着唱腔的潮剧互相呼应。我看了一眼林，他好像昏昏欲睡，又像犯烟瘾，张嘴想要说什么，仿佛也被这个环境计量和吞吐着。

　　"你们知道她是谁吗？"他看着屏幕，讷讷地问了一句。

　　林说，她是他非常喜欢的一位作家，在国内外拿过不少奖。"我在网上也查到这些资料了，她看起来年纪好像没比我大多少。"王庶虹回答。

　　王庶虹在茶几上取来茶包，泡了三杯蛇舌草茶，坐回电脑前和我们聊天，他说老伴已经过世六年，有一个儿子在市区的税务局工作，偶尔放假会来看他。他打开电脑上另外一个名为"家庭"的文件夹，把一张合影移到桌面，"这是我孙帮我录进去的，这个就是我仔、孙弟和他妈妈。"照片是显而易见的影楼风格，王庶虹穿着白衬衣，大概比现在年轻了十岁，也要胖一点，表情拘谨地侧坐着，看得出来，他始终都不热衷于展示自己。王庶虹像收好一本真实的相册一样，把图片缩小，再关闭，放回原位。

开始学打字和上网，也是在老伴去世之后，学习工具是打字练习软件，键盘上贴着用白色胶布书写的大字母按键，一九七九年上夜校时记的笔记。"我就看着笔记，重新学拼音，虽然我的普通话说得不准，但我很会保存物件的。"王庶虹骄傲地笑了。

"后来我发现，要学得快一点就是跟人交流。我孙弟教我上QQ，我说我六十多岁了，没人相信，还有一半人知道后就不和我聊了，后来就只能说自己是后生仔。"王庶虹打开QQ面板，他的头像是QQ自带的那个戴帽子的、脸胖胖的男人，叫"品茗"，签名是"平淡是福"，王庶虹没有要暴露隐私，只是相信这个胖男人共有四十三个好友，好友有的是兔子，有的是来历不明的红头发，有的不断给他发一些看不懂的链接。

王庶虹在QQ上认识了一个叫"建均"的网友，说和他比较聊得来，经常交流一些生活上的问题，"他说他是安徽人，退伍老兵，年纪比我小一轮，年轻时曾经坐飞机去过北京开会。后来他给我看一张照片，是他在海南拍的，个子很高大，穿着一身军装，站在一个瞭望塔前面，望着远处。"

王庶虹没有保存那张照片。建均的头像是一张风景照，背景是连绵青山，山下是一座水风车，QQ签名处空白。

"他会告诉我，隔夜饭菜尽量不要吃，穿布鞋对身体好，有一种外国的药对血糖不错，他可以托人买给我。"王庶虹看着林说，好像林能理解他的意思。

"你有把这件事告诉他吗？你帮作家的事。"这是我唯一在意的事情。

"没有，他不知道。"

王庶虹说，建均已经有一段时间没有上线了，他给他留了几次言，也无法得知他发生了什么事。"可能只是不想聊了吧，人的相识就是这样，跟很多老朋友一样，各自散场了。"

我们问他有没有过相约见面的想法。"不记得是谁说过，要不大家相遇一下，来认识，他一直叫我老哥，好像大家到这个年纪，反倒有点不好意思。"他示意茶几下方的黄色塑料袋，那个袋子似乎长着一张委屈的脸，"我说过寄单丛茶给伊，都买好了，但是他没有给我地址。"

"你们呢，你们是怎么认识的？"王庶虹问我们。

他起身去倒水，在茶几旁边的桌子旁摸索着，应该在回想家里有什么零食。林问他平时抽烟吗？"那包是李光头输给我的，我不抽。"王庶虹指着电脑旁边的一包"双喜"说。他反应过来，把烟拆了递过来，林摆摆手说，不用客气，我也不抽烟。我顺手把烟接了过来，王伯木讷又警惕地看着我，我没找到打火机，只能把烟原封不动地夹在手指上。

"你们找到我这里来，想知道什么？"

"她说有一些稿子丢了，我们在帮她找。"

"丢了？被人偷去？"

"可以这么说，也是其中的一个抄写员。"

"她是不是很着急，我可以帮到什么？"

"作家有没有给你新的稿子？"

"是三个月前给的，那个快递袋还在，我没有扔掉。"

"她最近有没有联系你？"

"没有。"

王庶虹托着杯子，似乎还无法整理这当中的混乱，他走到墙角，撕下一张日历，揉成一团，再撕下一张，认真得如同在校准时间，"到今天就是第四十二日，她有四十二天没有联系我了。"

林问他，这个工作有没有中断过。"之前也停过两个月，我叫孙弟发邮件去跟她说，电脑坏了拿去修理，她就没有寄过来，隔了两个月后她又寄来，我才重新开工。"他戴上老花镜，找到最新的一篇，字数是6547，依然有很多空格，但感觉跟前几篇很不一样，空格似乎有了自身逻辑和规律，和内容咬合在一起，成了内容的一部分。

"你们的稿子是不是也这样，很多都看不清楚？"王庶虹的语气说不上是自信还是试探，他又问林，会不会调整电脑上的时间。"你看，一九九四年七月一日，这不乱来吗？电脑自己想留在那时，什么都按它来。"

林帮他更改设置。老人和我谈起自己是如何工作的，这已经是一名职业作家的作息规律：每天早晨六点起床，吃完早餐后就开始打字，八点出门，晚上八点又重新打开电脑，十点睡觉。他说只要有稿子，他就一直这样坚持，视力也越来越坏，但奇怪的是，电脑上的字看起来却是越来越清晰，他正被这些字夺走余的视力。

"她对你的工作满意吗？"

"弄得好弄得孬，我也不知道，她也没说过我，快递员一份份拿过来，我就尽我的能力做。我查了，钱有按时打到我的账户上。"王庶虹没有再说下去，像是不好意思知道大家拿的数目。在我们谈话期间，QQ一直没有新消息，好像不是再也没人找他，而是他在那个世界消失了，那些好友都看不见他。林跟他说，现在大部分人都用微信，王庶虹说他不会用智能手机，另外视力只允许他用来对付电脑，连电视都不敢看了。他自己一直用的是十多年前买的诺基亚按键手机，因为告诉过建均他的电话号码。

林打听他的工作，准确说是问他靠什么消遣日子和养活自己。王庶虹说自己年轻时当过村里的大队文书，会吹唢呐，跟过潮剧剧团，给村里迎过神，也有人会出钱请他们去葬礼帮忙。"现在村里营老爷，他们还会叫我去。"

"你觉得作家写得怎样？你看懂了吗？"林突然问。

王庶虹摇摇头："平时我只看看报纸，六合彩报。说实话，我一点都不知晓，她看得起我，我能将它变出来，写出来，但是这些跟我无关系，就像你们怎么想也跟我无关系。"

"我们都是做同样的事情，都是一样的，不是对你有意见。"林反驳他。

王庶虹没有继续回应，低头揉了揉眼睛。我环顾着客厅，窗户上浮着老式的菱形花纹，钻石牌大吊扇转着，切着日光灯昏暗的光线，一切都在闪动。电视桌下是一排绿色的玻璃柜，隐约看到里面摆着一盆杯子、几个茶叶罐、一个相框、一个木雕、一本挂历，其他模糊的杂物，就像蛰居在这个昏暗屋子里的神明似的，钻在老人昏聩的头脑里的片段，记忆在此生长，劈开，又闭合到混沌中去。我问他村里人知不知道他在做这件事，他说没有告诉过别人，他去老人组下棋，玩牌，偶尔跟人赌赌"鱼虾蟹"，也没人问过他，就算孙子多嘴，也就是说阿公在玩斗地主，看新闻。

王庶虹从茶几下取出眼药水，拿出一个药片，打开瓶盖，放进去，再滴进上眼皮。他仰起脖子闭上眼睛，三个人沉默地坐着。我想起一种附在树脂上的昆虫，它的旧甲不会褪掉，长出来的壳不断覆盖身体，慢慢让自己变出一副嶙峋的样貌，趴在树上岿然不动，只伸出针管似的嘴巴吸着树脂。这种昆虫自我封闭在某个洞穴里，呼吸，睡眠，任由一种巨大的、专注的痛苦和幸福流入体内。

林不知道有没有意识到，他的这种说法是不太公平的，因为我们并没有让王庶虹感觉到他是我们的其中一员。相比我们的疑虑，他更像是在担忧，担忧作家是否不会再找他，并且这种担忧一直都存在。王庶虹看了一眼时钟，把收音机换了个频道，然后坐在旁边专注地听着。跟之前聒噪的潮剧不一样，电台里传来一把男声，他正用本地方言在播报天气，语气温和，稳定，但是口音很奇怪，有点像过时的播音腔，咬字模糊，像是录音在一遍遍地回放。我想象这个穿着灰色西装、戴着黄色眼镜的男播音员，背景板是全球地图和一片田野。

信号逐渐被干扰，王庶虹转了转按钮，这个播音员好像不存在任何一个频道上，随时可能消失，但在这个狭小的空间里，他的声音似乎是某种指令性的力量，比如他说，两个小时后将有暴雨，好像就让人真的看到了下雨，说明后日气温持续走高。背景板上的稻子就焦虑地变了颜色，闷热随着电波扩散开来。

我们担心遇上暴雨。"不会下雨的，你们刚才没听到吗？打完雷，月亮就要出来了。"王庶虹说。

回去时是林开车，他差一点也迷路了，这个村庄按照同样的风景蔓延了几公里，路线总被雷声阻断，有人在路边烧草秆，在烟雾中走来走去，身上却没有半点被淋湿的痕迹，我们似乎一直走在那张地图里，那张地图的田野上，月亮也渐渐露出了淡色的脸。

"这个人怎么一直在这里烧稻草？"林看着导航抱怨着，我也看到了，只不过草堆转移到了我的这一侧，我们又回到了原点。林下车向他走去，他们站在烟雾里，手在半空中比画什么，那个人好像正在指路。我在车里找打火机，烟是从王庶虹那里拿的那支，放在口袋里，被压得扁扁的，像一根缩小的稻草。

我靠在车窗边沿抽烟，把烟圈吹上玻璃，看着他们在说话，又什么都听不到，好像根本就没有下雨，而是那漫天烟雾造成的错觉。林回到车上，没有反对我在车里抽烟，在徘徊了几个岔口之后，他好像还不太相信那个人说的话，于是重新研究起导航。我想象着作家怎么走过这些路，穿过迷宫一样的地方，找到了王庶虹。后来林跟我说，当时直觉告诉他，王庶虹根本不认得这些由他亲自敲下的字，不知道这些文字对他的意义何在，相比那台不稳定的电脑，他更像一台能及时清除记忆的机器，因为王庶虹是一个真正的文盲，就像那个人是真正的农民。

"你的文件夹叫什么，帮作家抄稿子的那个。"林的口气听起来轻飘飘的，今天不能说一无所获，但迷路让人非常疲倦。

"叫'作家'，里面又分为两个文件夹，'完成'和'未完成'。"

"你觉得，他的文件夹名字上为什么会有几个数字？"

"是字数吧，可能是第一篇文章的字数，随便打上去的。他又不太会操作，懒得改。"我只记得是四个数字，随意组装出的暗示。这个本该可以问王庶虹的，但当时被我们忽视了。

"我也不是故意挑剔，这么说，跟小说无关的东西吧，如果你发现一个东西完美地符合你各方面的要求，还解决了你的难题，它多半就是假的。"

车开到了一个不规则的三角岔口，前方不知怎么有一道很高的墙，周围没有说明文字，墙体涂料的颗粒清晰，反射出灰橘色，像是未完工的水库围坝半成品。林决心选出一条路，半个小时后，秩序井然的路灯开始出现。

"我的儿子出生的时候，我给他起了好多个名字，总担心不好的名字会影响到他的命运。"

我从来没听他说过有个儿子。"他问过我一个问题，世界尽头是不是一堵墙，我就反问他，要不就把墙壁砸了，你敢不敢走过去看看？"林说完呵呵笑了几声，俯低头观察着车窗外的情况。"我感觉他和作家，说不定是很相像的人。"

"你是说，所以作家这才找了他？"

"你也写小说吗？"林问我。

我说自从帮作家抄写稿子之后，偶尔会写一些片段，不连贯，没什么主题，我没有想过要完成一个作品。

"我就猜到了，从开始见到你的时候。"

"猜到我正在做的事？"

"猜到她为什么会找你。"

"你儿子几岁了？"

"六岁。"

"我有种奇怪的感觉，我好像认识王庶虹，好像一直跟他是认识的。但我不记得以前见过他，他应该不是我的远房亲戚。"林突然岔开话题，"你有没有遇到过这样的人，有点一见如故的感觉？"

我说有，但举不出具体的例子，我打开收音机，想找到刚才那个播报天气的频道。"二十年前的夏天"，林突然提起，他小时候在市区看过一场没有名目的大型烟火，现在细细体会，应该是当地一次解决财政款项的举措。他零零碎碎地描述，去看烟火的人在夜晚出发，在通往河边的大路走，那条路平时很荒凉，当晚却有巡逻队，还拉起了警戒线。人堆里都是汗水和脚臭味，但好像没人要走，一个劲要往前挤，巡警在前面用扩音喇叭喊着，把人群往后推。所有人都不知道怎么解决这个焦躁不安的夜晚的时候，突然腾空一声巨响，一朵烟花在天上升了起来。

假装去看烟火，就可以应对下面的迷路和堵车。林越说越多，其他故事加了进来，家族、求学经历、旅行考察的见闻，渐渐地，回忆变成了着迷其中的讲述，一个历史学者非历史性的无意识的快乐。进入一段没有路灯的长长路段后，我靠在座椅上睡着了，在梦里，林讲的故事片段被组装成一个杀手电影：下雨之前，杀手们使出浑身力气爬过高墙，没有霓虹灯也没有烟火，田野也不见了，不满意结局的杀手想重新删掉情节，他回到车里，把收音机切换到交通频道。

第九章　签名书

陈行扬：二十八岁，身高一米七左右，在本地贸易公司上班，武师陈振高的外孙女，未婚夫失踪。

张孝全：二十四岁，无业，有文身，文化程度初中毕业，跟爸爸关系不好。

小飞侠：三十岁以下，就读于慕尼黑工业大学声学工程专业，男朋友从事音乐工作。

林：四十三岁，汕头大学客座民俗研究员，儿子六岁。

王庶虹：六十三岁，文化程度小学毕业，务农。

作家：五十八岁，出版过十四本小说（实际是十二本），法国费米娜文学奖得奖者。

拜访完所有抄写员后，我整理出一个信息表格。得出的结论是这些人的职业、年龄、兴趣看上去毫无关联，彼此也都不认识。手稿失窃不像是两个抄写员之间的矛盾引起的，如果有人撒谎，为什么要帮其他抄写员隐瞒真相？

我换了一种排列方式，把作家的位置放在圆心，其他人的名字飘浮在她的四周，无论我怎样连线，都无法连成一个整体，他们之间的关系断裂，破碎成几块的大陆，作家则是火山，就要爆发了。

我发现名单有一个纰漏，跟作家一样，我也没有在名单里写上自己，我只是按照作家给的名单一一填上他们的资料。这个下意识的动作，犹如一记重拳敲在脑袋上：我是谁？我是否存在于这个游戏里，又在这个案件里扮演着什么角色？跟盗窃者相反，我为何惧怕署上自己的名字？

或者这就是作家想要的效果。作为一个随时都能列入被怀疑的队伍之中的抄写员，摇身一变，成为调查员，用着假装抽离的身份去寻找答案。之前她说她相信自己的直觉，现在回想，可能我才是最被怀疑的那一个，她在试探着我，等待我耐心消耗干净之后，去跟她交代真相。

我知道当下应该交代的内容，我把王庶虹的侧写手记和录音交给她，录音剪辑掉了林的声音。我现在知道该发什么不该发什么，好像我已经成了一个娴熟的罪犯，她也没从那个粗糙的剪辑片段里发现什么异样，她大概早已放弃交流，只想看着我表演。我这样想着的时候，仿佛那名单上所有人都消失了，只有我和她在合作和对峙，我们共同的目标里空无一物。

我把自己补充上去：无业记者，寻找 G 行动关键对接人。G：最终嫌疑人，性别年龄不详，动机不详。我又推翻刚才的想法：G 才是那个像幽灵一样的变量，随时可以公平地落在每个人头上，就跟中学课本上"摸出篮球"的概率题，概率不会因谁先摸球的顺序而发生改变。公平一点讲的话，也不排除可能有其他人也在调查我，就像我忘记关键信息，时不时要翻开本子上的笔记，他们却对细节有着过目不忘的了解。

按照这种推测的话，G应该是个无比聪明的人，我相信作家对我的评价里并没有"聪明"这两个字。

林跟我提过他对小说的质疑是："有没有可能是我们都搞错了，作家并没想过写一个长篇小说。"当时我急于反对他的看法，忽略了他说的关键词是"长篇小说"。我把它记在笔记本上：小说、摸球概率、以中心为滑动定点。别人看到我的笔记，估计也不知道我在写什么，按照作家的写作逻辑来说，长篇小说就是写自己都不知道的东西。

我暂且不去想作家和其他抄写员，而是用嫌疑人的思维来思考问题，如果我是G，我为什么要这么做？我打开手头上的稿子，有的被完全涂掉了，有的修改符号和内容都完整地保留着，就像林所说，那些修改隐藏着她的思考过程，犹豫和反复推翻的内容，才是我们真正感兴趣的。

我好像理解了盗窃者对原稿的痴迷，失窃的稿子就像过期的牛奶，作家和目睹过它的人会渐渐忘记，盗窃者可以把那些失效的文字都翻找出来，估计会变成另外一部谁都没读过的小说。

我继续用代入思维，假设自己是G，我会盗窃手稿，偷偷加入手稿里的情节，神不知鬼不觉地出版，在后记里向作家示威和致敬。

假设自己是G，我拿出之前的手稿复印本，在灶台打火烧掉，看它在水槽里烧成纸灰，像黑帮潜逃之前，分辨哪些有用的证据需要留下。

假设自己是G，我打电话给小高，让他在店里找几本作家的书，在扉页模仿作家的签名，按照我给的几个地址寄过去。"那寄件方的资料怎么写？写书店的还是写你的？"在确认不是什么违法行为之后小高问我，我告诉他，随便填一个出版社的地址，不用写电话号码，快递员如果问起来，就说是接受了出版社的委托。小高没过问太多，爽快地处理了这些寄件。

我在这代入角色的操作中，渐渐消除了 G 的阴影，G 在我心目中的作用没那么重要了。我现在要做的，就是在这个自行加入的变量生效之后，静待各位抄写员的反应。

第十章　象的失踪

　　她终于想起失窃手稿的细节：A4 纸大小开本，因为换了新墨水，字的颜色会稍微深一点，纸张用金色的礼品盒绸带捆起来。

　　"我太大意了，这种包装，就像一个礼物要给出去。"

　　这些话仿佛在暗示我，现在先要确认谁拿到过这种金色带子，缩小嫌疑人的范围。同时她刚刚得知，我告诉其他抄写员手稿失窃的事，如果我有事先询问她的意见，就不会为自己设计一个天马行空的审讯者的角色，但事已至此。是的，她自己也说，事已至此，意思更像是追悔自己的大意。

　　我做过一个梦，梦见手稿就藏在客厅的黄色地毯下（我从没买过地毯），我打开手稿，一个字都不认得。在另一个梦里，我寄出的手稿其实是别的文字资料，确认拿出正确的稿子后再寄出，第二次、第三次、第四次退回了一堆白纸。

　　我想起博尔赫斯讲过的《双梦记》，一个开罗人在无花果树下睡觉，梦中得到神的指示，前往波斯寻找宝藏，路上被抓住他的士兵嘲笑了一番。

这篇小说是我上大学时候看的，那段话我至今能背出来：

"鲁莽轻信的人啊，我三次梦见开罗城的一所房子，房子后面有个日晷，日晷后面有棵无花果树，无花果树后面有个喷泉，喷泉底下埋着宝藏。我根本不信那个乱梦。"小说的结局是开罗人返回家中，在无花果树下挖到了宝藏。第一次读的时候，将神的恶作剧理解为大概是对开罗人信心的考验，不知道他早在神编织的梦里。

作家也很喜欢那个小说，认为那是博尔赫斯为数不多的、能够向大众普及寓意的故事。我把梦告诉作家，但接下来我向作家坦白线索中断，除了分析录音和现场资料，我找不出更有用的办法。作家认为我发给她的材料已经足够多了，足够支撑我的调查。"你写过小说就知道，知道一个女人的眼神、动机、氛围，就可以开始写了。"

"但这个不像你们写小说啊。"

我恳求作家提供更多的信息，哪怕是一意孤行的想法，"爬到了一个梯子顶端，发现梯子靠在错误的墙上。你也担心这样吧？"她就这样把负担转移到我身上，也许是站在旁观者的角度会让她好受一点。

我对她的这种微妙的态度感到好奇，我问作家，遗失的手稿里写的是什么故事。"这个啊，很难说得清楚，是两个人有很长的对话，具体说了什么我不太记得，他们也不记得了。等我想起来再告诉你吧。"

跟她对话几回，我大致能够体会小说家的生活，有的人会制订严格的计划，有的人随心散漫，共通点是必须有精确的意志，让动作的节拍器的指针规律地摆动，回到中心。作家说，写作是她保持得最久的习惯，比她的婚姻还久，也想过有生之年的某一天要跟小说作别，"怎么说都是因为不甘心吧，毕竟我还没写出好作品呢"。

我在几篇报道里看到过她表达这个观点，现在我更关心她的梯子有没有靠在正确的墙上，她有没有意识到这一点？除了这次失窃事件，她一直强调的是将来的事。我向她请教怎么写小说。"简单点说，如果你在咖啡馆里写小说，刚好你要写一个咖啡馆，你要明确知道文本和现实之间的那条界线，怎么说，就像梦的接收基地，这决定你下次能不能准确地回到文本里。"

她想借此举个例子，她让我快速说出近在身边的五样东西：圆珠笔、笔记本、零钱罐、兔子木雕、手机。我以为她要即兴编出一段小说情节，结果她像个心理占卜师一样自言自语："你的精神状态不好，今天肯定也不想出门了。"给出的理由是："因为你的注意力集中在手的位置。"

其实我正在第一次和陈行扬见面的咖啡馆里，像个抱着电脑、努力写论文的大学生。我继续想象着作家的影子出现在后座的角落里，一些没怎么留意的细节，也随着影子浮现出来：那面墙上有一幅弗里达画像的油画，上次聊电视剧的男女那边的桌子上，摆着一只玩偶，玩偶嘴巴被女人捏得变形，显然她在忍耐着男人的说话内容。如果像作家说的"所见的为意识投射"，那么我们都在互相提供二手信息，她认为的信息充足不是为了安慰我，况且我还无法领会她那些云里雾里的逻辑。

我的思维也像那只变形的兔子，经过油画，隔座男女和外头的雨衣，回到抄写员们的脸上，男的女的脸都混在一起，成为一张脸，那就是 G。

难道是集体作案？我偷偷把疑问记在笔记本上。

作家应该对这个疑问心知肚明，毕竟她知道我习惯将注意力集中在手部。"也不是完全是出于职业嗅觉。"作家说，长期手写的习惯让她的手关节时不时会疼痛发作，所以她对手的神经特别敏感，写小说不像其他职业的训练，很多经验无法活用到现实里，她又强调了一遍：这也是找我来协助她的原因。

我认真读了她几篇早期的小说，除了林上次告诉我的那篇，作家的另一篇小说引起我的注意，《花园里的女性犯罪者》，写于一九九六年，里面一个女人得过麻风病，左手手指变形，邻居就说，她院子里的枯藤树就是她的手指繁殖出来的。回想起这个情节，作家哈哈大笑："看来我对自己的身体早有预感。"

等到想起完整的小说内容，她仿若被一种羞耻感袭击："太差劲了，年轻时什么都敢写，好的隐喻读者是看不出来的，我再给你举个例子，隐喻不是'他长得好高，像个巨人'，隐喻是'他是巨人'。"

按照这个逻辑的话，不是有偷手稿嫌疑的那个人是 G，而是"G 是嫌疑人"，G 是我们共同行动的目标，真凶无论怎么表演，也无可逃避地加入实现目标的过程里。这种思考模型加大了断案的难度，G 的意图飘浮在每个人的头顶，虽然我还不知道什么是 G 真实的意图。

"现在的情况可能有点混乱，麻烦你忍耐一下。对了，王庶虹和小飞侠，你帮我看紧一点。"作家突然给出提醒。

我问她为什么最怀疑这两个人。"王庶虹跟我年纪比较接近，大概比较能了解到对方的想法吧。另外一个小孩挺有趣的，说不定有趣的人才会做这种事，你可以多跟她聊聊。"

这是她随口编的理由，另一个隐喻，我忍住没说小飞侠也是我觉得疑点最多的人。我借机问的是，为什么要找他们当抄写员，第一个找的人是谁。"这个也以后再说吗？"

"那你觉得他们有什么不一样？"

"姓氏都不一样。"

"好吧，第一个找的是王庶虹。这么说吧，相比一些评论家，他们就像是一张白纸，不会跟你玩文字游戏。"

谈到对她真正重要的问题时，她的态度会突然变得强硬、不近人情："你呢？你在意的东西被偷走过吗？"

我告诉她我没什么值得被偷的，如果要说有，那是一段被偷走的友谊，我对谁都没有提起过，讲给她听时也省去了细节，跟她的失窃事件毫无同病相怜之处。作家安慰我说："你以后就知道了，顺从地接受就是了。"

这次对话的重点是："关注王庶虹和小飞侠""他是巨人""手关节疼痛导致手写时间缩短""这个时代的小说家要善用隐喻"，还有一句指向不明的话："不要总是用感性对付事情，可以先了解一下它的轮廓。"

王庶虹，我才去找过他，找不到再次见面的借口，至于小飞侠，是最难取证的一个。我打开邮箱，发现她给我发了好几封邮件，最早的一封是十天前，内容是一个音频，往后的几封也有音频，一个是类似修道院的地方，我在音频里听到了钟声，一个是大象，她在邮件里说自己参加了一个热带环保夏令营。她比我更像记者，也更像这个时代的网络人，不受空间制约，随时可以迁徙、出现和消失。

我回了邮件，告诉她可以多分享一些，没有明说想要她的个人照片，出于交友的公平原则，我想起她见过我工作证上的照片。

这次她发的音频都是原始的现场录音，我听出了大象、蟋蟀、乌鸦，还有一些疑似水生动物的跟录，我想象她开玩笑的样子：这是头倒插进鱼缸里录的。就算她躲到地坑，我也不会感到奇怪，她好像随身携带着一座丛林，她是那些声音，动物和植物的声音也是她，尖细的声音变成三角形肩膀，圆润的声音变成圆形的眼睛。

如果上次顺利通话，我大概能画出她更具体的样子。她自己说过声音比文字更能塑形，但声音的成形只有一次，是比文字更抽象的存在。

抽象不具有标准答案的话，那小飞侠有可能是人工智能？

我从未认真想过她没露脸的原因，这个疑点本该考虑在侦查的程序里，按照这个逻辑推理，抄写员不是人类这种设定，是来自作家的恶作剧，还是她就是作家本人？这个猜测没有困扰到我，反倒让我更容易保持耐心。我继续听她那些丛林数据，最后一个音频快放完时，她发来了邮件。

"这头是婆罗象，大象其实是一种极其复杂的声音传感器，它们的身体里能制造和储存着很多线路，脚底有厚厚的传声脂肪，当大象闭上眼睛，踮起脚，鼻子垂直地面，它们的祷告远比人类真诚，其实呢，嘘，它们是在听远处的声音。"

或许真的应该像作家说的，先了解轮廓，抓取一件事物的线条，暂且相信那棵无花果树，那个埋在树下的宝藏，她发来的照片、音频也可以先看成一种轻松的示谕，顺着她的思路找个可以交流的话题。但她说的"轮廓"又是什么，失窃之物虚无的轮廓？

她拍的大象不算好看，然而有种化石般的震慑力。那头满身泥泞、眼皮和尾巴长着粗粗毛发的婆罗象，侧身对着镜头，鼻子是一把没磨开的斧子，似乎闻起来像新鲜树叶。我听了"象"的那个音频，像小孩子喊同伴的声音，其中一只好像查找到了她的录音设备，斧子靠近，她录到它鼻子呼出的吭哧吭哧鼻音。

我把象的照片打印出来，用一张白纸盖住，在白纸上圈它的轮廓，一块化石拓本微微突显出来。成形之后，它看起来更像一张被压扁的象皮地图，尾巴是小飞侠的马来西亚，眼睛是我家，两点连线跨越了华南陆地和南海，亚热带和热带，我把纸张折成大象的形状，她的营地弯折到了另一面，大象体内储存的声音轰响着，穿过地表和地层。

她喜欢在天黑之后，打着手电筒在营地附近散步，时不时能看到陌生野生象经过的脚印。我突然好奇这里有没有大象来过，我住在五楼，是否也悬浮在大象经过的回声里。这个假设要先在地形上发生转变，大楼的钢筋水泥退行至恐龙尸骨上，这里首先是山野、森林、海洋，我正坐在矿石堆上，头发像在营地一样沾着泥沙灰尘。

我最初认识大象是在西湖公园。一对石雕大象，一大一小，我记得它们站在石基上，周围立着围栏。这个细节是由我的照片提供的，我在抽屉里找到一张照片，照片中有三个小孩，其中一个是我，大概四五岁的样子，穿着黄色碎花短裙，膝盖黑黑的。那个围栏的高度到我们的脖子，这让我们看起来像迫不及待想长到外头的花苗。而大象就在我们身后，小象由于摄影角度影响，只露出了半截身体。

我在网上看到一个征集和西湖大象合照的活动，提供的照片有独照，有小孩和妈妈的合照，也有一家人的照片，拍出大象的不同角度。那时大象雕塑是西湖游客拍照的热门景点，我自己只找到这一张，我对石雕象的全部记忆，也来源于这张照片，我只记得它们在照片中露出的身体部分。

所以记忆也只发生在我不注视、背对着它们的时刻，我和童年的我四目相对，大象依然侧身站立，见证着那些在它们面前拍过照的小孩，他们的身高、站姿和骨相所昭示出的命运。那些孩子大概也没想到，和假大象合照，会成为一场被预演的集体记忆。

为了防止他们羞于承认、忘记这一段经历，大象始终以骄傲的姿态站立着，鼻子要伸到照片外头。

我数了数公开发布的照片，一共二十七张，泛黄底色中的大象像浸泡在柔光里，我也得以一点点补全大象的面貌：这是一对子母象，皮肤都被雨水冲刷成斑驳的深褐色，母象前脚提起，鼻子和长牙高高扬起，小象笑眼眯眯，附身绕在母象的膝下，鼻子勾住母象的右腿。

就在我考虑着它们以这样的表情站立了多久时，我就找到了一张时间较为接近的照片：不是被搬动过位置，就是周围发生过拆迁，因为原先看到的照片里有巨石和水塘，现在都不见了，象光秃秃地站在宿舍楼前面，周围长满野草，身体也已经变成灰白色，有的部位长着青苔，有的部位长着大块的斑迹。

我在一篇新闻报道里找到了大象的结局：大象被用绳子捆住装进铁笼子里，被吊车拉着悬在半空，为了配合西湖公园的修缮工作，他们不得不将大象调离公园。报道还交代了大象的历史背景，这座雕塑是大象是粤东第一座户外雕塑，一九八二年送到揭阳市西湖公园里。

调离大象时，公园里的人还特意找到当时制作它们的雕刻家，来现场修复大象身上的伤疤，尽管我认为被吊起来，鼻子架在铁笼外头才是它们经历过的最不可思议的时刻。公园修缮之后，也没有报道显示那两头大象要被如何归位，也就是说，大象现在可能不在公园里了。

我能猜到他们怎么想的，大象已经没有作用了，没有大象，那些在草地上散步的人，拿着气球和雪糕到处跑的孩子，也不会发现什么异样，何况公园里还有那两只披着红色马鞍，付十五块钱就能让人骑上去合照的小白马。他们也没办法把这座雕塑改造成更卡通、更讨喜的造型，大象看上去过于正经、庄严，虽然也生动，但那种生动是属于旧时代的。

我知道林会对这种旧遗物感兴趣，让他帮我打听大象的下落，他表示不感兴趣，第一因为它们还够不上什么历史研究价值，第二因为它们没参与到任何历史事件里。我关心的是大象有没有在原地，有没有被销毁。"这个不像纪念碑那样的文物，不一定能找到，我可以帮你问问看。"他又说了一句，"你跟作家一样，都很会使唤人。"

我找了一些当地资料，发现大象曾活生生地出现过——

乾隆时期的《揭阳县志》记录，桃山都白石山有过白色的野象，会从河那边跋涉到城的西门，自行抵州，渡濠从西门入，白石乡中有驯象者，被刺史招取到京城。

古时岭南的大象经常毁坏农田，村民设陷阱捕象，把象鼻烤着吃。明朝中期过后，潮汕天气异常变冷，象群逐渐消失。

关于大象的记载一般跟自然灾害有关，动物在历史书里没有地位，但它们应该记得曾被猎枪瞄准、被吊起来和诱导进陷阱里的日子。我没有捕捉其他声音频率的大耳朵，我只能依赖地图，在一个平面上寻找线索。我产生了一个奇怪的想法：找到大象，就离找到手稿更近一步，这种庞然大物的轮廓如此简洁，符合侦探行动中某种对头的思路。

我打开谷歌地图，搜索着白石乡、西湖公园等一系列大象可能出现的地方，据说潮州的夒江岭，野象从潮阳跋涉到内陆时，也会经过那里的山头，潮阳和梅州交界处的武平县，曾经也有群象寄居的象洞。夒江岭现在查无此地名，它们以前见过的丛林早被夷为平地，现在到处是平整的柏油路，不同功能区的色块像是探照灯的投影，城乡布局的边缘已经非常含糊，唯有不同的水域还能被清晰地分割出来。

我以武平县的大致位置为圆心，一层层向外画圈，大象出没的可能性，从河流、接近山岭的地方，逐渐向古县城缩小。如果按照捕杀论来推测，最后一头大象也许是在县城中心消失的：被马戏团的驯象师虐待致死，一块象肉和象牙被贩卖到了集市，也可能是走到干涸的河流中段，就倒了下去，倒进无声的沙堆里，最后的生命迹象信号也在地图上熄灭。

象被我预先设想为死亡之物，等于默认它们会藏身于阴暗的、被掩埋的地方。我倒是希望它们能随身携带着一个大型避难所，就像折叠帐篷那样的玩意，这样它们就可以待在原地等待搜寻。

目前的搜寻工作只有我一个成员，没有铁铲，只有一张地图和手机指南针，我还需分辨我现在的位置：地层结实，一百米处有水渠穿过，位于信号圈的第四圈。很快我知道自己需要另一张地图：以西湖公园为圆心，向外画圆圈虚线，在虚线和第一张地图圆圈交叉处画上记号，就是重点搜寻对象。我不记得这是从在哪本书上学来的方法，可能是讲凶杀案的书，"×× 侦探用这种概率交叉的手法，很快锁定了嫌疑人的活动范围……"

我先去了事件原发地的西湖公园，预想着大象可能已经归还回原位，一块大塑料薄膜会像胎膜一样罩着它们。我不记得原先放置大象的位置，只能在公园里到处乱找。园子里没什么游客，西湖的中间部分像一个凹陷的盆地，储藏着中心湖亭和游乐园，番石榴、柳条和榕树，集中发射出欢乐能量。

往西湖的南边走会遇到一片树林，树林后面是榕江南支流，以前的渔船会在浅滩靠岸，黄昏开始后，渔船集结成灯火通明的鱼市，现在只剩下一片狭长的、长满水草和青苔的湿地。

我在西湖公园里住过一段时间，那时候它还叫作大洲，因为地形是泥沙冲积积聚的溪洲，曾经还是种红米的耕地。

童年的我只知道那栋藏在小树林后的宿舍楼，第一层中间那个房子，在最里头的房间午睡时，可以听到渔船经过的声音，不午睡的时候，我们就拿出拴着积木的绳子，伸出窗外去钓小螃蟹，一次都没成功过。

现在宿舍楼区被拆掉，水泥地挤压掉毛竹和野花，水域分界再次迷惑了我。我猜测发生过填河行为，河道面积缩减，不像是把土地平整合并，而是一块陆地就此消失，包括看得见河的小房间，没有一张照片作为佐证。比起其他结果，消失往往最不需要代价和说法。

那张照片保存在我的手机里，照片显示大象最后一次出现，是在宿舍楼区围墙外边，围墙边长着杂草，不靠近水源的空地。我找不到那片空地，但我可以肯定大象没有回来，在水源和林木面积缩减之后，它们也不愿意继续裸露地站着，只留下一些子虚乌有的线索和痕迹供后来者勘察和围观。我又怀疑大象会不会被沉到水底藏起来了，双腿被绑在九曲桥桥墩下方，只能在夜间与蝙蝠交换传声系统，发出的信号挂在树梢、电线杆喇叭和打气枪帐篷顶上，没有一点要降落的意思。我站在湖边听了一会，湖底没发出任何闷声，湖面水波不兴，风吹得睡莲叶子像个弹来弹去的不倒翁。

西边以一面围墙结束边界，北边尽头有个半开放的、没有修整完毕的花木场，符合疏密有致的藏身法，但是里面没有大象。

花木场旁边堆积着小沙丘，被阳光反照出雪一般的光，我往中间扔了几块小石子，脚踩着边缘，沙子哗一下滑落，沙丘尖尖的顶塌下去，里面也没有大象。我有一种奇怪的想法：大象其实被送回来过，只不过像这周围的一切这样瓦解、逃遁和消失，这些死亡的代名词没有同等的重量，轻飘飘浮在空气里。

第一次搜救受挫，就很容易幻想那些滑稽的神奇画面，比如大象也像不倒翁一样出现，猝不及防在沙丘里复活，发出一声长啸。园子里好像完全看不见人了，空旷的水泥地上摇晃着我和合欢树的影子，像商量着谁先变成大象，结果是谁也不愿意融进那庞大的肉身里。

而沙子、湖石、张口呼吸的鱼，这些都是照片里没有，只留在事发现场的景观。胶片机拍照这门生意已经在公园里消失很久了，以前摄影师会拿一块木板搁在湖边，把冲洗出来的游客照钉在上面，那时候已经出现一种有特殊效果的冲印技术，可以把在两个场景摆拍的时刻冲洗进一张照片，也就是说，你可以坐在湖边，也可以站在水里扶着一棵树，这样一个人就可以在照片里出现两次。按照这个原理，摄影师们也可以把不同时期的大象打印在同一张纸上，勾画它们被藏在不同位置，比如山丘、游船，你只需要站在它们面前，观察这些既有之物某些突兀的线条，等待它们心虚得把脸涨得通红，"扑通"一声，把大象吐出来。

我想起上次被林的文章骗了去找神址的事，林后来跟我解释说，神址消失是在破"四旧"后，那个石洞坍塌后就被当地居民遗忘和冷落，里面的神也失去了身份。石洞、沙子、塌陷、遗忘，这几个词汇像是藏着什么关联，牵强一点说，在神离开之后，石洞的大小只允许老鼠、壁虎、鱼虾跑出来。

而根据关键词"塌陷"，神龛可能沉到海底去，海底每升高一寸，某一种海底生物就要抉择自己的存亡，石洞在重新露出地面之后，原来修建神龛的城寨早已改头换面，土地主人也不是他保佑过的子民，神仙躲回了洞里，完全变成一块石头。西湖公园没有防空洞，也没有地面桥洞，不可能专门为大象挖出一个藏身之所，利用一堆石头藏住另一堆石头，我也不相信规划者懂得这样浪漫的思路。

所以应该站在丢掉废弃物的角度，想想他们会怎么处理两头不用的大象，一头大象的重量约等于一个房间，一座地震前摇摇欲坠的大桥，我经常做摇摇欲坠的梦，站在高台、独木杆上，独木杆左右摇摆，人会经历从最低处到最高处的晕眩，每次都宁愿紧闭眼睛待在高处，意识到跌下去就是死亡。死亡跟梦醒之间没有任何联系，只是在现实世界里肉身抗拒死亡的一种动作。我得出一个结论，那就是无论从重力原则还是梦境逻辑上考虑，他们不会轻易把象从高处推下去。

他们显然对象的自动下坠更感兴趣。以前民间有一种叫象鞋的刑具，在一块厚木板上凿出象足大小的坑，在坑底嵌入一个铁锥，把木板埋在大象出没的地方，四周用稻秆叶草掩护。大象一旦滑入坑中，脚心会被铁锥刺穿，没有动弹的办法，受伤的大象还不会马上死去，躺在坑边垂死挣扎。这样的过程通常要持续几天，等到大象体力消耗殆尽之后，人类才敢拿着长矛，互相牵着绳套上前将其制服。

这仅仅是大象酷刑中的一种，耕田的农户也发明过一种抓大象的方法，夏天时他们在田间设置联木栅栏，等到群象在白天进入小山后，利用四合的栅栏把象围住，大象怕热，反击能力减弱，战战兢兢地等待农户们的长枪。

我构思着象群躲避人的原则，比如不可靠近田猎之地，虽然已经没有人在上面建房子和种红米。我向树林那边走去，几棵高大的柏树指引着的长堤，我想到另一种杀戮方法：为了方便运输，小象和母象被切割技术分开，完全变成两块分离的、失散的石头。

　　当然干这件事之前要先取下象牙和象鼻，象鼻吃起来像猪肉，把柔软的象鼻切成几大截，木炭把肉烤得滋滋响，冒着香气，但慎防烤焦，因为大象这个声音传感器的细胞融化之后，口感会变得很复杂，地震的味道像石灰加入海水，偷袭的味道很辣，到处是湿土，人有一股难以言明的臭味。吃大象的人体味很重，气味可以穿过雨水和柏树林，象群闻到会躲得远远的，可能就是这个原因，决定有些人天生不容易遇到大象，大象则不断给自己划出避让开他们的地带，直至这里再也长不出适合任何大型动物生存的空间。

　　长堤的入口被铁链锁起来了，堤上瘦长的树不动声色地站着，树冠像网罗住了浓重的夜色，长堤尽头有一件类似假山的物体，大象如推测的那样被分成两块，大的七边形和小的三角形，但是假山看起来比树冠更像一团模糊的光影。

　　我盯着假山看了几分钟，又跑到桥上，从侧面观察假山，戴着军绿色鸭舌帽、拿着簸箕的公园管理人员从桥的另一端走过来，狐疑地看着我。

　　我问他大象的去向。"抬走了，不在这很久了。"他很快走开了，但没有改变狐疑的目光。他好像对这个公园了若指掌，一直在公园里四处走动，我盯着长堤那边的时候有一种错觉，就是那个人还走进了长堤，出现在假山后面，继续从那边监视着我，仿佛他默然地知道并默许了这一切，默许"大象不在这里"看上去像是个谎言。

假山也看不见了，我往公园的中心走去，到了游乐场门口。游乐场没有营业，大铁门向两边敞开着，售票亭里也没有人。近门口的旋转木马灰扑扑的，飞车悬在半空铁轨的中间，海盗船停在下方，棕榈树造型的光照设备贯穿主干线，分流进每个岔口，划出了不同的功能区。

这里也不失为大象藏身的好地方，比如象形滑梯就是一个完美的掩体。藏在半空铁轨下的地底的话，当大象在地下有动静时，大家会认为是飞车滑过铁轨导致的震动。但大象应该更喜欢红色的充气帐篷里，软绵绵的外形像一朵红云，波浪一般的皱褶可以把大象温柔地、严实地保护起来。

红帐篷里面是四面半开放的软气墙，几个小型的游戏项目像自助照相机一样排列在露天空地上，有一台在胡乱地倒计时，像一颗定时炸弹。我走到第三个游戏机前面，那台机器连着电源，游戏前奏不需要游戏币即可开启，我坐在高脚板凳上，按着那几个红色圆点按钮。

第一步，选择身份。屏幕上出现四个卡通形象：渔民、商人、工人、农民，我的回答是农民和工人，后来是商人，"我出生之后，我爸爸就成为一名商人。"我解释道。屏幕回答："于是你的祖先不可代表你的身份，城中只有荒凉，城门拆毁净尽，往昔复返。你的历史，无法解释对我族犯下的罪行，因此选择身份关卡失败。"

第二步，选择场景，厨房、音乐厅、监狱和塑料棕榈树林。我选的音乐厅，音乐厅里摆着一只蓝色的话筒，马赛克地砖铺陈出的白光刺目，"过于迷恋声音的色彩，以使眼睛蒙尘，我族的手脚散落在亚非大陆，月光洗净我们的白齿，大阔叶林进化出螺旋桨，致死剂量随着雨水降落，我久未闻鼓声，恐惊天上人"。

第三步，选择武器，你要手枪、双节棍还是箭？我反问它要小飞侠还是小飞象。选择崇拜机器，屠杀我和我们，还是与梦游者结盟，"那不可杀的、可杀的现都在你手里，当取一块无花果饼，贴在疮上，王必痊愈"。

游戏机的屏幕闪了几下，画面停住，直接故障。我离开板凳，在帐篷里走来走去，充气墙的柔软能把手吸进去，感觉一推就倒。我跃跃欲试地想放掉墙里的气，看看红皮囊挂到外面的棕榈树上，看着游戏机原地不动，石碑一样冷冰冰地站着。随着游戏结束的提示响起，越来越多的围墙向外倒下，墙的尽头，正伫立着一棵埋藏真相的无花果树。

我和所有同大象合过影的人一样，在回忆、确认自己是否去过同一个梦境游乐场。小飞侠说，幼象非常依赖母亲，小象一旦和母亲分离，身心会遭剧烈的创伤，家族时常会围绕着小象席地而睡，筑起一道保护的围墙。我确信游戏机里藏着的只有小象，只有把它关在这样迷你的、儿童式的虚幻游乐园里，才能安抚它失去母亲的痛苦。我希望大象把小象藏在看得见河的房间里，那里有玩具、太空鱼缸、柔软的床，它可以坐在窗边一下一下地钓着螃蟹，我们以一种隐秘又安全的方式相遇。

就在我打算出发去下一个地点，林打电话过来。

"侦探，我找到大象了，它们在自来水厂里。"接听时我打开扬声器，帐篷里有一种空荡荡又尖锐的回音，他的语气听起来就像在播战地新闻。

"怎么找到的？"

"一个玩拓片的朋友，他问了在城建局上班的人，也不知道是谁的主意，反正雕塑翻新之后就一直放在那里。"

"大象没有被破坏掉吧？"

"你去看看不就知道了。"

"那你能帮我找小飞侠吗？"

"小飞侠是什么，大象的名字吗？"

我要找的是小飞侠，是 G 在她身上潜入又离开的影子，她再次把我带向虚幻的目标，像玩跳房子一样浪费精力。我还是打算前往看看那对子母象，这理应是它们最好的结局，我要走一条新的路才能到达。

我离开帐篷，就能看到西南角通往水厂的小铁门，那是我很早之前就记得的位置。我想起作家的忠告，她的宽容、讽刺，看穿我的散漫和三心二意："故事总处于循环往复的套子里，你只需要抓住最关键的线条。"

第十一章　复写纸

我在电视上看到了陈振高去世的消息。

新闻回顾他的生平，电视镜头从一个男性传递到另一个男性。"这是侦探故事里出现的第一次死亡。"我在笔记本上记下他的出生和死亡日期，那本该被印刻在石碑上的墓志铭，我只能记录为一道浅灰色的笔迹，我做不了更多，也没有任何可做的意义。

之前我去武馆走访，希望用这种最基础的努力来为任务的失败保底。现在推算一下，那段时间刚好是她外公去世的时段。武馆没有开班，只有几个人在打扫卫生，我编造了一个采访的来意，说出几个名字，提到陈行扬的名字时，男人打断了我，给我介绍另一个采访对象。一个中年男人走下楼梯，手里拿着一个茶杯，气势汹汹地问："你要找陈振高的外孙，还是陈行扬？"

我尝试去理解这种讥讽，这无非是他的一则宣告，宣告陈行扬和未婚夫激怒了所有人，他们要把她的名字从族谱里开除出去。

不久前她还站在晒场上教孩子扎马步，现在地面好像出现了一个洞，她从洞口掉了出去，我走出武馆去看，洞口外什么都没有。我陆续给陈行扬发去几条信息，没有收到回复。这个女孩决定对我采取冷漠的态度，也许她从死亡那里习得了一种真正的愤怒和冷酷：得不到一个死人的谅解，还有比这更可怕的事？假如她选择在这个故事里"死去"的话，我可以立案侦查她的任性，与稿子失窃之间的关联。事实上我想的是，她又一次在为死亡送行，如果她就是G，那将是手稿遭遇的最危险的结局。

我给她打电话，电话通了，但没人接听，接下来我决定给她写信，罗列出我做过的努力。

在那一瞬间，我放松下来，似乎摆脱了某种良心的责备。

两天之后，陈行扬给我回了电话，态度客客气气的。谈到外公去世，她比我想象中更冷静，但不冷漠，外公的性格、喜好等等细节都在她的语气里重现。

"他说了这个秋天要走，真的就走了，一世人都那么自信。"

"其实他字都不认得几个，不要跟别人说哦。"

我没说我又去了武馆，我们都小心翼翼，没有提上次的事，还能在自顾自的对话里找到一点轻松的出口。我问她收到的稿子里，有没有哪一次外形比较特殊的，比如纸张卷起来。"我收到的稿子都是平铺开的，卷起来包装，我肯定会跟她提意见。"

我相信她说的"没有"，是因为她能注意到装稿子的信封和稿子折叠方式，不可能不记得那么显眼的物件。我应该换一种问法，了解她拆开信封的动作，借此判断她有没有接触过金色带子，她怕被烫到似的把手缩了回去，再拆开信封拿出稿子，就不是之前的感觉了。我也不断想象过金色带子的长度、颜色和造型，它也在慢慢淡化、模糊，成为 G 脑海里的一根金色的犯罪神经。

"信封我差不多都扔掉了，要是找到了寄给你，不知道有没有用啊？"

我建议她把信封上的字拍成照片发过来就好，她还想继续为我提供线索：剪刀、黏合稿子裂痕的胶带、打字用的电脑笔记本，仿佛那些是她身上的一个个零件，以此自证清白。

有另一种方式，就是把自己拆分成证物之后，交给我重新组装。她内心可能暗暗打着赌，打赌我不忍将她组装成罪犯。在她眼里，我和擅长编织的作家不同，我的组装能力，早晚也会让我成为证据的一部分。

我们又聊到她的外公。"从小外公就教我们小孩不要说谎，不能偷东西，习武的人要面子。"听上去是在为自己开脱，或者是谴责小偷，"要是知道会发生这件事，我那时就不会答应帮她打字的。"

我很想告诉她，不用过于介意我的看法。我想象出一幅画面，那个小偷闯进别人的世界，搜刮走珠宝，带着战利品得意扬扬地离开。我把他们的手稿翻出来，产生了一种莫名的想法：金色带子可能不是真实存在的，而是充当了某种暗示出现在手稿里，这才能促使抽象的盗窃心思变成具象的行动。

如果这是真的话，我不明白作家为何要给我这个隐喻，她边写边改，犹如把手稿扔到河里，丢进火堆，唯独辨认出这场炼金术里缺少了一条带子。

我搜找着写金色带子的段落，对应就是收到金色带子的抄写员。我翻出已经归类好的陈行扬抄写的部分，从不到五分之一的地方开始看起，五六页翻过去之后，作家把黑色笔换成蓝色笔，看不出是用什么笔写的，有的句子浓淡相间，不像是复印和没墨水的问题。我把纸放到台灯下，每个字都晃动着蓝色虚影，像包着一层毛茸茸的外焰，像细细的、还未发育出来的爪牙。

我恍然大悟，这是从复写纸上复制下来的笔迹，作家写了两版，给陈行扬的是副本。

作家一开始就对她有戒心，上次却没把她列为重点嫌疑人。副本右侧有一块地方，蓝色的墨迹淡得几乎看不见，对应的抄写稿上却有完整的文字，一个可能是抄写员猜着填字，一个可能是问了作家之后才补上去的。

我给作家打电话，在桌子上来回地戳着圆珠笔的弹簧尾巴。

她有几秒钟沉默着，大概也听到圆珠笔咔嗒咔嗒的声音，她知道了我表达愤怒的方式。"我想起来了，那一部分确实是我用空笔芯写的。那一章越写越没有灵感，写了好几稿都不对劲，写着写着，手上的笔芯墨水刚好用完了。"

听得出她对那次随性的创作非常满意："我想试一试，就垫了一张复写纸，用那支空笔芯在格子线上写，写一句是一句，不能修改的，经常会不记得前一句写的什么。写完后我翻开白纸一看，还挺满意的，就留了下来。"

我想知道她用复写纸写了多少字。"仅此一次，你在里面找到什么线索了？"

我无法回答，只得拿着笔在复写稿的背面画来画去，如果她一直这么聪明，给每份稿子备副本，就不会有这么多麻烦了。我没继续看那些毛茸茸的段落写了什么，写的是一种刺激，甚至是可怕的直觉：如果作家留的是底稿，她交给我们的又是什么？

"还是，你想说我的行为惹怒了哪个人，让你也很生气？"

我想知道除了我之外，她还有没有给过其他人手稿的复印件，但是我无法理清这两者的区别和关系。不管是复印件还是复写纸，副本中的副本，像繁殖的谜题般不可追究，否则容易在她缓慢的、拖延的态度里作茧自缚。金色带子、蓝色爪子……我负责组装这些细节，交给作家，她再根据这些细节编织出事件的轮廓。

那是属于一个作家的隐秘时刻，对我的调查毫无帮助。

用复写纸写的第三页，出现一大片过界的污渍，我随手翻了一下林和张孝全的稿子，没发现复写的痕迹。我跟作家开玩笑说，我得拿稿子在火上烤一烤，看看她用隐形墨水留下了什么密码。她回应的语气有点兴奋，提出了一个匪夷所思的想法："如果你觉得有用，尽管大胆尝试，不小心烧着纸片的话，记得把烧剩的字告诉我。"

"这听上去像占卜。"她再次理所当然地讽刺了我，"亲爱的，写作有时候就是占卜，采一点草木灰，放到瓶子里搅和搅和，然后像你说的放到火上烤一烤。"

"那你在白纸上画来画去，不也像乡下乡里的神婆扶乩，问大仙。"

我有种给这个任务设定一个期限的冲动，到截止日期时还找不到手稿，我就辞掉委托。作家似乎有一种幻觉，认为我这种松散又漫无目的的生活会持续很长一段时间，她判定我会帮忙一直找下去。

对结果做好心理准备后，我恢复了一点继续干活的激情。她找到我，会得到一份归类完毕的文档，标注出抄写员、字数等等说明，而她要写什么小说，跟我没任何关系。在快要完成一份手稿的分类时，我看到陈行扬在微信上给我留言：是我干的。

我打电话过去，问她是什么意思。"手稿是我偷的。"

没来得及下任何判断，我的心咯噔一跳：结束了。那个期限到了。

另一个想法蹿了进来：怎么会是她，怎么都不应该是她。

"你跟作家说，偷走她的稿子的是陈行扬。"陈行扬显然被自己的举动吓住了，声音直挺挺的，这让她解释不了也说明不了什么。我甚至有点不能原谅她在这个时候说出来，我收集的证据都要浪费掉，一切结束得太让人恍惚了。

我跟她说在电话里讲不清楚，直接约她晚上出来见面。距离出门还有七个小时，我无事可做，稿子不用看了，联系人花名册也可以删除，我坐在地板上，像一台被打碎了的滤层机器，一层是沮丧、不安和舒服混合的心情，一层是"该不该"告诉作家的念头，一层是我无法分析的、分离出去的恐惧，它潜伏在淡金色的烟雾里，长着蓝色爪子，毛茸茸的眼神盯着人，一层是指挥行动的理智，能拆分和组装出一些具体的形状，理智还可以整理秩序，去和真凶谈判和见面，午夜在马路上收拾那个长着爪子的家伙。

我在沙发上睡着了，梦见作家要我在稿子上选出三个词汇，为了早点醒过来，我选了"幸福、寻物启事、邮票"。

在另一个梦里，陈行扬迟到了，我问，我要等到什么时候，陈行扬回答，总不能等到他被印到邮票上的时候。她没有给出确切的解释，我又问她："你讲的是英语吗？"

晚上七点半我准备出门，带上笔记本、录音笔，还有她的稿子。地点是她选的，一个露天大排档，提前把录音笔夹在笔记本里。

还没到深夜，大排档的人流很少，油烟在开放厨灶边攒动，陈行扬已经到了，在最靠内边的位置，一堆塑料椅子包围着她，似乎嘈杂的环境可以掩盖一些清晰的难堪，让人平静地接受自首。

陈行扬这次穿了一件黑色短裙，套着格子衬衣，还化了妆，眼线没有画好，这副武装没给她多少信心，反倒像从一场暴风雨中小跑过来。

我问她是不是还有别的约会，还是从其他的约会赶了过来。"我在电视上看到你家的新闻了。"

"没看到我吧。"她下意识地挺直后背。

"没有，你们家男孩子好多。"

"你自己一个人来？"

"是的。"

我拿出烟盒递给她，她点了一支，把烟盒按在桌面向我推来，一个轻微的、笨拙的挑衅。我不打算做任何回应，她拿着烟猛抽了几口，把烟按到杯子里。

虽然他们一直都在我的嫌疑人名单里，当面对峙还是会发怵，这不是采访，我们是自首的一方和审讯的一方。我又和只想得到结果的审讯官不同，我会想知道更多，挖出更多，但她的周围有太多引人入胜的细节，她却把自己当作一个不准备开口的证物。

我点了炒通菜、炒扇贝和蘸醋白肉，陈行扬继续要了几瓶啤酒，她从中午开始就没吃过饭，喝得脸有点红红的。陈行扬给我倒酒，倒得快溢了出来，象征性地把杯子伸到我的杯子边，又伸回去一口喝完。

趁她没注意，我拿出笔记本，放到桌子一侧的椅子上，按下录音笔开关。我现在没办法在本子上记录任何东西，笔记里的线条和图形组成各种画面，在我的脑里快速飞过。四周的环境比我想象的拥挤，每个人都要在向前走时推开一把椅子，塑料椅朝我们围拢过来，像一圈飘浮的警戒线，一扇门通往后厨，后厨外墙就是巷子，一条绝佳的逃跑通道。

我让她把稿子交出来，在我的想象中，她还应该带来一个小型行李箱，就像电影里的交易。

录音笔转动着，等待她的答案，她的回答简短得致命。

"没了。"

"没了是什么意思？"

"我扔掉了。"

她想宣布这是个彻底失败的任务，后果由我直接承担。这次我表现得比前几次镇定：想到她有可能已经把它抄打在文档里，手稿如她所说扔掉了，文档存活的几率依然很大。

引导她把那个副本交出来，是我挽救失败的机会。我问她为什么要扔掉稿子。"记不得了，大概是当时心情不好，把房间里的东西都扔出去，第二天想找就找不到了，我还去翻了巷口的垃圾桶。"

"什么样的垃圾桶？"

"好像是蓝色的，半个人高，没有盖子。"

"能带我去看看吗？"

她忘记该有的羞愧，难以置信地看着我。"你去跟作家说，是陈行扬拿走了她的东西，陈行扬是小偷。"她说到"小偷"这两个字，语气显得无比真诚，这种语气蔓延到了肢体：她选择了自首，但又不认错，怎么都让人琢磨不透。

"你不敢跟她说，打算就这样混过去？"

"我想等到她找我的时候再说，你来找我那次，我差点就说出来了。"

陈行扬也有备而来，她打开手袋，把信封、剪刀和胶水等等跟稿子接触过的工具都倒在桌子上。不管是垃圾桶还是信封，都只是我假装接近的目标，我在意的是，迁徙到各种副本上的文字，可能出现在文档、复写纸和烟盒上的文字，她的那些证据也是为了证明给我看：稿子确实丢掉了，这些你看着办吧。

我好奇为何她会选择在这时候说出来，外公去世带来的心理冲击，还是那个失踪的男人有什么新信息？

"之前我是想你可以顺便帮我找……"

我说我本来也没拒绝帮她。"但是你要先拿到手稿，要我先坦白是吗？"陈行扬反问我。她已经投降了，那个从未露面的男人才是决定她一切行动的根源。她丢弃稿子，远远没有放弃这个动作沉重，她随随便便丢掉稿子，就像丢掉一件垃圾一样。

"她完全可以去告你，还可能去报警。"我编造了一个威胁的路径，"陈行扬是不是小偷对作家来说不重要，作家只是要找回自己的东西。"

如果说之前她带着一种奇异的、类似小偷被抓住之后的快感。现在这种快感就要消失了，她有点沮丧，被良心责备着，盼望落实个什么罪名。

"我已经承认了，稿子也找不回来了，这就是全部的事实啊。"

桌子上的物件、证词，连同她，就是事实，是我总是朝刨根问底的方向走去，我想起以前遇到语言能力不佳的被采访者时，也会企图从中抠出更多的细节。调查到此结束，我应该走了，去跟作家交代一切，让作家自己去处理接下来的事情。我也很利落地把信封胶水等等拨到一起，扫进自己的手袋里。

"我都做了些什么啊。"

我以为她喝得有点多了，抽完两根烟后，她冷静得有点古怪："你呢，你是从什么时候开始怀疑我的？"

听到我说最放心的是另一个男生，最怀疑的那个人也不是她时，"就是说我是可有可无的？"得到我肯定的答案后，她又说，"如果我为了找回自己的东西，还在继续骗你呢？"

我没有当场回应。我猜测她看了一些侦探小说，可能有阿加莎和松本清张的书，她对他们的风格还不够熟悉，只记住了一些场景式的手法和情节。有个男人溜到我们桌边乞讨，陈行扬故意在钱包里翻来翻去，看看男人会不会等到她拿出零钱。男人的表情焦虑又虔诚，眼巴巴地瞧我，接着他的眼神变了，像盯着两个脑筋不太好的女人。服务员进去之后，他又走到邻桌，抽掉纸巾盒，拿出一摞纸巾，这样操作了好几桌之后，他才走出门，蹲在外面的墙角娴熟地叠起来。

她说自己想去外地工作，但不知道自己可以做什么。"我不会逃跑的，我一直不知道怎么跑啊，我也想学那个人。"

"那这么讲，陈行扬弄丢稿子，也没有把稿子打出来，她跟小偷没什么区别。"

一听到小偷两个字，她舔了舔嘴唇，仿佛要说，小偷这个称呼，可以为她掩盖另一个更耻辱的身份。这几个抄写员，陈行扬是特征最不明显的一个，我的侦探角色也即将告一段落，也没决定找什么样的工作，我们都是身份模糊的人，所以时而把我当作朋友，时而又充满防备心，要求我站在讨伐周冲、站在抄写员的同理心这边，让我理解她期待的同理心：流言蜚语就像蚂蚁爬过复写纸，留下一些痕迹，两个信任崩塌、即将解除关系的家庭，都会记住她是一个被悔婚的女人，比撒谎精、小偷等更严重的罪名。

我才留意到刚才男人碰了椅子一下，录音笔差点快掉出来。我只得假装挪动手提袋，把它偷偷塞回去，又有点希望被她发现，跟我起争执，原来做坏事的快乐会互相传染。

她看着乞讨的男人，我观察着她的侧脸，我没提起那张高中时候的照片，她现在的脸均分着她的年龄，这个地方衰老得快一点，那个地方还像个小孩，这让她看起来天真又顽固。

"那你还想过挽救吗？发现垃圾桶里也没有的时候。"

"没有。我丢过太多东西，无缘无故不见的，自己不小心扔掉的，一般都不会再出现了，你也知道了。"

"我有一个小铁盒，里面装有护照、证书和身份证，我还会写在手机备忘录上，总有一些保存重要东西的办法。"我试图描述得具体一点，说明实物和磁盘、和记忆还是有差别的，一些出于不小心弄丢的东西也可以恢复原样。

"要这样说的话，老人的记忆力比较特别。像我外公的记忆力很好，他走之前醒过来几次，一直喊着日本人要打过来了，叫人把炉灶收进来。外婆就不记得很多事，但小时候睡前听过的歌谣都清楚记得，她就坐在病床边唱给外公听。"

她喝醉了，随口哼了几句，都被录音笔记了下来。这种口耳相传的语言是从一位外婆、一位母亲那里得到的遗产，同时附录：女孩子要有耳无嘴。我们的嘴巴和耳朵早早就被堵住了。诡异的是，我们一开始抗拒的附录，隐秘地渗进了我们体内：我遗传了母亲的犹豫不决，陈行扬获得暴力和自怨自艾的本领。

有一段录音是我们各自讲自己的故事。"我听我妈说，当年搞运动，外公害怕出什么问题，自己拿铁锤把一个传家的水晶物件敲烂了，我妈说眼睛贴近水晶球，可以看到里面有柳树有拱桥，还有一个仙人。"我的外公跟她的外公不一样，一辈子安分怯弱，不善言谈，我的家族也没有被清晰记录的事件，之前办理一个需要提供外公去世年份的手续，长辈们聚在一起推算了好几遍。一种根系是柳树和拱桥的思维。

"你有想过水晶球长什么样子？"

"想过很多次，我还想象过那一天，日头很大，外公趁着大家午睡，拿起铁锤，用一块布包着那块东西拿到院子里，蓝色水晶球起先还很坚硬，只磨掉一小角粉屑，最后还是碎成几块，柳树、仙人什么的都看不见了，从水晶球里飞走了。"

"大人藏东西，想隐瞒他们的事，其实小孩都知道，你会喜欢翻找抽屉吗？"

她说十岁之前，她一度痴迷这项活动，已经翻过的地方，她还是会去看第二遍、第三遍，她认为抽屉会自动长东西，特别是一些掉漆皮的、底部发霉的老式抽屉，她总能翻出一些来历不明的夹子、打着证明的字条和色情影碟。她甚至想过把自己装进去，"我要看看色情影碟是什么时候从头顶掉下来的，三角板从胳肢窝边挤出来，没有地方了，两个脚趾间也有东西，要是里面能长出一百万就好了，我爸爸偷藏了一百万，越来越多，多得把我埋起来。"

一个关键词出现：抽屉。我更希望那个抽屉里装的是各种各样的语言，轻飘飘的，不会将我淹没在杂乱的重物里头。我和她一样需要根据指引，拉开把手（你会怎样处理抽屉里的东西，稿子是放在抽屉里吗）。我把问题替换了一下：你会看你对象的手机吗？

"我早就应该有那点好奇心。"周冲失踪后，她把他的社交账号从头翻了个遍，有一半注销了，其余的也都停止更新，她打开手机，给我看一大堆交友软件，她在上面注册了各种假身份，但一直没有找到跟周冲有关的可疑 ID，她在上面发帖寻人，"我说这个人骗了我的钱，撒谎精，有性病。"

我相信这不是她第一次实施报复，她开性的玩笑——她认为自己没比别人多出什么，也没有少了什么。就像在住宿学校里，女孩来月经的日期会越来越接近一样，没什么值得解释的。

"复写纸"，我给出我的关键词，为了解释这种蓝色污渍和卫生巾广告上的液体、和记忆的污秽的相似：记忆像那些印下来的字，总归有蛛丝马迹留下来。如果她只是想体验骗人的感觉，她现在也知道了谎言的连环套的规律，就是其中有一句必定是真话。

"在公司写收据用到的那些吗？我说实话也好，不说也好，你从来没信过我。"

她没理解我的意思，但是明白现在找到那个男人也无济于事，不会改变什么结果。我们不知道继续怎么谈论那个男人。小飞侠和我没想出来，陈行扬和我也没想出来，这也不是有男人在场才能解决的问题。小高会说感情本来就不是稳定不变的，何况性取向。张孝全回答我不喜欢你了，说什么都没有用。林会说，要是能重新选择，我也一定不会结婚。

"你喜欢大象吗？"我说我可以再提供一个证物，我去看了西湖公园里的两头大象，现在它们被移放到水厂里，身体被刷成白色的小象，依然憨憨地依偎着母亲。奇怪的是，陈行扬对两头大象毫无印象。在同一个城镇生活，我们的记忆却出现了许多分岔口，记忆贴着各种保质期标签，只是我们都不愿意承认罢了。于是她随意宣称自己是一个小偷、跟踪狂、躲进抽屉的孤儿，借此摆脱秩序留在她身上的标签，变成一个连她自己都不认识的人。

我把手伸进包里，像伸进抽屉里那样摸着每一个她带来的物品，硬邦邦的、扎手的、沾满粉尘的。陈行扬用铅笔在信封的邮票位置上方标出了收到的稿子顺序：数字1、2、3……中间缺失的是7、11、14，数字之间互相撕咬、生吞，稿子应该就藏在某个真实的数字后面。

　　这个也说明不了什么，细心的人不可能随意丢掉稿子，我埋头组装着信封，一边想着反驳她的证词：没有人喜欢在象的背面拍照，但我去过大象的背面，大象的背影是蓝色的。我想起拍照时会喊1、2、3，数到第三个拍子，坚持睁着眼睛，微笑，蓝色底片洗了出来，一人一张留念，照片上她佩戴了那么多头饰、铠甲，唯独忘记了那条金色带子。我们坐在一起骂那个男人，我们成为共谋，我们站在相机镜头前微笑，我僵持着，老照片的污渍里长出一只毛茸茸的爪子，从背后伸出来，抓住了我的肩膀。

第十二章　通灵人

作家深夜给我打来电话，她告诉我刚刚写完新的一章，还听完了所有录音。

"她为什么要说谎呢？"

"她说谎了，这不正是她承认的事实吗？"

我没有回听录音，想知道她听出了哪些不对劲的地方。"你觉得呢？"她声音沙哑，手边传来翻纸张哗啦哗啦的声响，"这么晚了我也不好解释，我感觉不是她。"

我才明白她的意思。她没采取跟我一样，绞尽脑汁想要让陈行扬交出稿子的思路，她拆穿谎言链条，是从"丢掉稿子"那一环开始的。就是说，整段录音里陈行扬都在撒谎，陈行扬从来没收到过那份稿子，稿子丢失的情节都是编造出来的。讽刺的是这样反倒使稿子有了存活下去的希望。

她轻轻叹了一口气，稿子仍然下落不明让她疲倦不堪，"她骗了你，还想骗我，我真应该打电话骂她一顿"。

"我觉得你也想骂我，"我跟她说了实话，我不知如何继续做陈行扬那边的调查，"我没办法跟一个把话说得一干二净的人沟通。"这只是我羞于承担任何一方的判断失误的借口，这让我想起被父母逼着去商店退货的时刻。

"你觉得她这么做是出于什么目的？"

"照你说的，她撒谎就不是为了自己，她在袒护谁呢，替其中一个抄写员顶罪？"

"我改变主意了，她现在是关键人物，"她投入到一个被诱使的侦探的角色里，精神奕奕，穷追不舍，"你不要放弃，跟踪着她是没错的。"她随手撕出一张纸，把想到的东西记下来，这是一个充满胁迫感的示范，要我学她拿起电话走到窗边，撩起窗帘，观察着路灯下的柏油路。"说多错多，我不知道我们这算不算打草惊蛇。"

我劝她还是报警比较稳妥。"太迟了，"她否认了这个意见，"他们没有处理越来越多的细节的耐心和能力。"那找侦探呢？"你认为要找一个了解文学，了解写作心理的侦探那么容易？"作家翻过纸张，又把窗帘来回拉得唰唰响，手里非得掂着一件东西，"我感觉她内心需要某种刺激，她迫切想要这种刺激，博取别人的关注。"

她又觉得她刚刚评价陈行扬的态度有些粗暴，言外之意是让我在调查的过程中，也给她和嫌疑犯留一点面子。她到现在还对他们存有幻想，G 不可能跟她一样维持着文学化的、得体的姿态。

她念着刚写完的小说台词，把手稿从桌子上拿起来，放下去，我还听到纸袋和抽屉被打开的声音，她不打算把稿子再交给任何人，她也想试探如果我是 G，这段文字会不会像诱饵一样驱使我做出下个决定。"我突然想写一个蜂王和蜂后的寓言故事，怎么写都写不好，我还想过用诗歌分行的风格来写，可想而知，废纸一堆。"

我好奇的是，丢失的那部分是不是完全没办法重写，按照她跟我说的，材料不用多，跨过文本和现实之间的界限，我相信对她这样的作家来说不是难事。"我就快要想不起来写了什么，我写过几百万字，废稿就不用说了，很奇怪，我就是放不下它，这个偷走的孩子连模样都还没认清楚。"

也许想不起来对她是一种解脱。丢失的稿子就像一大块缺失的记忆，对于失忆的人来说，不会有丢了记忆的概念，只会感觉脑袋里有一个含糊的位置。她记着的是手稿被偷走这件事，或者是说手稿对她后续创作的影响已经没那么大，追回手稿是要捍卫尊严和主权，即便可能手稿找回来后也用不上了。

我跟作家建议稿子找回来后，可以安插一个《被盗走的稿子》的章节，直接用稿子里的内容，不非得衔接上下文，不加说明，看看读者是什么反应。"你高估我了，我想不到还有什么人会看我的书。"凭她的资历，早就不必在意读者，谁都很难动摇她。"那假如说你写得不好，你还会把小说给我看吗？""不会。"她说她看过那么多的专业评论，参加那么多的研讨会，还没有一个人能准确指出她写作的痛点，"一个读者能认出作家的痛点，也能轻易认出对方自私冷漠的一面，你听过有人这么评价我吗？"

作家还问我喜欢电子书还是实体书，她好奇如果有一天实体书消失，没人在纸上写字，世界上的书是不是会绝迹，到那时候，就没有手稿遗失这种事情，G手上的稿子作废，还是上面的字也会自行消失？"写作者们应该在一本小说里，交代另一本小说的藏身之处，要防止历史失联，互相忘记，作家和作家、作家和他们的写作对象应该联合起来。"

她看上去已经吸取了丢稿子的教训，结合她喜欢在手稿上做一些动作，我大胆推测，她甚至买了一个专门来放稿子的保险箱。

听完我的想法，作家一改调侃的语气："你到底在想什么呢？"

作家强调除了她之外，我是读这部小说篇幅最多的人。"后面的事情恐怕我要依赖你，你也能够掌控局面了，现在你把我杀掉，小说就是你的了。"

她的话里充满嘲讽，我没有揭穿她灵感枯竭，不知道要写什么，以及还有没有写作的必要，才跑到我们这个地方寻找素材和精神刺激，挑选我们来充当一群莫名其妙的抄写员。显然我们也不是最佳读者，林说她的风格反复不定，张孝全说她像在写地狱。"你用的方言都挺准确的，你是不是有个本地的语言顾问？"我翻出张孝全的手稿，找到他说的写脏话的那一章，"怎么说呢，极致的准确，但脏话本来就像是一种语言霸权，我说不清楚，在你笔下它们好像有病毒一样的形状。"

"我懂了，小说里写到你们的地方，怎么说，感觉被冒犯，"她说小说家不可能准确地冒犯到任何人，"我上街去，到外面吃饭经常听到，这些脏话就是从你们嘴里说出来，稿子也是你们偷走的，你们就想着自己，没想过我的困扰。"

"你发现没有，我把稿子这样分给你们，你们好像看的不是同一本小说。我总感觉一本小说完成后，其实是作家写了两本小说，有另一本跟你完成的内容完全不同，或者稍有误偏差的小说也诞生了，它永远不会让你找到。"

没等我回应，她接着说："可怕的是，找不到的那本可能更好，这也是小说家不停写作的动力。"

我没有反驳她说，保住作品不是终极目标，永世留名才是，作品、笔名都只是作家们的藏身之所，他们渴望读者能从中辨认出他们的肖像，她不必羞于承认这点。她开始自言自语说，她觉得那些抄写员之间也在互相怀疑，有的人私底下去找对方，我反问她，上次提供两个名字，是不是认为他们串通起来了，"他们要么不会搞出很大麻烦，要么当机立断，别卖那么大的关子，你知道为什么吗，因为他们不会真的关心对方，哪像我们这样，猜他们是不是在密谋，要做什么坏事。"

挂掉作家的电话后，我给张孝全发了一条信息，说我明天打算去南澳岛，让他带我去见老姑。自从上次目睹他从人群里跑掉，我就没再联系过他，信息发出去后立刻收到了回复："你怎么还没睡？你给我打电话吧。"

我打了过去，幽灵显形，声音黏滞。他嘟囔几句后，我终于听清楚他在说什么："你等一下，我看看。"

电话那边传出穿衣服的动静。"我明天要去送货，你不要太早过来。"他告诉我一个地址，让我去跟他会合。

"你要不要先告知老姑一声？"

"不用啦，她有在的，外人找她也不会有别的事，她知晓的。"

"那天那些人有没有找你麻烦？"

"没事，我跑很快，他们追不到。"

"我怎么感觉好像在跟一个毒贩接头？"熬夜后的大脑处于迷糊和兴奋的状态，我随口开了个玩笑。

第二天早上，我开车到了他给我的地址，是国道旁边的一个厂房，张孝全让我再等他半个小时。我下车四处走走，看到厂房后面是一片香蕉林，林地边拉着铁丝网，路边有一个公交亭，老旧得让人怀疑这个站停运了，路过的摩的司机证实了我的想法，不是神色可疑地看我一眼，就是问我要去哪里，搭不搭车。

送完货的张孝全骑着摩托车出现，后座堆着纸箱，"你不是打算开车去吧？"他穿着拖鞋，戴着一顶机车帽，帽上有海贼王的贴纸。我不太明白他的意思。"我是觉得这样一点都不酷，你想想，是去海岛耶。"

他建议我把车子停在这里，坐他的摩托去。他卸下纸箱，进去厂子，拿了一顶头盔给我，虽然我不知道他说的"酷"是什么，但是他的举动把我们变成一对闯入者，穿过速生林和铁皮棚的虚拟背景，穿过风和山地的屏障，张孝全开得很快，好像只要直接往前冲，就能直接开向海面。

开了大概四十分钟，就快要接近南澳大桥，以前大桥没开通的时候，只能搭渡船出入岛。"你居然没来过南澳？"我坐在后座，感觉张孝全肩膀抖了抖，"摩托车上不了大桥，你跟我一起搭船过去吧。"

到了码头，张孝全先把摩托车搬上渡轮，然后站到船舷抽烟，这时候才看出他没睡好的倦容。渡船驶向海面，好像驶向一个更加四通八达的世界。我看到了那座跨海大桥，张孝全说："南澳大桥通行之后，渡船没有以前热闹了。"他没有问我为何要找老姑，只是默默地抽着烟。

海中有小渔船，静静浮在水纹上。半个钟头之后，我们上岸，骑车走环岛路，开往东南边的云澳渔村，一个渔民群居的村落。环岛路一面能看到海，自驾游的人下到海岸和礁石堆玩，内侧面是山，山顶是发电风车阵，植被繁茂，路边花朵随便长。"如果是晚上，海会叫得更凶，你看，海边的度假别墅越来越多。"张孝全指着不远处说，入岛的游客越来越多，有些民居也改装成了民宿，跟陆地上的任何商业景区没什么两样。

穿过一个海产特产街就到了渔村，张孝全把摩托车停在一个三岔路口的商店边，又带我拐进一个住宅片区，平房和宅基地楼不规则铺陈着，有的门前晒着鱿鱼、紫菜、贝类等海产。我们在一处两层楼高的宅基地停了下来，张孝全敲了敲门："老姑，是我啊。"过了好一会儿，屋里发出动静，辨认一下还能听到收音机的声音。来开门的是一个略略驼背，身材矮小的老妇人。

"你脚盘风湿好点了吗？阿生有来过吗？"老姑戴着发箍，头发银白，看上去就是一位普通的老人，很难让人联想到巫术之类的东西。"刚才在后阳台，没有听到。"老姑指指耳朵，推着防盗门，身体用力倒向一边。

她带我们上二楼的客厅，泡茶招待我们，张孝全和她寒暄了一会，就说明了来意。

"你要问什么？"老姑问我，"是问自己还是家人？"

"我要找一个人，也要找一样物件。"

老姑疑惑看了看张孝全，又看了看我说："只能问一样。"

"因为那个人带着我在找的东西。""事是人做出来的，问人就好。"老姑给出一个建议，"你告诉我那个人的名字，住址。"

我不知道怎么回答，回答那个人是谁，出生年月，身在何地，这也是我在寻找的答案。这件事从一开始，起点和末端就混淆在了一起。她想要的是因果关系，要有支点来撬动杠杆，也就是说，我们的方法是相似的，而驱使我有此荒唐要求的，却是想遇见另一种缠绕的、迷乱的暗示。张孝全在一边打圆场："老姑，以前你不是还能找到那个不见的针线盒，你就试试帮帮看。"

老姑没有再追问，她领着我们到隔壁一个房间，房间不大，没有布置什么家具，窗帘完全拉开着，房间中央有一张桌子，供奉着三位神明，观音、地藏菩萨和妈祖。桌子前的香案上摆着油灯、插电的蜡烛、两瓶文竹。

"你的名字，生肖也要说。"

我们跪在神坛前的蒲团上，她跪在最前面，嘴里振振有词，老姑驾轻就熟地念着，我只能听出零星几个字："观东南西北，世道平安，顺利安全扬扬德……"

她停顿一下，说了两句："随风吹落地，生死树连枝。"

老姑没有点香，空气里有残留的线香味，仿佛是长期熏染之后从墙壁渗出来的，但她的屋子非常洁净。她念着四字歌，语速变快，声调降低，像巨型动物在嘟囔。她时而变身成动物，时而变身猎人，猎人发出捕猎口号，在房间里循环、接纳、回应。她一会儿俯低身子，竖着耳朵聆听什么，尽管屋子里没有其他声响。

我有点不知所措，张孝全在旁边闭着眼睛，双手搭在膝盖上。如果作家知道我这样求助，不知道做何感想。我感觉房间在顺时针旋转，我跟着闭上眼睛，作家在顺时针的轨道上出现了，她说人的脑子配方大致相同，有的大脑异常的，可怕的成分多于善良的成分，还说邪恶者的弱点跟圣人的弱点完全相同。我问了作家一个问题："你觉得你笔下的世界和人物可信吗？比如天堂、地狱、烦人的爱恨。"

"那你着迷过那个世界吗？着迷可以超越相信和怀疑，着迷是一种不可思议的力量。"在我快被催眠的时候，作家的回答和老姑的声响一起在房间里响动。

她停止念词，突然大声咳嗽，开始干呕。张孝全向我使了个眼色，示意我留在原地。干呕几声之后，老姑揉揉腹部，起身坐到一边的太公椅上，不知是亢奋还是疲乏，她呼哧出一口气，嘴角下撇，但没有要吓人的意思。老姑看着我，一字一眼地说：

"那个人不是属鸡，也不属马。"

她扶腰坐到墙边的椅子上，看那姿势是要喘一口气。"奇怪了，那个人没有想要走掉。"她用牙签拨弄着桌子上的一个小铁盘，盘里好像是一堆黑乎乎的灰。

"那个人在附近吗？"

老姑眯了眯眼，目光投向窗外说："你要往东边走去，你要找的东西一直被那个人拿在手里。"

老姑起身去另一间房，我们回到客厅等她，张孝全偷偷塞了个红包给我，老姑接过红包，把一个密封的纸袋交给张孝全。"这是回礼。"张孝全向我解释。老姑重新把茶泡开，劝说我们留下来吃饭。我还在回想着那些含义不清的咒语，他们继续聊着天，说的都是熟人之间的事，日常秩序没有被什么仪式打破，那些看起来经过深思熟虑才说出的指示，对她来说，只不过像完成了一项家务。

聊着聊着，有一只蝴蝶从阳台飞了进来。"很奇怪，最近老有这种蝴蝶飞来，我从来没见过这种模样的，是不是从别处飞来的？"

"飞不了那么远吧。"张孝全说，"老姑你有无听过歌是这么唱的，'就像那蝴蝶飞不过沧海'。"他哼了几句，老姑眯眯眼睛。我们看着蝴蝶往天花板、墙壁上试探，时不时碰到灯管，灯管落下粉尘，空气也被划出了毛茸茸的边缘。它的翅尾很长，像一支老式的时针，泛着淡紫色，或者是另外一种视网膜无法辨别的颜色。绕了几圈之后，觉察不到其他动静，又飞了出去。

从老姑的家出来，离开云澳镇，张孝全骑着摩托，带我在海岛上漫无目的地逛，我看着岛上的寺庙、养殖场、旅行团人群，发现自己一眼就能认出哪些是外来客，哪些是本地人。但张孝全有两个面相，他假装当地人到小卖部买烟，嗓子很尖的老板让他赊了账，一个游客跟着走出来，递给他一瓶能量饮料，问他是不是也在找路。

出了店后他喝着饮料，一直往前走，我为昨晚的玩笑道歉："我是说那次很危险，我看那些人手里还拿着木棍。"

"哎呀，没意思。"他回过头笑了笑，甩掉拖鞋，露出一个贴着创可贴的脚趾，"搬货时不小心摔倒，好痛的。"

"你那么容易受伤，应该去做武打明星。"

我跟在他后面爬上一段松叶林斜坡。"看那些五颜六色的网，那片养殖场养牡蛎的。"他指给我看一块方形的海水，"我想过做这个的，世界上最浪漫的工作。"

我们站在斜坡上抽烟，我问他："那个不见的针线盒是什么？"

"你还记得这个啊，就是一九九四年澄海发生过一件命案，澄海人人都听过，作案手段非常残忍，那个被杀的女人被丢弃在江边，据说发现时面目毁了。现场没有留下什么线索，只发现她的眼皮上穿着一根针。刚好调查案子的警察和老姑认识，就来找她。后面的事你也能猜到啦。不过她不太喜欢提起这件事。"

"我听大人说，那个女人是在江边的手表厂上班，平时都是在傍晚准时回家，那天晚上她的家里人一直等着她，第二天报了警。如果他们当晚不那么快被打败，沿着河堤去，或许还能早点看到她。"

"杀人动机呢？"

"说是情杀，凶手是潮阳一个针织厂的员工，外地人，二十来岁，当时电视上还发公告，通缉了他两个多月，后来在附近的乡下抓到了他。那两个月，凶手的头像都准点出现在当地的晚间新闻上，大人追着看，但对于小孩来说，这简直就是童年噩梦。"

"那时你多大？"

"四岁吧，不过我记得很清楚，现在还能想起那张头像，但后来新闻并没有播出凶手的真实长相，我也不知道他是不是就长这样。还是我的记忆出错，他也就随着我记得的样子来长，但是这么说的话，他有可能是另外一个人？"

"老姑就不会出错？"

"她没有错过。但是为死人占卜是第一次。"他竖着食指指向天空，"也就这一次。"又指了指地。

"所以老姑是根据眼皮上的一根针，找到了针线盒这个关键证物？"

"她不是那种专门落神的，跟别的通灵人不一样，她能指出你想不出的细节，我经常说她是乞丐婆，有一个废品回收站。"

张孝全带我环岛走，一路谈着老姑和她的工作，他开得很快，疾驰而过的风变换着他的语速，我们如一条盲蛇，依靠本能刷着岛屿的皮肤，风景被抛在脑后，很快又在眼前出现。天变得阴沉沉的，中间有一段路还下了一点小雨，仿佛是这个岛的一个定时仪式，垂直、专注，发出声响之前就和海浪融为一体。

他带我到了青澳湾，岛的最东边，我们下车往海岸走去，海岸边有一个北回归线标志塔，塔的石台基上刻着"自然之门"，两根"7"字形的柱子矗立着，错开组合成一个"门"字，顶端衔接着一个铜色圆球。北纬23.5度就从中心的空间穿过。

"你猜，全世界世界上有多少座这样的塔？"张孝全跑上台阶，围着塔打量。我们走到门下，看到球体中间有一道圆管，张孝全踩了踩脚下的圆形标志说，每年夏至那天正午，阳光会穿过中心圆管，和地台上的这个圆圈重叠在一起。

雨停了，阳光积压在云层后蓄势待发，那条穿过去的回归线也有一种无形的、悬浮着的重力，压迫感十足，海浪起伏，像即将发出的防空警报。

"你不觉得很像纪念日吗？人建塔，塔连成了一张网。"张孝全把脚移开，又盖上，反射着阳光圆标像一个出土的图腾。"就像电波通信塔一样，但这些塔之间会交流什么？喂喂喂，你们那边天气热吗？你那边也只有你一个吗？我好孤单啊！"他拿出手机装模作样，想象有一个拍电影的镜头正对准自己。

"你喜欢海吗？"他继续问电话里的人，看向海的一方。

"我是说我会梦见大海，仅有几次，每一次印象深刻。"我回答他。

"什么感觉？"

"美丽，恐怖。"

"他们一直在说那个投资过亿的海湾项目，会带来很多旅游收入，以后岛上会跟现在很不一样，这里一直会变。"张孝全坐到那个圆标上，塔顶就像一把挂在他头上的兵器，"但我不喜欢老是变啊变的，等年纪大一些了，我就在这里租个房子，跟叔公们学点捕鱼功夫，没事干就坐着，一天都看海。"

我问张孝全，老姑是怎么发现自己有这种能力的。"上次跟你说过的，她在山洞里醒来就回家了，她的丈夫发现她经常说一些奇怪的梦话。后来她开始帮人落神的时候，把这个话叫作'四字歌'，就是你刚刚听到的那些。"

她和丈夫没有生育儿女，她收养了一儿一女。张孝全说，她的直系都早夭，不知道是不是跟她这种能力有关，丈夫和大儿子很早就过世，还是她预见过不好的结局，所以劝阻过女儿的婚事。"女儿在四十多岁的时候，和丈夫出游的时候出了车祸。现在就剩下她和儿媳妇一起生活。有时候她的孙子，就是女儿留下的那个儿子，偶尔会上岛来看望她，是个好人，大家日子都难过。"

"这就是，好嫁仔远路，孬嫁仔过渡。"张孝全说，老姑几乎一辈子都待在南澳岛上，老公也是岛上的渔民。因为她晕船晕车，跨海大桥也起不了什么作用，这些现代化的交通工具与她无缘。"老姑没见过她老父，她出世那年，过番去的老父回来过一次，之后又去了南洋，就失踪咯。"

我问他老姑有没有提起父亲，张孝全摇了摇头。"他连照片都没有留下。托过泰国啊东南亚那边的人打听，大家知道可能是不好的结局，后来也放弃了。"

太阳没有被任何云遮挡，海浪的边缘泛着蓝色的、绿色的荧光，一些断掉的麻绳、贝壳和藻类被海水冲上来，就像整个海滩的徽章。我知道沙层下是螃蟹洞，往下是动物和植物仰赖着的潜流，再往下是几万代的亚热带和热带的矿物质的杂交历史。南澳岛八千多年前就开始出现人类，人像种子一样繁衍，在密林里造洞穴，吃海里的鱼，遇到过割地、革命、盗贼，让一个县消失的地震。有些人留下，有些人要出去，出外谋生的人从港口出发，渡过南海，去往另一片陆地，人又重新变回流浪的种子，通灵人的天赋占卜，就是借机会让自己变回种子、鸟和松树，带回来流浪人说的梦话。

张孝全说他从来没听过老姑在落神时哭过。"我喜欢和她说话，说一些无头无尾的话，她都会回应我。有时我也听不懂她说的，会突然说一大段来，她自己没有发觉有什么异常，像是有东西积在体内，要马上把它们吐出来。"

我想起我们坐在客厅，看着蝴蝶飞出去时浮现一种奇怪的感觉：她是在帮她的父亲说话。他可能躺在海底的某个角落，可能在日光暴晒中倒地，在异乡成家立业。几千万的过番人的几千万种说话声，按照自然和历史法则，合成同一的噪音，父亲的眼睛、声音又是什么样的？是不是愧疚的、隐秘的、难以捉摸的，用着扑打翅膀的声波，一点点填满这个空间？

"有时候她会这样，咕咕，咕……"张孝全模仿青蛙的叫声，听得人汗毛直立。他说南澳岛上有一种特别的哑蛙，也叫半句蛙，脖子上有一圈红色，叫声很短，传说这种青蛙本来到了晚上就响亮地叫着，吵得人睡不着，当年陆秀夫将军还在岛上驻兵时，有一只青蛙跑进他的书房，将军在它的脖子上画了一个红圈之后就把它放了，青蛙不想打扰他休息，从此只叫半声。

张孝全有一个从未跟别人提过的想法：青蛙是真的失过声，但不是为了报恩。他一直怀疑陆秀夫秘密训练了一个青蛙兵团，一入夜就召集青蛙们在后山操练，陆秀夫担心被岛民发现，就训练他的青蛙不要出声，直到能把它们编排进人的队伍里，神不知鬼不觉。"不会被人发现的，你有见过青蛙的肚肠吗，乌青色和白色的，被杀了也比人干净。"

他很想知道将军用什么样的理由说服了青蛙。"叫人闭嘴都没那么容易，一个人自己不想说话才会闭嘴，话没说完的人又不甘心。"他想说服我相信，不管青蛙兵团有没有参与和元朝军队的战争，它们遗留的后代都学会了那种短促的叫法，继续潜伏在后山，潜伏在绿色的风和阴影里。

"它们在叫杀人的暗号吗？还是在通报宝藏位置？"他又学青蛙叫，摇头晃脑，突然他重复的那个单独的发音变了，嘴里叽里咕噜的，像是在骂脏话，我终于听出来，他反复说着一句英语。

他把一个一个字母吃力地吐出来，听上去像青蛙学人类说话。我以为这是他用英语读音来记忆的咒语，刚想问是不是老姑教他的，他就停止自语，像从一个很远的地方回过神来："青蛙在杀人的时候会不会觉得像杀死昆虫一样，用爪子按着，一口把人吞进去？"他露出难以形容的表情，好像看到一群青蛙拿着白色的肠子："但是我觉得它最厉害的是什么，你养过蝌蚪吗？青蛙卵离开妈妈之后，自己一点点长成青蛙的样子。"

青蛙走了，亲手杀过的动物又来了，他对想象的执迷超乎我的预期，也许这也是作家看中他的地方。我顺着他的想法说，传说的将军背着宋皇帝跳海很可能是掩人耳目，他既然有本事让青蛙闭嘴，也有能力把小皇帝编排到青蛙队伍里。"幸存的人在岛上生儿育女，你有机会去看看渔民和小卖部的老板家里供奉的祖先牌位，可能会发现很多秘密。"

从海滩爬上去，走完一条遍布着揽客的小卖部和饮食店的狭长村道，村道一头通向村里，一头通向环岛路，中途横空分出大斜坡。我们走上斜坡，聊着聊着，已经在往山上走去。我有点兴奋，假装是两个通灵人一点点向秘密的中心靠拢，他走在动物的魂魄中间，我则要在植物丛中，抓出那个不属马也不属鸡的家伙。"要真的是青蛙还容易一点，剩下十个生肖，这怎么找得到。""她不是还叫你向东边走去，还是有希望啊。"

如果我们知道青蛙兵团的暗号是什么，说不定好多问题也迎刃而解了，我从家里出发，开车往东七十多公里的方向是南澳岛，南澳岛再往东是大海，我不可能游泳过去，那人属马，手稿可能埋在岛上，那人属鸡，手稿也可能被扔到海里，人和稿子一并被青蛙掳走。我们又辩论了一阵，都搞不懂青蛙怎么就进入我们的逻辑里，我们绕着山道往前走，树的颜色变深，山岩垂下一些刺钩，蝉鸣像一块逐渐透明的幕布。我们走得满头大汗，张孝全也不说话了，直到身后的路都看不清是什么样。

张孝全突然跟上次一样，毫无预警就往前跑，我还没来得及反应过来是什么情况，只能紧追着他。张孝全简直跟青蛙一样灵活，就在我上气不接下气，以为他又要逃掉时，他像玩木头人游戏那样站住，转身看着我，发出恶作剧得逞的笑声。

他站在原地，膝盖轮流带动脚提起、放下，不笑了："我不知道你是不是好人，你让我带你来看老姑，我都照你说的做了。"

"我可是给你看了文身。"他说。我感觉他的眼睛在我身上扫了一圈，缺了一块的虎牙清楚地打开着。

"你到底是什么人？"

山里看似只有我们两个人，我看了一眼手机，上山后就没有信号，他的声音离我最近："我的意思是，你们这样的女孩子会不会喜欢我？"

我不能回答"会"或"不会"，这是陷阱。他又说他想起要去一个地方，问我敢不敢跟过去。

我有点紧张，但还是想用自己的办法解决——我再次脱掉了鞋子，露出脚板给他看：左脚小指的脚趾分裂成两瓣，小块的指甲长得非常厚，据说那块废甲会萎缩和自行剥落，不会有任何痛感。他没理会我，弯腰在草堆里找东西，他摸到温热的草，草的形状好像是一支扳手。这时一只小动物从我脚上爬过去，我差点喊了出来：属相是蛇，异性恋，我可能是中原移民的后代，不是来历不明的人。我发明着自己的方式威胁他，如果他靠近我就现出原形，变成蛇在地上爬行。

捉弄还没结束，我也将计就计吓唬他：什么青蛙的办法，肯定比这个残忍多了，宋元国士兵、陆将军、老姑和她在南洋的爸爸，他们肯定目睹了比这个更可怕的东西。一路他没有再讲话，走着走着，一处三角处的山壁边豁然出现一个山洞，两米多高，长着锥形的入口。

张孝全怪声怪气说，洞里能听到海浪声，只要穿过这座山，就能看到海。

我不懂为何到处是海，他非要穿过这座山，我也探身进洞，里面空气稀薄，灰尘迷眼，越是往里走，洞越来越小，洞的尽头是一截扁扁的缝隙。张孝全做了一个匪夷所思的举动：他坐到地上，平躺下去，一点点挪进那条缝。

我问他要干什么，他没有回答我，直到完全躺了进去，还往里挪了大约一米的距离，像一根针躺在针线盒里。

我趴低往缝里看，脸快贴到地上。张孝全像完全睡着了一样，我匍匐在地上，双手伸进那条缝。我越使劲，他却越往里移。"我不是故意的。"我对他说，有鸟从沙子里冒出来咬我的指尖，这一切真的太奇怪了。

第十三章　《破寨忌》

　　我听到有人在叫我。

　　这声音一开始像蚊子在耳朵打转，刺痒痒的，有时候感觉像鸟在叫，喉咙有吐不掉的痰。后来不睡觉时也听到了这个声音，不只是耳朵，头皮和太阳穴也会咚咚跳。

　　这种声音已经持续了一段时间，立秋那天演《武松打虎》那场时，中途大雨急落，我因此受了风寒，夜里我就开始做各种奇怪的梦。我梦到过我站在悬崖边，身旁跟着一条白狗，它要抢我的红色靴子，有一晚枕头从床上溜下去了，于是我梦见自己倒挂在树枝上，醒来后惊魂未定，不停地摸着手脚。那些梦境总让我口干舌燥，不敢轻易合上眼睛，我假装自己的手脚没有被绑住——我在意的是那个叫我的声音，虽然它消失得比别的东西还要快。

　　是的，我没看清过谁的样子，但我记得跛脚人，我记得他一直是走在我前面，头也不回一个，他一瘸一拐的样子好像随时会从梦里掉出去。我们两个人保持着一前一后的位置，像山羊爬坡那样让双腿灌满力量，当我想要离开他独自上路时，我就会变得睡意沉沉，哪种选择都不能使我立刻醒来。有一次我们走到沙漠里，爬上一个大陀螺，陀螺转起来了，我和他紧紧抓着微微突起的边缘，谁抓不住被甩出去，这个梦将万劫不复。我们扮演老鼠钻进木桶里，反方向弹着跳着。我们剥石榴一样剥开木桶，发现它是个木头风车，继续换方向转动着，于是我们在里面转了三个夜晚。

　　不管遇到什么，跛脚人总比我顽强许多，他穿着宽大的衣服，两手空空，没穿鞋的双脚结痂，后来才有了拐杖。我感觉他对我有一种说不清楚的嫉妒，他嫉妒地为我带路。我只跟他说过一次话，那次我们走得筋疲力尽，走到一个高地，我看到眼前的海浪打着死结，山扭成芭蕉形状，生肉做成高耸入云的驼峰。他换掉面具一样换掉了落魄，整个人威严十足。他用背影暗示我，是他把我变成人的，我在梦外是一个男人只是我的错觉。

　　他举起拐杖，我以为他要杀了我，那支拐杖揭开了他衣服的下摆，露出缠着白布的左脚。那只脚看上去伤得不轻，似乎还长出了奇怪的肉瘤，蚊虫长着红色绿色的翅膀在周围冲撞、旋转，化作一股烟尘把他包裹起来。那个时候他还能发出声音，他说他要去找那个射伤他的人。我怀疑他指的是我，但当时的情形容不得我辩解，我的嘴里好像有一块怎么嚼都嚼不烂的糖，我的舌头是尖尖的花苞在冒火，很烫。

　　我没料到这个也是计谋，蚊子闻到甜味后向我扑过来，它们吃掉了跛脚人，吸干他的仇恨，在那场毫无胜算的缠斗里我听到了一句奇怪的话："你还没说你的呢。"我半梦半醒地挣扎许久，差点被这句话吞了回去。

在幻听越来越明显之前，我没多在意那些梦，谁都知道唱戏的日夜不分，招惹邪祟不算稀奇事。阿庆前几天让我过年去安太岁，还有让我在画脸前，在洗脸水里放一朵石榴花，演出完再把那盆水泼到戏台底下，这样可以清走秽物。这些办法我都没去弄，我介怀的是，那跛脚人到底要我说什么呢？我今天演韩信，脸上涂着白粉，唱的词是"祸因彭越无端下书到，约我与他携手背汉作叛逆，到今朝眼见昏王猜忌我，倒不如抛冠弃职做个田舍翁"，我一个唱戏的，又不是将军，要我解甲归田有何用？半个月前在澄城登台，我涂着红脸，拿着大刀演关云长，唱了"曾记得袁绍倾巢战白马，曹将麋兵自取祸，关某单刀踹敌巢"，我一直很喜欢这气势万千的唱段，现在却搞得疑神疑鬼的，感觉跛脚人的影子无处不在。

　　演关公那天正好遇上庆典，人山人海，没人知道我真的发烧，眼睛也糊了，看台下的人影就像看火烧云。我一天要说很多话，在台上扮演不认识的角。他们有的已经成仙了，被人供在寺庙里，我们演的是他们在人间的故事，也可能是他们做的梦，所以这样讲，我们都是在说梦话。年关临近，很多乡里谢神要请戏班，我也假装打起精神，我可以假装跟妻子告别，假装自刎，会动动脚趾感觉鞋尖的形状，觉知自己在台上还是台下。这种日子我真的太熟悉了，我的身体永远能贴合戏服的尺寸，师傅说，我被捡回来时就包在一件长衫里，那件长衫我反复拿出来看过，尺寸跟我现在的身量差不多，说不定哪天我又缩成一个幼儿。

　　我年纪轻轻就经常唱老生，从没演过一个睡着的孩童，也从没当过孩童，一向没懒睡的习气，但自从过了立秋的生日，跛脚人一次次造访，我犯困的时间也跟着越来越长。我悄悄合眼，又开始害怕跛脚人会来梦里杀死我，我想起阿庆跟我说过，溺水的人不会立马死去，都是慢慢没有知觉的。我知道这跟那些传奇人物结束生命的结局不一样，他会让我在凡人和英烈之间选一个了断的方式，虚荣心会帮我做出选择，肉体将让我承受想不到的痛苦。

我不是断定自己头脑混乱了，我猜别人也有一些讲不清楚的、稀奇古怪的想法。就像我们要去鸥汀，一开始就打算走水路，并且早早就到了埠口，道具都绑到船首上了，班主突然脸色铁青，命人把箱子搬下，速速掉头转陆路。几番周折，到了鸥汀时已是黄昏，好不容易安顿好马车，大簿又为了夜宿分配的事争论起来，众男女在路边只顾着说笑，吵吵闹闹，大簿回了一句要把我们全部都放到猪圈去，男女们笑得更厉害了，笑不动的就追着童伶打，童伶笑着哭着，鞋子都跑掉了，一路要跑到霞光里。太阳迟迟不肯下山，熏得大地发烫，眼前的景物也跟着暖烘烘地散开了，人在零零散散地支配着自己的头、手和脚、嗓子，路过的乡民在看木偶附体。协议完毕后，寮房里出来一个小女童，拿一盆水均分地往地面洒，再返回屋里，端来一盘茶水，太阳停留了很久，久得让一些店家忘记关门，男女们始露倦容，不再多说，洒的水也快干了，只有一条条蛇行长痕，水里的光线也黯淡下去。

我没来过鸥汀寨，这次来是要赶赴十一月廿三日的赛会，要开戏，班主说之前双喜班的花脸在集市跟人打架，打了县太爷的公子，整个班现在忙着赔礼，我们才被请了过来。兴是靠近海边，或是庆典前夕有一种特别的气氛，夜里的鸥汀也是雾雾蒙蒙的，老旦早早就睡了，云鬓金片像花蕊懒卷，武生不敢喝多，站在长廊里窃窃私语，这般好光景，连黑夜里的云都禁不住打个战栗。我闻着持续不断的烧灯芯的味道，睡了这几个月来最安稳的一觉。

第一天晨起，我们提前去搭戏台，夯竹架，挂幡插旗。吃过午饭，我就在寨里四处走动，我去附近的市集，路过搭着布棚的肉摊、卖草药的店，还有妇女在卖珍珠粉。一些小贩去吃饭，担子留在原地，远远看着像祭祀用的大馒头。穿过集市，再走一小段就到岔口，一座大牌坊分出一条石板路街。应该是一个手工活的聚集地，木匠把一些床和凳子拴到牛车上，架子有的刷上清漆，大多还没磨毛边，铁匠的作坊传出敲敲打打的声响，门口放着做好的铁器。到了陶工的门口又不一样了，现在没人做工，屋檐挂着两只陶壳风铃，模样可爱，在微风里发出清脆的响声。

小街尽头有一道小水渠，水渠上架着木板，连接着两排人家的外墙，我猜那是方便传取物件时用的，屋顶垂挂下来的炮仗花非常热闹，映照着水渠里青苔和小青鱼。我决定不找路了，有的群居，有的在狭长的巷子两边排列着，有的屋前平出一块晒场，晒场上铺着秋收的稻谷和萝卜干，一只公鸡窜来窜去，尾巴被绑上蒲扇，怯怯向路过的人求助。我还看见一个很有排面的王氏祠堂，男人在花厅里谈话，那语调像是在谈论什么让人羞愧的，又不得不禀报祖先的事。那只公鸡想钻进门里，尾巴卡在门外，咯咯叫地把那三人的视线吸引过来，我赶紧就走了。

往东走一段就是老爷宫，就回到神看戏的地方，戏台看着也搭得差不多了，有的人家开始在祭祀了，到处烟气缭绕，走着走着就迷住了眼睛。但我想往西边走走，我认出了一个小贩，他蹲在城脚，地上放着两个箩筐，箩筐装着一罐罐蜂蜜，他打开一个陶瓶子给我看，里面装着麦芽糖，说昨天路过的童伶们人手一支。这个人的脸上有一块红胎记，像老丑画了一半的妆面，我跟他聊了几句，他说自己从樟林过来探亲，顺便做点买卖，他拔下筐子边的一只拨浪鼓，那是送给明天来鸥汀看赛会的侄子的，拨浪鼓在他手里温柔地响着，拨浪鼓的边缘画着很多老虎，他自己先看呆了，笑着露出黑黑的门牙。

和小贩道别，我继续绕着墙根步行。我有种奇怪的感觉，好像有人在那些内墙和外墙、两条巷陌之间的上方的炮楼里监视着我，我在一道水渠边站了一会，听梧桐作响，鸟叫几声，确认了我是个友好的人，这种监视才结束。

我走到西南的寨门，旁边竖着一块糙石，刻着寨南边界之类的字，像戏台后面挂着的谢绝外客的牌子。我对上面的人说，我是来唱戏的，要不唱几句给你听？上面的人不语。我没说我已经摸清寨子是四方的形态，东西有两条河环绕着，河水都通往南面的海，昨日在寨外，我们就路过了大片水田，偶尔遇到一两只水鹭在田边发呆，站在农民养的牛羊身上发呆，快到西寨门时，我还看到有人在修城墙，躲在一堆三角木架子里，木架被一些沙土掩盖着，不细看会以为是新坟堆。我从没见过这种新鲜的玩意，想着再去看看，从南边的瞭望塔出发，很快就走迷路了，走得脖子根出汗，大白天鬼打墙。

洗咸菜的少女，在家门口洗澡的男人，一些玩游戏用的橡皮绳玩具、树叶哨子等等掉在地上，都没能为我提供回去的方向。我怀疑这是我做的另一个梦，我像一块幕布被卷起来高悬台上，舞台不停变换着方向，谷物和树木、梯子都不过是陀螺的螺纹，把我倾倒进那个旋转的中心。

我靠在一块石头上，盯着自己的手指看，我数过自己的手指头有三个簸箕，老前辈说，我一生中财富的秘密就装在里面，我又看看天上，我的钱像云一样卷走了，通往塔楼的梯子，带着人的两条腿跑了起来。

阿庆说我可能耳朵得了病，一发作就会晕眩，我只求神明保佑演出那天不要出意外。廿三日早晨，用红布盖住的神像被大轿抬出来，请到台下最好的位置，红布掀开戏开场，依然是吵吵闹闹，台下的观众淹没在烧香的烟雾里。我演曹操，须发扎牢，吊紧的眼睛外围瞥见一层浅浅的弧光，能让我保持清醒；红布掀开后的神，他面发红光，似笑非笑的眼睛盯着我们。我对他说：卸甲。他微笑不语，我说群鸟争喧花似锦，难逢这美景又良辰，他继续微笑。

但是亏得有他的保佑，第一场戏顺利唱完了。卸掉妆容戏服，我们也去游赛会。街上到处是人，大人举着高香，小孩被挤在大人的屁股后面。大家跟着游神队伍走动，神像从戏台前抬到了游神队伍的中间，队伍最前方是吹唢呐的老人、捧香炉和摇旌旗的年轻男子，然后是一个脸上涂着红油彩的人，两手各拿着金色的杯子，把看不见的水来回倒进杯子里，后面一排的人手里拿着的是黑色的杯子，用杯底互相敲击。我差点被推出人群，以至我看后半部分的队伍时，只有人脸模糊的、影影绰绰的涌动，人脸上方是今年添了男丁的人给神送的灯笼，女童挑着的花篮，在肩膀上传来传去的金箔纸船……

据说这个队伍要绕城三圈，我和阿庆都不想继续围观，于是绕开队伍的路线，去角楼那边玩。赛会日家家户户的门边插着香和竹叶，桥墩边也贴上了桃红色的符纸，远远看去以为是花瓣。我在桥上站了一会，看童伶和其他小孩玩游戏，他们明显分成了两派，没有一方扮演敌人，都喊着"打外省兵打外省兵"。有几个小孩会带着不怀好意的笑容，走过来问："你是不是外省兵？"回答是的话，无数个沙炮子从四面八方蹿出，在脚下炸开，他们还边跑边喊："炸掉他的鞋子，炸掉他的裤子，裤子掉下来，炸成大马猴！"小圆形的怒火沙沙摩擦，碎碎炸开，他们很狡猾，没人真的敢动石头，你骂他们，他们就像毛蟹一样逃跑，混进看热闹的人群里。

角楼的竹棚里正在举办牲祭，桌子摆满宰杀了的肥羊，城外蓄养的牛羊在今天派上了用场。那些羊四蹄张开，耳朵系红绳，嘴巴里都咬着一个柑，头朝着同一个方向。西边角楼的羊则换了另一个方向摆放，我才发现所有羊头都是朝向寨子中心。在乡民的指路下，我找到寨子中央的祭坛，那个桌子摆着一只大绵羊，它长着最强壮的头角，眼睛涂满金箔，背上插着石榴花，这副献给主神的礼物刷满了糖霜，看上去冷酷又高贵，我想着的却是乡民如何分食它。我还目睹了弑羊敬神的最后场面，游神队伍回到了中央祭坛，领头人拿出一把尖刀，割开羊的后脖颈，血水流了出来，两个年轻男子上前，合力扯下一个后羊腿，拿红布包了起来，老人拿出香炉，把烟灰泼撒在羊身上。祭祀结束，寺庙传出敲钟声，黄金羊也被完全解体。我第一次看到节日的气氛巅峰，以这种诡秘的方式出现。很多人从昨日经过的冷清街道蜂拥过来，哄抢一个从后方拱过来的、看不清楚的东西，那个东西像火把，没人敢接住，在众人头顶上来回滚动。

我和阿庆失散了，到处人挤人，身体和身体之间不顾危险，融化成河在寨里涌动，他们追逐那个东西就像追逐一个急流旋涡。唯独那头黄金羊，作为给神的礼物被孤零零留在原地，羊皮已经跟馒头皮一样硬邦邦的，还有那对已经看不出属于什么动物的眼睛，顺从地瞪开，外边的形状在融化，它还活着，心里肯定在笑我这是个什么怪家伙。当我意识到自己想得太多时，已经来不及了，又旋转起来了，先是祭坛，接着天空，跳动，那种熟悉又恐怖的感觉又回来了，并从它的眼睛流出来。

我不是有意冒犯，我只是一个浑身燥热的外乡人，早先求神明保佑，现在要求得羊的原谅。我看到阿庆回来了，但不是阿庆，是那个卖麦芽糖的人，他还不知道发生了什么，笑嘻嘻拿出一颗猪油糖塞到我的嘴里。

庆典一直到黄昏还没结束，空气到处是鞭炮的硫黄味，乡民们喝酒玩闹，有的准备晚上去看烧窑。因为第二天还有演出，白天已经让我疲惫不堪，我早早就打算睡觉，一下子就进入了梦乡。

外面差不多安静下去了，寮房里有几个人打算彻夜不归。我起夜上茅房，地面湿湿的，是我睡着时下过的雨，我分辨不出是烧窑的火光飘过来，还是真的要天亮了，天空看上去赤紫赤紫的。白天烧出来的烟雾还没完全散去，拂动着远处和四周的景物，一会成瓦片的形状，一会成云朵的形状，这些暴风雨来临的前兆，让一个半梦半醒的人看得津津有味。

突然有一股很刺鼻的气味，是烧焦的气味，怎么讲呢，像铁锅和馊菜肉骨头煳在一起。我疑心那么晚了，谁还在后厨煮东西，但后厨里没人，老鼠在地上爬来爬去。我发现厨房就在寮房的后方，只不过一个接通寮房的门被封住了，门应该就是在房里挂着帘布的那一面墙。我感觉不太对劲，就往木柴堆的方向走去，尽管周围很黑，我还是认出另一个跟厨房连在一起的房子，那扇直接通向厨房的门也封住了，要到那边去，依然要穿过一个回形通道。那个房子应该挨着卖面皮的帐篷，他家养了一条很讨厌的黑狗，入夜也吠个没完。

大概继续走下去，还能发现更多这样排列着的房间，我不知道房主这样改装房间的用意，他是不是和我看到它们时一样，瞬间被激起了古怪的好奇心。我回去拿了一支蜡烛，返回去找第三个房间，虽然通道都是密闭的，那个味道还是很重，后来还混入了其他东西，像植物的香气，我好像还听到了刨木屑的声音，从黑暗的尽头传过来。

我去到的第五个房间是柴房，到处塞满了柴草，不知道什么原因，一个本来是灶台的地方被砸坏了，下方形成一个形状奇怪的凹槽。我好奇地坐了进去，里面比我想象的更复杂，当我试图站起来，却发现自己被卡住了，我努力反悔着，把自己折腾得满头大汗。

那个刨木屑的声音像脚步声一样，我才意识到自己被诱捕了，一旦那个声音找到我，我就死定了。我和我的左脚奋战着，我感觉它像鸭蹼一样要游出去。渐渐我对它的恐惧甚于对那个声音，它正脱离我，被那个声音收买。

我想在墙上找一个支撑，摸到墙上有一块横七竖八的地方，是好几个木条，木条钉住了一个窗，他们不单把门封掉，想把窗也消灭了。木条上沾满灰尘和老鼠粪便，有一两根摇着摇着就掉了，窗户露出一些横向的缝，月光照下来，我看到外面截然不同的街道、后院、石磨，做得像城中门的拱廊，一种让人沉醉的静谧……

我不知道那件事是怎么发生的，是有人拿着画笔，把眼前的画面涂掉，不是胡乱涂黑，而是白晃晃的闪电。我还没明白一棵树是怎么被砍断的，但我必须说出我看到的一切。

起初是两三个人，手里拿着刀，削着砍着他们发现的东西，竹竿被砍断了，簸箕架子也被砍断倒在地上，他们对着空气扫几下，又走出，他们到底是什么人？是官府的人吗，看上去没什么目的，作为盗贼又过于张扬。接着进来更多的人，我看清了他们是一支队伍，胸前好像背着一个鼓鼓的甲胄，这次他们没有停留，沿着横向的缝隙移动，如快速的剃刀，不是为了剃头发和胡须，他们要把发现的东西都剃短，月光和屋顶也跟着变短了。

他们钻进屋子，动作太快了，快得像排练过一个完美的过程，我咬住拳头，想确认是不是在做梦。起初什么动静都没有，一阵短促的质问声爆发，接着喊叫、哭声，各种让人联想到绝望和恐怖的动静，月亮跟瓦片被打下来，碎了，我跟着全身发抖。

这样搜寻下去，他们一定会找到寮房，我害怕所有人都睡得很沉，我想去告诉他们，但我的左脚卡得死死的，越是用力越陷得紧，等待我的不是那个削木屑的，是这帮人，月光下的银色骑兵，尖头怪物。他们钻到另一个屋子，也可能走了，外面又恢复了安静，我的梦结束了？树叶在沙沙作响，如果这是梦，看上去又过于顺利，有一点水给我沾沾眼皮，诡异的场面就会消失。

这不是梦，我听到他们在屋里活动了，大声说话，窃窃私语，身上好像佩着铃铛，鞋子咚咚响，好几次我感觉他们只和我隔着一面墙。但他们没发现那个门，只是像老鼠在墙缝钻来钻去。我才知道这些隐藏在过道里的屋子造成了混乱，对他们来说就像走一个迷宫，如果绕不出去，他们一定会把墙砸了，我就会被压死在乱石下。他们不介意自己像老鼠一样钻来钻去，敲着墙叮叮当当，有的干脆像撒开手脚做游戏。只有我进到迷宫，我没有第二个人，那些房间几乎是空的，他们搜来搜去是为了什么，为了我这个丑陋的俘虏吗？

我听着脚步声，以为他们就要发现第三个房间，在引燃柴火烧屋子之前，他们就要循着火把的光发现被封住的门，和那个通道了。这时我一点都不想把脚拿出来了，我恨不得整个人躲进去，缩成一颗老鼠屎塞进那个洞里。我好像看到他们的鞋子全湿透了，挥着明晃晃的刀，对着我滑稽的样子哈哈大笑。我还得翻开石头和砖块，往地下钻，那些拿着刀的脸说，这个人给自己挖了个坟。

他们不想费太多力气，对着墙乱砍一通就离开了，从大门走的，我趴在墙头看到的，最后一刻终于把脚抽了出来。我一个个房间数过去，地面上的血迹是鞋印带进来的，黏稠，颜色越来越深，铅色、黑色、猪肝色，我的口干极了，恐怖像嗓子眼里的火苗，恐怖遗留下来的场面才刚刚开始：寮房里睡觉的人全死了，死的人也在睡觉，我在第三个房间看到过他们的倒影。这时窗外突然伸进一只脚，没有穿鞋，看着像壁虎的尾巴。那只脚要多绝望才这样慌不择路，可能是被人挂上去的，更可怕的是，他的腿可能已经离开了身体，这个屋里唯一活动着的肢体就要掉下来了。我的腿动弹不得，它想替我逃走，我说出去会被发现，那条腿就晃起来了。

　　我再受不了这种惊吓。我不敢出门，但他们迟早会回来围困所有活人，我知道茅厕旁边有一个杂物堆，实际上是长满荆条和牛根草的小土坡，我在那里躲了一会，蚊子如此兴奋，刚死去的人的血痛快地喂饱了它们，把我也当作死尸，一个机灵的死尸。我摸索着黑暗土坡的周围，土坡后面是别家的院子，通道也被杂物堵住了，荆条和房子隔着一条水沟，攀爬过后墙和房顶，他们回来烧房子的话，我将无路可逃。确认外面没有声响后，我翻过西边的墙，落到墙外，墙外好像什么都没有了，一切都变得软绵绵的，月亮和我的脑袋都被吞了，只有那个弯弯的拱廊提示我在什么方位。

　　我走在路上，哆哆嗦嗦，时不时踢到地上躺着的人，还是狗也说不清楚，不知道是不是人变少了，我的听觉灵敏起来，能听到很远的地方的动静，这让我能徇住身体去找掩护。狗没有追我，但那念头对我穷追不舍：我怎么能想着少了人呢，这些人还在这里，家被洗劫一空。我不知道阿庆在哪里，也没敢从路过的死人堆里找他，我不能确定自己还活着，还是我已经是个鬼魂，才一直没被发现，这念头听起来悲哀又自大。但是当我穿过集市，活人和鬼魂，一个都没遇到。

一个男人也在跑，不停慌张地回头，在他最后犹豫不决的瞬间，一支利箭从后面射入他的脖子，男人倒了下去。我顺着方向，看到一个拿弓箭的人，那人站在防守坝上，又拿出第二支箭，对准另一个哭天喊地的人。第七支箭、第八支箭射出去，那人就不见踪影了。我溜出磨坊，长箭竖立的丛林差点把我拦住，地上的人像丛林里松软的土，蚯蚓来了，蚊蝇自发组成队伍，大圈小圈地巡逻着，露水变成红的，黏着我的鞋子。我不得不爬着出去，贴着地上的人，我才知道人和脸是一起死去的，那张脸会失去特征，我永远装不了死人，我那张习惯了戏台、夸张的脸会出卖我。

爬出丛林后，我又开始乱逃，所到之地好像都被他们搜查过了，到处有一种混乱的寂静，做这件事的人要制作新酒席，心里有数，先切好这一块，宰那一块。我感觉那个人好像故意跟着我，他想说这里没有安全的地方，想让我放弃，再等待时机猎杀我，但他不会想到，我居然主动跟在他身后，就像乞求狗不会看见自己的尾巴那样。这个弓箭手单独行动，没有负担，边走边吹着口哨，他又拿出一支箭，射中一个人，那个人没有立刻倒下，那颗头也没有马上掉下去，而是奇怪又缓慢地倾向脖子右边。显然他很满意这个诡异的场景，直到那颗头转了一圈，面朝向我，我咬住嘴唇不让自己叫出来。他拉下第二弓，彻底射杀对面的怪物，他没有发现我，还拯救了我，我知道自己已经头脑错乱了，他真的要捧着我的头，我还会感激不尽。

弓箭手迁徙着找猎物，我不知道他有没有给同伙留下什么标记，因为他一个人就可以所向披靡，"清理"过的地界如此安全。我像一个小偷，伪装成他的影子，我不用去想我是活人会选哪个拐角，我是鬼魂要走哪条路更有利，尽管长夜漫漫，但我又有信心活下去了。弓箭手有时步伐轻快，抽着树枝挥来挥去，我猜他年纪没比我大多少，可能还是个孩子，把这些当成午夜打猎任务，没带走一件猎物，他的武器好像也快用完了。他的意图不是打猎，他是把自己当成一支箭，穿过去，打开那些通道，清理的目的是这个。我感觉到那些涌进通道的，真正的杀戮队伍在步步逼近，层层包围寨子，做他的影子也掩护不了我。

弓箭手跳上炮台，归入队伍。而我要经历的恐怖戏份，才刚要拉开真正的序幕。

我躲进一个染坊，很多布条披在架子上，地上有两个死去的人，我总能找到这种奇奇怪怪的地方，顾不上布有被火点着烧起来的危险。闪动的火光，照亮了敌军的样子，他们有的穿着盔甲，有的背着很大的背囊，队列里的人都拿着长枪和盾牌，昨日西寨门出现的木架不是修墙用的，是他们躲在里面掘开地道，滚进地雷，现在城门连同城墙塌了大片，他们从四面八方冲了进来。

寨子里的守卫队好像已经抵抗多时，双方人马明显很悬殊。我看到一个敌军举着长枪，枪尖越过肩头猛烈向前，穿透一个守卫队的胸膛，还有的人持枪侧隐在盾牌下，从后面刺入别人的肩膀，有的人身体下沉，砍着对方的腿，双方招式都很相似，肚子开了大洞，肠子纠缠，到了后面肉和肉就像铁索绞在一起，人掉进大锅，和石头沙子煮在一起。

惊骇的场面没有使我转过去，相反我瞪着眼睛，被什么力量挟持住了似的。我更害怕那痛苦的喊叫，痛苦会在记忆里循环唱着，没什么比这看不见的东西更折磨人了，我捂住耳朵，喊叫就从耳缝穿过我的脑袋，这让我更受不了。

有个人在城墙上炮楼里，应该就是指挥的首领。突然，一支半空飞去的箭射中他的头盔，劈中上面的马鬃，接着整只头盔掉下城墙，被火光映得紫红紫红的，滚到地上，跟那些死人头没什么两样。

首领被吓到了，他没料到还有几支追上去的箭，不得不匆匆从炮台高处撤身。守卫队看到他有机会成为死人，从防守转成主动进攻。他们在两翼的力量开始有点成效，首领一直引以为豪的中线火力第一次被攻破。但他也不甘示弱，派出分队从侧边包围，一圈套上一圈，形成拯救和对峙混战的旋涡，旋涡的灰尘要把周围的树木和房屋掀翻，吸附过去，我紧紧扒住染坊的各种扶手，不让自己滑出去。战斗搅乱了夜晚的视线，我居然发现首领离我很近，我看得到他的眼睛，绿色的箭早就刺穿他的心，他的衣甲很大，方便让风钻进去，他看上去很高大，仅此而已，他下决心成为鬼魂中的一员。他在风里不停跳跃，从一处壁垒跳到另一处壁垒，召唤着队伍，他要集中火力打对方的首领。

但我不行，我很怕死，现在我唯一的办法就是逃出寨子，我得不停地移动，或是找到帮我走出去的工具。我离开西寨门战场，寨子里到处都有死人，有一两个脑袋故意滚在我脚边，他们以为自己还活着，求我把他们带出去。我说，有个让他们活下来的秘诀，就是你得控制自己漂亮的高音，不用力气去顶，不持续喊叫，说这些都太迟了，只能用这个模样和夜晚相处。我要等天亮，天亮后我的处境会有翻天覆地的逆转，我会舒服地从床上醒来，这些不过是死人头托的梦。在逃向北寨门的途中，我遇到两队没有任何保护防备的搏斗人马，他们没有作战武器，双臂绑上夹板，用菜刀、斧头和锯子面对面砍杀，很多人的手连同肩膀被砍下，掉下来的手里还抓着武器，地上没有一个完整的人，地面被血染得漆黑。

我不知道怎么说这种惨烈，连房子跟树都恨不得长脚逃离。有几个村民偷偷摸摸从庙里搬出神像，商议要抬走，还是找个地方藏起来，最后他们决定用一架椅子抬神像。他们还在虔诚地为祭神大会收尾，对发生的事一无所知。那些有武器的人会发出铁和铁撞击，声音闪亮又可怕，连额头都是铁做的，显然他们是没武器的一队，膝盖碰着膝盖，骨头跟骨头妥协，他们可能也是鬼魂。不幸的是，一队敌人人马打破了这种幻想。

他们动作很快，我没看清楚动手的过程，只看到一个人背着神像跑了，被逼进巷子，他把半人高的神像抱在身前，喃喃念着求神明保佑，敌军先砍断了神的一条胳膊，他说他要和神明共存亡，他的身体立刻一同被分成两半，敌人切开他们就像切开四片梨。

比起死人我更害怕活人，他们到处把人做成扇形的肉，用长枪指着戳着。耍猴戏的人也死了，猴子没在身边，杀死他的人正兴高采烈扮演大猴子。我感到很痛苦，侧半身站立在一个门板和墙夹着的缝里，竭力拉住门闩，一旦门荡过去撞见他们，我也会飞出去。

想到这些人可能潜伏在寨子里许久，看过我的演出，知道有我这个人，我就不寒而栗。我听到另一队人马过来跟他们汇合，语气听上去就像邀请他们去参加宴会，我太饿了，饿正在战胜一切恐惧，风把门板吹响了，我整个人惊跳着，我以为能够掌握自己的命运。

但那士兵没察觉到异常，拿枪戳戳门框顶就走了。我走错方向，很快又回到了中门的寺庙旁边。祭祀的金箔纸船还没烧完，堆放在地上，跟污秽黏在一块，费心做成一只只船，结局也是烧掉熔化，这些本来是送给神和亲人的礼物，送给他们渡过天上和地下的河。我也需要渡过去，没有船，牛车和拉草车也行，只要能离开这里。寺庙四周一片死寂，旌旗倒在旁边一段水渠边，渠里的水干了，有血，并且在往下渗。在我离开的那段时间，他们杀了更多的人，我认出养牛人，他的脸完全糊了，这个人本来应该在寨子外那条小溪边放牛，他穿着草鞋，把宰好的牛送进来，打算黄昏喝完酒就回去。说不定节日结束，一次乘船出发的旅途正等着他。他没想到自己的处境跟牛一样，想不通是敌军帮牛报了仇，还是让他们同归于尽。敌军在寨里马蜂一样嗡嗡嗡叫着，真正的卖蜂蜜的人躺在地上，他穿得像只大黄蜂，头失踪了，翅膀很完整，血从身体里流出来，板结住陶罐里的蜂蜜。看到这些我吐了，整个寨子也恶心，一块被冻干的秽物石板，骨肉刻碑文。

在他们封锁全部的出口，筑起铜墙之前，我只有靠自己爬出这座坟墓。我使劲登上一些高地，从不知道是人堆还是杂物的地方滑下去，脚底起满水泡，所有的石块被火烫过一般。北门就近在眼前，敌军没有在门边和墙上看守，他们在寨外不远处弄了个临时营地，士兵在那边跳舞、说话，杀了剩下的牛羊扔进锅里，火把照得四周亮如白天。

他们相信寨子里没有活人了，预先庆祝着胜利。这时一个男人扛着一把大刀，砍杀包围着他的士兵，还背着个人，应该是他的母亲。他比我看到的人都要勇猛，那些士兵也被他的气势镇住了，不敢靠近他，试探着向前攻击。眼看着就要出北门，营地外的人起初围观，然后他们派出那个年轻的弓箭手，他们中没人比他腿脚更快捷，动作更灵活的了。弓箭手射出第一箭，没中，箭筒里的家伙都要射出去了，还是没中，他的失误激起了队友对这个新奇猎物的兴趣，众人纷纷追赶，一致向我的方向过来。

从北门逃离的希望破灭了，我哭出声来，离开这个千辛万苦才找到的出口。我期望男人把敌军都杀了，但已经不能返程去看。敌军没有在东边寨门扎营，几个分队汇合了，有的人提着一个人头，有的人肩膀上挂着手和脚，个个看起来像张牙舞爪的大蜘蛛。我不敢看他们提着的是羊腿还是人腿，他们在北门吃的是人吗？有个喝醉的士兵杀了重要人物，却发现自己没捡回来一具完整的尸体，为了分功劳，他们骂骂咧咧商量着，放下俘虏，砍下其他身体上的手脚，在地上拼出一个新的人。

这个恐怖至极的游戏惹得他们哈哈大笑，他们继续玩着，我看到蜂蜜小贩的头接在一个女人的身体上，老人的头发垂挂在幼儿的肩膀，他们还说，死者最好按照这个模样活过来，不然就没瘾了，说完他们就围着那些怪物喝酒跳舞。跳着跳着，其中一两个人互相打了起来，队长最先察觉到不对劲，他连打几个寒战后，举起火把，往火里和地上吐几口酒，对摆弄尸体的人做出蔑视的动作。

我无路可去，血的急流挽住我的裤腿。我看到太阳从慢慢飘动的、辽阔的海面上升，红色坚硬地缩小、变淡，地上覆盖了一层薄薄的霜，我跟它们一起流动、下落，我朝向东边，太阳重新沉回去，不过是月亮触目惊心的残影。天不会亮了，我被永远关在这个新地狱里。

我再也不用早起，也不用画脸了，我的影子也在变淡。我遇到那头黄金羊，它被人原封不动地扔在河床上，我问，为什么你不害怕？羊说，三百年前我就活着了，不，是活过了三百年，他们喂我青草、泔水，每年这一天他们反复杀我。

我感觉这一切都是我的过错。我继续往前走，遇到了掉在地上的神像，木偶的脸上残留着红晕。这位家神，你叫什么名字，你守护的家族还在吗？神呼出一口气，闭上眼睛，恳求我揭掉他背上的咒语。"老虎在节庆里跳跃，吞下火焰，除了它自身，你不知道何为罪恶。"

我还遇到一只猫，它说："你白天演的角色不如夜里演得好，你早应该听朋友的话。"经幡为我指路，它们都指往一个方向，最后我走入一个闭合的圆圈。一棵梨树对我说："这是对你入迷的惩罚。"我遇到一堵墙，它说："去吧，去把死者一个个辨认清楚。"

接着他又在梦里出现了。这次他有个新的迎接仪式：乘着金色的船，让战士们把船从他的脚边开走。

跛脚人下船，走进一片金色的烟雾，他有一个大牧场，优美的山谷间牧放着一群白绵羊。"你看清楚了，它们头上本就悬挂着锋利的铁刃。"他说完就走了，山谷传出砍伐木头的声响，铁器和刀枪弹炮撞击的声响从山谷的另一面传来，提醒我战斗还在继续。

我看到首领还在战场上，负了大大小小的伤。"他是我的手下，他叫邢鲲，能使得鸟和蛇分离。"首领听到这个断言，骑着战马要往地下去。跛脚人击掌喟叹："我嘱咐他给我报一箭之仇，我忘不了那支箭带来疼痛日夜不息，我的脚浸入膏药，他一整夜都陪在我身边，但我的宫殿里到处都是幽影和魂魄。你告诉我，他没有生命了吗？"

这一切都是跛脚人的复仇。"你看我这样子，怎么跳舞？"他又造了一个跳舞场，天女散花，禅乐四起，她们脸上丝毫不见死亡的黑云，她们很快消失在草叶编成的花圈里。

跛脚人又把我带到另一处。我问他，这里又是干什么的？那里有一个妻子，正在织一匹布双幅紫色布，跛脚人说她是在准备战士荣归的衣服，但没有哪个信使禀告她丈夫的事情。跛脚人没打算驻足，要把我带向另一处："他们先截击我的粮船，岂有此理？"

我唱过，是的我唱过这句词。那跛脚人不听我劝说，走过去砍断她的机杼和布匹，女子掩面哭泣，机杼幻化成成千上万的甲板。这一情景让跛脚人兴奋异常：此等小丑，迟我后至之诛，南下去一梗化矣。

他的脚被施展了江湖骗术。他健步如飞，重新登上甲板，指挥着海水倒灌，指挥船开进去。他转过身来对我说："你呢，你还没说你的呢。"

我要说什么呢？如果我能活着，我一定会把他做的事说出去，我是他的故事的见证人。跛脚人看透我的心思，露出了欣慰又苍老的神情。

我感觉我就要认出他了，我说我不过是他百年后的一个替身，就像那些被重新拼装出来的灵魂，一个新人。他默许着，把我从梦里推出去，我摔到地面后，看到战队里每个人手里都拿着一束武器，正向我扑过来，我捂住眼睛，然后安然无恙地，像幽灵一样穿了过去。

醒来之后，我发现自己躺在一个木桶里。我忘记是自己被俘虏，还是我要躲进来的。我缩在木桶里摇摇晃晃，这是哪了？我去过的望海楼，这又是哪里？保护过我的治生楼、沙庭楼、靖西楼、拱北楼、顺玄楼、巷东楼、元丰楼、东宁楼。还有福南，对的，我要到福南去。

我感觉车轱辘碾过不平的东西，听到公鸡在叫，他们终于要离开寨子了。

有两个士兵在说话。

"我刚刚看到。"

"看到什么了？"

"一个唱戏的鬼。"

"好好的人不做，偏要做鬼。"

他们哈哈大笑，佩戴的刀枪在腰间叮当响动。

第十四章 控方证词

"你想想办法，要不找机会把他们约到一起。"她轻轻叹气，轻得像耳朵摩擦到电话的杂音。她的语气暗示着我给的材料非常凌乱，这些日子为了配合我，她搁置手头上的写作计划。

现在她进入跟我谈判的阶段："两个月，可以吗？我觉得差不多了。"

她对 G 的兴致是耐心的来源，她喜欢分析那些嫌疑人的细节，自信凭借一己之力能把那个人分析出来，"分析"这个词就显得我的"行动"软弱无力。我感觉她无时无刻想说明一个道理——写作和犯罪同样需要强悍的神经，名义上我是侦探，其实是另一种抄写员和跑腿，我才是那个最可笑的角色。

我没反问她如果最后找不到手稿会发生什么，之后又应该做什么，我说，我为浪费她的时间感到抱歉。作家沉默以待，想确认我说的是不是真心话。"我只是觉得，我们都太过依赖着自己的办法，"她指的是一些狡猾的方法，"我们的想法都依附着强烈的自我人格。"这一句我没太听得懂。

她没给我提更多的要求了，除了两个月的期限。我猜测过，是她自己弄丢了文稿，像袜子总会莫名其妙不见一只那样，文稿从她眼皮底下暂时失踪一段时间。"把责任推给别人，是吗？"

我没反驳她说，这是一个范围划定上的错误，她想着把边界划到慕尼黑那边去，划到地球外，掺杂着小说式的想象。

我还想了解那句"自我人格"接下去的内容，尚未意识到争吵已抵达爆发的边缘。

我一度以为她会提供新的嫌疑人，要么就是我会忍不住跟她索要一个新名字，最后我们决定，G依然会在这几个人里面产生。这就迫使我得一次次重返现有的证据现场，去寻找那个导火索——不料是谁先踩到了它，响声把我们都吓一跳。

那是跟王庶虹有关的问题。应该说，我没有刻意提他，因为其实每个人都带有一点嫌疑犯的特征：我说出了林篡改小说内容，以及他一直不敢向作家坦白的事实，我惊讶自己说出这些时，没有半点背叛别人的耻感。张孝全的青春期过于漫长，即兴犯罪也说不定，没露过面的小飞侠，也许是网络黑客。还有王庶虹。我看一本刑侦书上说，最高明的罪犯看上去都普普通通，示弱是为了让人放松警惕。陈行扬的逞强也很可疑，她的自首没解决任何问题，不过是她给自己乱糟糟的处境画了一个句号。

"你去见了王庶虹，还没发现他不对劲？"作家打断我的慷慨陈词，她还想说，"你总是先以为……"

我感觉她在电话那头，直直地盯着我的脸。"你没看出他有轻微的失写症，就是不会写字的病？"

我顿时哑口无言。她把王庶虹的名字放在名单第一位，可能就是想让我尽快去找他。她察觉到一些更深层的、我无法理解的理由，假装欲言又止，换上那副聪明的嗓音。气氛变得不太对劲，我们竭力避开讨论诚实这个话题，她说她网购了一个围兜，想要自己剪头发。我压抑住自己的怒气——她到底还要聪明到什么时候呢？你什么都知道，那你自己怎么执行不了呢？事实上我们从未爆发真正的吵架，我只是试着以一种更沉闷的方式抵抗。

我忘记是谁先心灰意冷地挂断了电话。过了二十分钟左右，作家打电话过来："你要给别人保护隐私的权利，这件事我怎么解释不重要，你觉得这样不舒服的话，那我叫助理把钱结给你。"

"还有，你不觉得你对我使用了语言暴力？"

她觉得我不够彬彬有礼，若论这是暴力，恐怕也比不上她写过的那些情节。我感觉她只是把它当作一种气氛毒品，来命名各种她不愿意解释的东西，包括眼前这个围兜道具。我没敢说出我的猜测，就是这本小说可能再也写不完了，她把手伸进去，就会发现那个围兜就是偷走她的稿子的工具。

她想用第二通电话来修复信任，我偏要从她最在意的小说入手瓦解这种信任。我迅速地在笔记本上列出几个疑点。

——某人认为作家不打算写一个长篇小说。

——被窃走的七分之一的内容，不是一个完整的故事，而是几个故事的碎片。

——作家在同时写几本小说，出现记忆混乱。她有没有一个写作计划表——作家助理的真实身份是什么？

——想把一些文字从记忆里抹去，需要具备哪些条件？

甚至当任务结束之后，她会把我们一并抹去，她不清楚我们每个人负责抄写的部分，与她共享了哪些独一无二的写作时刻。她无所不知，又一无所知，她想扮演自己创作世界里的上帝。现在我在一堆词语里玩连词游戏，"截稿"和"动机"两个词可以连到一起，"文字记忆"和"失写症"又可以画一道连线，我有种奇怪的感觉，她被某种现实打击着，不过像我可以沉闷，却不失幽默地抵抗着，她说，我们心底都有不能向对方提起、无法相交和共情的部分，这部分像一根弹力带，支持她把虚构和现实生活牢牢地连接起来。

我一直没有勇气为她连接起这个事实：那个潮热的下午，林也跟我一起去探访老人（或许她早心知肚明），至于林有没有察觉王庶虹的异常，我不敢妄下判断。我不能接受的事实是，我理应接受她的嘲讽，我可能是那个最无知的人。

"你会觉得有点神奇，得了失写症的人不会写字，要怎么打字呢？但是有的人学过拼音，打字可以就像弹琴一样，把音符弹出来。"

通过作家的讲述，我尝试还原他们第一次见面的场景：不是在电视新闻里，不是在王庶虹家里，而是在康复室。一个义工医疗队会定期坐诊，就在那个老年活动中心办公室改造的临时康复室外面的操场上。跟闹哄哄的坐诊现场不同，康复室里只有一些三角板玩具、弹力绳，几张折叠椅和几台电脑，作家也出现了，她穿过人群，发现了那个安静的房间。

"他坐在那里打字，旁边的小孩在玩斗地主扫地雷，他全神贯注，非常特别。"在作家看来，康复训练只是一种心理安慰，可以避免让病患沉浸在某些错误的价值感里。她观察到那个最安静的人，头发花白，戴着老花镜，对照着一本小学课本后的生词表，上头标有拼音，他专注地在键盘上敲来敲去，没有察觉作家拉了一把椅子，坐在他身后。

她当场就选定他做第一位抄写员。"他发现我之后有点不好意思，他指着屏幕，指指课本，问我写得对不对，算是我们第一次互相认识的开始。"

也就是说王庶虹为了遵守和作家的承诺，对我们撒了谎，作家继续讲述他的简历：年轻时的王庶虹当过文书，下地干活摔到脑袋，落下了不会写字的后遗症。

我感到非常荒谬。谎言无处不在，每个人都有秘密瞒着对方，作家选中他，不是因为他的侨批，当然也不是出于帮助康复的目的，她真正着迷的是失写症。作家没告诉我怎么说服王庶虹接受这个工作，只说王庶虹也认同这样的练习有助于他的恢复，而不是让羞耻引人瞩目——按照这种推理，那些用数字命名文件的谜团也解开了，数字指的是完成的字数，或是打字的日期，他不想因为疾病染上被歧视的眼光。

我惊讶于林的直觉，当时走访完王庶虹，他就断定王庶虹不认得这些亲手敲下的字，王庶虹脑子里的机器保留不了文字。我能想起的画面，是那个潮热的下午，我们坐在王庶虹家的客厅里，回忆里那个时空发生了轻微的扭曲，灯泡的光微微闪着，电脑上的字模糊地动了起来，收音机里传出被干扰的电磁波，那是作家在说话：他有失写症，他为什么要对你们撒谎？

但是对于有保密要求的工作来说，这是多么完美的委托对象：一个邮差，勤勤恳恳地把信送达，无权知道信里写的内容。王庶虹专注地打着字，文档布满大大小小密密麻麻的字，那些空格显得非常醒目。王庶虹不会写字，作家不会打字，找他是为了精准互补，作家就像电脑桌面上的回收站，像清倒垃圾一样清倒他的记忆，她占用了他的某部分脑功能，又把另外的部分扔了出去。

我随手在网上检索这个病症的医学解释：由于对文字的再现能力，如自发书写和听写发生明显障碍，书写中常发生词句结构或语法错误，抄写情况相对较好。无论哪种书写，病人写出后也往往读不出所写的词。"那你有幻想过另一个自己吗？不会比现在更好，也不会更坏，但是我相信更好的小说总是藏在作家看不见的地方……"说完她发出夸张的哈哈笑，以至于我根本听不清她后面接着说了什么。

我突然有种奇怪的感觉，我怀疑陈行扬说把稿子扔到了垃圾桶，那可能不是真实的垃圾桶，而是意识里的一个空格，她不知道怎么把前因后果连接起来，这个空格就被胡乱归为垃圾桶、抽屉等各种各样的解释——我才有点理解我在做着什么工作，不是找出真相，而是"连接"，那个造成混乱的源头就要暴露出来了。

"所以你觉得必须找回那些手稿，你写不出那个'最好'的终稿。"

"G 比我还清楚，这是一个精彩的故事。"

作家不想要孤注一掷，所以找了这么多人。现在 G 就是整个事件的终点，我们快要对此达成共识，此刻我们就要相信，是的，G的目的就是想得到"最好"的部分。"我觉得我们要找到这个人，从头到尾也很像小说里会发生的情节。"

她承认自己曾被另一种失写症困扰着，迟迟动不了笔，她想找回状态最好时写的文字。"我跟你的看法相反，我没想过你对我们这个地方感兴趣，我读你的小说，觉得好像在读一个传教士和遣唐使日记，我知道小说家不像历史学家那样，非要把一些逻辑和事实串联着……"

我期待她接下来的解释，把手机调至扬声，打开了录音笔。

"一个外来人的猎奇，你心里是这样评价我的。"她说了自己的沿海旅居计划，说了在汕头逗留将近大半年，在一个纪录片拍摄组里挂名策划，跟着拍摄组到处去玩。"逛寺庙就像从一个剧场到另一个剧场，同样的道具，流程也差不多，每次都像是看一次全新的表演。"

"中世纪的手抄经，抄经匠和插画匠一起配合完成，年代久了，内容避免不了错漏、讹传，这是出错，一个接一个地出错，出错让留存下来的手抄本显得独一无二，印刷品那样的是毫无个性。"这次不是手抄本，是某处古寺门上一副金漆屏风，让她发出遣唐使式的感叹。

"编写民俗小故事，构想这个长篇的结构，多亏这两个工作把我拉出了写作停滞期。接下来就是一边写，一边找人打出稿子，第一个抄写员，第二个、第三个、第四个很顺利就找到了。"抄写队伍组建起来后，她的写作进展快速，被一股力量督促着。"寄稿子的日期当作定稿日期，这招真的很有用。"作家好像在回味着刚才的冲突，剥洋葱一样剥开自己狂热的念头，把它装进小说，再把小说装进信封，她自己也被这种层层套套的把戏绕晕了。她说那个故事时，就已经说出了深藏内心的恐惧：各种变形的手抄本替代了原稿，原稿成了一个虚幻的影子。

王庶虹打的稿子质量出问题，林篡改小说，这个事情从一开始就破绽百出，作家好像有意去打量，甚至去感受他们做这些时的恐惧，看看，他们能干出什么事，看看，以为没人知情，恐惧调动起越来越多的兴奋。

或者是，抄写员们围在垃圾桶边，像乌鸦一般翻找原本，连 G 都不知道在这个莫比乌斯环的把戏里，自己偷走的是一个手抄本，抄写这个行为一旦开始，原稿就一点点消失了。现在轮到我剥开念头，作家执着要找的是什么，我在找的又是什么？她想要回的是记忆，准确说是记忆的其中一个版本，尊严帮她做着掩护。

"你们这边是不是这样说的，神灵保佑，万事交给神明，我想那个人是受到赫尔墨斯的包庇吧。"她说的赫尔墨斯是古希腊神话里守护小偷的神，一个精力充沛、喜欢恶作剧的小男孩，她坚信没有一位潮汕神祇会接受 G 的愿望。她又问我，那不被本地神接受的人，算是被流放的人吗？

我想起林之前研究的那个夜游神，留下一个石头神龛，没人知道他去了哪里。做错事的人不被神接受，但在某些时期，神的遭遇跟人的遭遇并无二致，遇上极端的环境，人还会去保护神，G 在神的心中是什么角色并不重要，被石头扔打，流放的惩戒更是子虚乌有。我想提醒她留意那些民俗细节的层层包裹，最表面的一层是热闹的仪式，大家参与其中，往前一步，看到了人在受苦，再往前一步，只能看到海面上的雾，把这个当作止步的警告。继续往前走的人，一部分成了神婆和通灵者，接生婆可能也在这个行列里。他们泄露着另一个世界的秘密，被认为是不可接近之人，事实恰恰相反，他们最能保守另一些秘密，歹徒的、小偷的、乞丐的，他们在两个世界之间交换秘密，凭借这种炼金术进出那片海雾。

我差点说出找老姑帮忙的经过。我的耳朵里有信号杂音，像蝴蝶扑翅的声音，蝴蝶飞到五线谱上谱出音符，只有巫师能看见，根据它们变幻的走向唱出调子，它们和闭目的老姑一样，都是回忆里跑出来的错觉。我把那次活动看作无比私密的仪式，她透露的秘密也晦涩难懂，我想到我们一同在屋里沉默的那阵子，她可能悄悄在跟蝴蝶对话。作家也认同有些神通没有我们理解的那么复杂，类似一种没被驯化过的语言。"照你这么说，方言也是未被完全驯化的语言，我去过相隔不到十公里的两个城镇，发现他们形容筷子的量词就不一样了，容易被驯化的那部分，你看那些脏话、骂人的词，几乎就是一模一样。"

她极有可能是为了找那些没被驯化过的经验，但是经验也会骗人，她说只有在小说里，经验才会产生新的可能。我好奇她怎么理解仅发生一次的历史，从她挑选抄写员开始，到让失写症患者、赫尔墨斯和夜游神意外相遇。她兴致勃勃跑到一个地方，那里可能还没有被历史记录，有的只是包围着她的、随机展示的遗址，她想办法置身其中……

她在挂掉电话前蹦出一句，"会有好事发生"，但不肯说是从哪个仪式上学来的祝词。我也跟着说了一句"会有好事发生", 假装祝福这个混乱的局面。

我重听着我和她对话的录音, 作家说得对, 人无时无刻没有盗窃、偷听的本能, 我现在就像一个只为自己工作的间谍。录音里能听到很多细节: 她的语速比即时听到的缓慢, 语气没我想的那么热切, 那副聪明的嗓音掩盖住了断句、斟酌和警惕, 像钢琴的黑白键在来回斡旋, 作家巧妙地放低声线, 展示着让人晕眩的话术。

在她某一段的描述里, 我看到作家、我和王庶虹都在场, 他家客厅的日光灯管冷冷地照着我们, 圆弧形的光线看起来总像在微微晃荡, 她帮他解释说, 灯泡老化了, 也可能是地震, 王庶虹对我说的是: "我眼睛不好, 目花了。"插画师也加了进来, 插画师得意扬扬, 他用花朵和火焰遮盖起了抄经匠抄错的字。还有比这更坏的计划, 林穿插进来说: "不不, 是不想写了就偷偷撕掉几张, 像我儿子撕掉暑假作业那样。"于是小孩把作业本放在地板上, 撕出量词和名词, 搭配出一头凳子、一箱大象, 一部奥维德的《变形记》, 它们长着尖尖的脚趾, 把地板踩得摇摇晃晃。

录音里没有提到林, 这是我坐在厨房门口的桌子边, 回想的上个星期三的情形。我去了林的民俗研究所, 研究所在山脚边, 外观很像一个很旧的旅馆。里面跟我想象的也不一样, 没有什么民俗的模型和文物, 书柜摆列着卷宗、照片、录影带, 宛如一个小型档案馆, 办公室几乎被书和文件塞满, 办公桌快被稿纸淹没, 烟灰缸边摊着吃了一半的面包。

"你联系得上她吗? 我一直打她留的那个号码, 你也收到一本旧书?"林激动地从抽屉里拿出小说。他打开封面, 我看到了小高伪造的签名，差点笑了出来。

林没有怀疑那个签名，他不相信的是作家的试探会均分到每个人身上。看到我不肯透露作家的联系方式，林迅速把小说锁进抽屉里，打开旁边的抽屉，拿出一本他的专著，借此逃避我的问题——为何我给王庶虹打电话，提出再次见面的请求时，王庶虹说，林之前单独找过他一次？

他看上去很伤脑筋，如果当时他的眼睛是相机，会拍下我像鬼魂一样的影子。我再次激发了他的嫉妒心，好几次我觉得他想骂出口，不一定要咒语，脏话也可以像出击的鸟一样驯退鬼魂。我才发现我和作家都忽略了一个逻辑，就是人驯化了脏话，脏话却驯化让人恐惧的对象，咒和骂，从来都是一体两面，脏话也能穿过那片迷雾，往返两个地带。

"我在做一个海外归侨主题的策展，我去跟他借几封侨批，他怎么可能没告诉你。"林狂躁地吼出声，"你非要这样说的话，我实际见了他三次，最后一次我去还东西，你还有疑问吗？"

我想进一步了解那个展览。"没有对外宣传，这是学院里的活动。"他默默递给我一张校报，往窗边的沙发椅靠过去。他经常在那个角落思考和睡觉，从办公室的窗户望出去，还能看到远山淡淡的轮廓，太阳像被悬挂上去的长臂信号灯。

"你要的资料"，林递给我一堆复印件，他帮我找了《破寨忌》那一章的背景史料。我假装感激地一页页地读下去，这是人在说话："十一月二十三日，黄廷令造木牌遮身，以铁斧掘寨脚，堆积火药、地雷，火发寨崩十余丈……活者仅百余人而已。"

我还读到了脏话、鬼魂的话："潮惠破败之口，处在下方。得其地不足长驱，何如进捣浙直，攻心为上也。至若鸥汀小寨，用遣数镇靴尖踢倒耳，何劳藩驾亲临耶？"

　　烦冗的考据看了两眼就不想再看了。我观察起了房间，好奇这么湿冷的地方怎么存放文件。这间旅馆的前身让人浮想联翩，天花板和墙面有霉斑，一块块水渍拼图从窗边的排水管蜿蜒进来，向规整的文件包围过来，文件夹上都包着厚厚的白色防尘布，有的还贴着密封条。他努力想证明自己保护着这些书和卷宗，抢救过一些文物，然而历史在大多数人看来，只有空调滴下的水，历史里没有地毯，没有赫尔墨斯。

　　如果他要藏起手稿，没有比档案文件夹更明智的藏身之地了，他现在最应该担心的，是手稿上的墨水返潮洇开，复写到别的文件纸上，杂交出一头斑驳的历史怪物。有这样的结果不也很公平吗？林篡改了作家的小说，作家用小说篡改他的研究，作家会觉得这种报复方式有趣，还是怪异？

　　他差点笑出来，表示这当然是一个交易，如果作家知道了他篡改稿子，告密者的名号自然落到我的头上。他所谓的推理让我忍不住笑出来，原来瞬间改变人和人之间关系的，不是爱，也不是恨，而是自以为察觉到了对方的秘密。

　　"她不能这样。"窗外有个像雪一样的东西，反光般落在枝头上，林的音量也如一根被压低的树枝，"我只能告诉她我知道的那些。我们的友谊很短暂，她不能这样，没有交易的道德，没有半句安慰的话。我们都被她利用了，她拿走了我们的故事。"

第十五章　夜游神

离开国道后，我凭借对小饭馆位置的记忆，直接右拐进入小路，那边有一块横向的村委会宣传招牌，外观像一台没清理掉沙尘的机器。如果这些地标不管用，还有砖红色的屋顶联排阳台，在林道边规划出方正形状的花木场、凉果加工坊。但我还是想得太简单，建筑没有特定的坐落逻辑，路也根本不符合任何行驶规则，小道跟水管一样，最醒目的地标也被视角偏差切割得七零八落。

我很快确定自己开错了路，街景比上次看到的还要冷清，铁棚区、摩托车维修店重复出现。导航在一个养鹅场的门口宣告结束，那片沙地上的鹅看到陌生人，脖子伸得高高地叫个不停，想凑上前，却被刺网拦住。站在屋顶的主人以为我是来买鹅的，一边弹着烟灰一边向我示意。

"有卤好的，买吗？"我打听去王庶虹家的路线，他帮我指出金石中学的方向，让我到了那边再问路。我又开了十分钟，没看到中学，反倒又看见一片褐色的刺网，网上竖挂着一辆单车。

在我以为要重新问路时，我发现刺网旁有条路，往里走几步，看到一个差点被乒乓球桌填埋的分岔口，侧道是水渠，榕树拦住了过道风，也挽住了树冠上黄绿色的阴影。

王庶虹正坐在荫蔽的石墩子上，我摇下车窗，问他是不是在等人，他愣住了几秒钟，没有立刻认出我，但也不像第一次见那么拘谨。他带着我绕过乒乓球桌围起来的高台，变魔术一般，那条巷子清晰地再现，"西保巷6号"牌子，数过去第三户就是。他走上两级门槛，打开最外层的铁门。

进屋之后，我才发现他一直光着脚。他拿出一张板凳给我，往水壶里加水，在茶几下摸出一个罐子。"我上次还问林先生，他没跟你过来？"

客厅里的电话响了，他快步走到电视机旁，拿起那个红色的电话。"电话。"他坐回板凳，觉得有必要跟我说明刚刚做了什么。

如果面对的是别的抄写员，我会怀疑他们说了不可告人的话。但王庶虹用力地确认着"电话"这个词，仿佛不这么做，"电话"这个词就会从脑里消失，跟随电话发生的行为也一并消失。他没有白天开灯的习惯，屋子里依然光线昏暗，各个角落塞满塑料袋和杂物，收音机闷闷响着，还有细微的、要把空气撩薄的响声，王庶虹解释是屋后的杨桃树，天气一热，蝉就贴在上面叫，从早叫到晚。我想起当我听着作家的录音，回忆这个客厅的时候，想起了客厅顶那根日光灯，系着一根灯绳，下方的光影三角区，像是有钟摆和吊死的人在摇摇晃晃。

我想要开灯，又觉得这个要求过于奇怪，我已经看到日光灯是由墙上的开关控制的，并没有灯绳。

除此之外，还有一些说不上来的变化，挂历本比之前大了一点，装在黄色塑料袋里的茶叶也不在茶几底架上。他很惊讶我还记得这件事。我开玩笑问他，茶叶寄走了，还是建均来找他拿？"我一向不知情，我去拉卡住椅脚的地拖布。"他把手伸到椅子下，表示那时才发现茶叶不见了，"我还以为记错，到处找来找去，孙弟来家里，才跟我说是他拿去了。"

孙子显然不知道他们之间的来往，他只关心阿公不要遇上网络诈骗。"村委会每个月都会发宣传单，宣传反诈。"他从茶几下顺出一个红色布袋，里面居然攒着那么多单子。王庶虹一沓沓拨着，抽出几张指给我看，"这是讲要拒绝转账电话的，这是警惕上门推销的"，一字一句读出单子上的内容。

我接过那个布袋，发现那些印得红红蓝蓝的单子有很多是重复的，他似乎不会轻易扔掉有字的纸：他撕了一张日历纸当杯垫，一张日历纸糊在藤椅后的墙壁上，防止墙面返潮被磕。那些纸上保留着时间来过的痕迹，跟这个房子的气氛一样让人迷惑。

一边想要伪装，一边又想通过伪装老年痴呆的征兆来掩盖失写症。唯独提到建均，不必费劲就能想起很多细节。他不说对方的名字，称呼建均为"老哥"，"老哥说中秋后去深圳。""上个月十七号，老哥做胃镜，医生说最好还是去省城复查，到今日，二十日了。"

"他现在身体怎么样？"

"老哥说长了一粒塑胶卵。"我猜他想说的是息肉之类的东西。他被另一种声音挟持：老年人身上最好别有多余的肉，老年人容易受骗，最好别有多余的钱、多余的关系，网上聊天也是多余的。"先是拇指这么大，长到鸭蛋那样大，手术取出来，问我看不看相片。"

王庶虹意识到自己回忆的速度太流畅了，不应该谈论建均的个人隐私。他又走进房间，拿出一个报纸包裹，打开报纸，里面是他收到的签名书。"她寄来的，是不是要给我学习用的？"

和林的反应不同，王庶虹觉得签名书释放的是友善的信号，他满心希望，相信自己还会得到抄写任务。我之前认为是试探性的举动，现在让我产生了愚弄他们的愧疚，他抚摸着"签名"，像抚摸什么荣耀勋章一样。最虔诚的抄写员莫过如此。

我谎称拿到了新的证据，需要每个人的笔迹去校对，拿出纸和笔递给王庶虹，让他写自己的名字。一开始他没明白我的意思，以为要他描摹作家的签名，这个误解让我心虚得抓狂。王庶虹接过纸和笔，手按在茶几上，埋低着头写了大概有一分多钟，写下歪歪扭扭的三个字。他为写字不好看进行道歉。

我有点把运气全押在他身上，于是翻开签名书的第一页，要求他把第一行文字抄下来。他接过纸，把纸张正反面都看了，担心是骗他签字的文件，如果他就是 G，说明他有不错的反侦察能力。王庶虹起身去开灯，这次我看清楚了，墙上是一根窗帘挂绳，抖着晃了晃，我第一次的记忆也出了错。他吃力地写出四个字，搁下笔，眯起眼睛，盯着书上那一行字。

只要仔细观察这个屋子，就发现没有物件是独立存在的，那根挂绳有垂下来的流苏，墙上总有一块光斑特别醒目，原因是方形窗上补了一块茶色玻璃。他倒是不介意暴露自己的沮丧，沮丧能帮忙掩饰恐惧，"我不是文盲，我还订报纸。"他在一堆晾干放在藤椅上的衣服中摸来摸去，变魔术般，在衣服堆里变出一张报纸。

王庶虹紧张兮兮，开始用潮汕话读着：

"去年来，我市降雨量严重偏少，遭遇秋冬春连旱，两潮地区受旱情影响较为严重，近日，潮南区供水部门结合实际，决定从本月十三日起……"

我由着他念下去。一则新闻念完，扮演蹩脚的播音员好像没什么说服力，为了自证清白，他决定念出家书上发黄和潦草的手写字。王庶虹戴上老花镜，拿侨批走到铁门边，一只脚踏出门槛，头跟着侧歪出去，不顾我有没有在听：

"兹因数月未奉来音，甚以怀念，未知大人近来贵体康健以及家中安好否，现今寄港币三百七十元，内中抽二十元交添水兄收。"

他读得害羞又倔强，相比之下，从头到尾我都面无表情，我知道这样折磨一个老人很没道理。我和他不会发生争执，我们从一开始就存在理解上的分歧，他找到了投降的办法，愿意接受作家的惩罚，把签名书里的内容抄一遍后寄回去给她。我解释道，这完全不是作家的意思，这一反驳又产生了新的分歧，他觉得我能跟作家沟通，有能力调停这场闹剧。

我告诉他可以不写，但是要跟着我读几段文字，给我一段录音。

他顺从地配合我种种奇怪的要求。起身，站到板凳旁边，自觉地准备动作完成。

　　"你跟着我读，"我打开录音笔，"大脑是什么？"

　　"我能不能说潮汕话？"

　　"大脑是一块海绵。"

　　"大脑是一块海绵。"

　　"第二项，争求干净的空气和水。"

　　"第二项，争求干净的空气和水。"

　　"人自出生到老去，死亡如影随形，面对死，不是把自己钉牢在古老的秩序之上，亲爱的，我只能在你身上看到自己，到最后，还是死战胜了我们。"

　　"人自出生到老去，死亡如影随形，面对死，不是把自己钉牢在古老的秩序之上，亲爱的，我只能在你身上看到自己，到最后，还是死战胜了我们。"

　　"拆除梦游者1号，大楼和沙倾盆倒下。我们期待的未来并没有改变，被贫穷、恐怖占据的记忆更刺眼。硬币的两面是独特性的永恒辩证，人类终究由一些错误的愿望组成。"

　　"人、错误，你再说一次。"

　　"我愿意认罪，在享乐农场劳动的半年前，捡到一个护身符的半年后，我由此对革命产生不切实际的幻想，并且在错误的道路上越滑越远。这种行为必须接受全盘否定，进行彻底批判。"

　　"我愿意认罪。"

　　他好像从梦里惊醒，无数个从板凳上站着掉下来的梦，惊恐万分。

以上几段是我随手从签名小说里摘出来的，我快速往后翻了翻，可关于梦醒的段落一点都没有。我还得再找几段给他读，我跳过了讲马蜂的、小酒馆的、芭蕾舞女的段落，评论家称这种写作风格为"蜂鸣"，言下之意跳过这些没完没了的叙述，也不会影响读者理解主要情节。王庶虹读者长句子，完全是在背诵，我相信这是他发明的一套办法，用做梦的、打字式的办法，走到摇摇欲坠的边缘，马蜂和小酒馆，跳过去，电椅和钢鞭，跳过去。

我又找了几段给他读。整个过程中他没有异议，没有反抗，只是他故意学普通话的平卷舌发音惹人厌烦。

"现在几点？"他突然打断我，看了时钟一眼，好像什么都没看清楚，"三点四十分。"

"平时这个钟点你在做什么？"

"耍扑克牌，看电视，星期六星期日这个钟点播潮剧。"

"昨天这时呢？"

"不记得了，我要实话实说，中秋后会放我出去吗？"

我想知道"放我出去"是什么意思，但我问的是"你老在看什么？"王庶虹老实地站着，却总瞟向那个三角区，我发现我看错了，是三角区正向他靠近，那边的光线柔和地扩大了一圈，像一只毛毛的飞蛾。"我是想着，想起建均表扬我头脑好用，说话有字句，啊，我的话是不是录入去了？"

我以为他要问读这些字有什么意义，他主动融入了跟读环节，想让我明白他那套办法的秘诀，就是类似于把最难懂的句子消化成一个个独立的字，直至能全然接受。我的眼睛好像也适应了屋里的昏暗，随着他一起缩小，进入那个三角区。其实他也不在那里，他在他想的事里，对谁都说不清的事情。录音进行到第十二分钟，三角形完全被窗边的阳光融化，那面墙浮荡着蛋青色，光覆盖着王庶虹的脸，他贴在裤缝边的左手平静地动了动，平静地接受突如其来的结束。

他问我平时有没有听潮剧，我说我爱看拳击比赛。

他还是没穿上鞋子，一直光着脚。我开玩笑说拳手也不穿鞋，他听成潮剧里的武生，跟我解释武生有穿鞋，而且是很大的靴子，斧头那么大。直觉告诉我，他恍惚的喃喃自语跟鞋子和斧头都没关系，他努力想形容出某样东西，一样想告诉我的东西的形状。

"阿妹，你来看。"他走在那幅地图前。

"安徽在哪边？"

我指给他看。"在一小块啊，"王庶虹用食指在上面反复确认，在潮州到合肥之间画一条连线，"看着好远啊，大半个中国。"

他用力一指："北京在这。"我问他去过哪些地方。"去过广州，一九九五年五月，我坐隔壁老李的货车去桂林，中途还要转坐火车。"

他的手指回到安徽的纬度线上，指尖划过九州岛，继续往东，在太平洋上迷了路。我不知道他去南美洲干什么，"这大圈红色的……"

"墨西哥，胡安·鲁尔福的故乡。"果不其然，他把鲁尔福听成地名。

"叫'目屎膏'，这个呢？"

他痴迷于眼前这个游戏，现在他越过大西洋，像个幽灵在欧洲游荡，迟迟在柏林上空不肯离去，还莫名滞留在匈牙利的街道上。顺道途经希腊，转移到地中海，手指划开红海，这个戏剧性的决定让他碰到了以色列。

我说那是我非常感兴趣的国家。他感激地看了我一眼，我不明白那感激是怎么回事。"电视上说人骑着摩托车去西藏，是不是真事？"

我告诉他有很多这样的骑行者。"那骑车再过去呢？"他指着尼泊尔的位置。我说越过国界了，偷渡是违法的，他似懂非懂地点头。

藏宝——画藏宝地图——想着把手稿藏在哪里，他在暗暗测绘着一张只有自己看得懂的地图。他又开始盯着墙，我差点就挑衅地问，手稿是不是就藏在墙里。"建均说他当兵那会打过步枪，我跟你说，我用斧头砍过一条蛇，七八米长。"他根本不受我干扰，一脸自豪地比画出一米的长度，说蛇被他砍下这么一截还逃跑了，"大队表彰我，颁奖是为农耕除害奖，我没跟老哥讲过，还是老哥厉害，他们的导弹能打到美国去。"

王庶虹说，他想起那会一个生产小队围着收音机，听秋收产量的广播，到了黄昏，还是大中午就让他们收工，预料不到的空闲也会让人感到慌乱，日子哪里出了错一样。他的声音也像从收音机里传出来，断断续续的，一九七几年，水稻，甘蔗，成堆的乌腊蔗搁进大锅熬糖，年轻人的干劲和热情用不完，晚上听着蚊子嗡嗡叫还听得很开心。

屋里的收音机很久没有动静，"是生产队给你的奖品吗？"王庶虹说是他结婚时买的，还过去拉开收音机上的防尘布，我终于看清这个一直发出声响的家伙，非常方正的长方形，两个很大的喇叭，方形按钮掉了一颗，要启动它得用圆珠笔戳下那个掉按钮的洞。

"都比我这帮牙齿耐用，我很会保存物件的。"王庶虹又自豪地说了一遍，这个、那个，我都有好好保存，我有本大队规章，你拿出来考我，我都清清楚楚的。

他摘下老花镜，眨眨眼睛，好像扫视着一件件曾经在这个屋子里存在过的物件，缝纫机、脚踏车，他想不明白，在他记得很清楚的一九六九年七月，很多事不是一夜之间发生的，但电风扇缝纫机怎么眨眼就不见了呢？

"不见了"的咒语又出现了。王庶虹不知道我的害怕，他开始反客为主，请我帮他找出这些东西。我接受了这个奇怪的邀请，起身，沿着屋里的四面墙走，经验告诉我，物件靠墙，墙皮最容易磨损出铅笔灰一样的划痕，地板有脚垫留下的污印，但我看了一圈，也没找到什么证据。

就在我差不多参观完所有房间时，王庶虹依然不发表意见。我向他宣告寻宝失败，因为那些物件其实跟肥皂一样，用着用着就会变小、消失，用尽量温柔或者残忍的方式，抹除了他对于它们的记忆。

我想解释得具体一点，我说每当我经过挂着地图的墙壁时，我能感觉一九七二的时间浮现，但一九六九年的怎么都找不到，我说还有别的办法，比方，回忆那台缝纫机做出的最后一件东西是什么。王庶虹讷讷地吃了一惊，他说只有他去世的老婆才知道。"伊也爱看潮剧，《陈三五娘》的影碟我还留着，她走了那时，我日日播夜夜播。一日我不忆得关掉，睡得很死，醒来后外头落大雨昏天地暗，看时钟五点半了，就起来刷牙吃早饭，关电视。天愈来愈暗，我头脑逐渐清醒过来，认出不是白天五点半，是晚上的五点半，是入夜，天乌暗落去，我心内也无天光了。"

我猜房子向我展示这个，隐藏那个，也是某种轮播的结果。我们都不说话，气氛安静又尴尬。我一直认为人学聪明的同时也学会了冷漠，他自始至终牢牢把握着一个事实：自己是这里的主人，这是他的领地，我这个不速之客连同什么失写症和手稿，早就被他划去九霄云外，他说的话出于不易察觉的谨慎考量，他太了解怎么让人败下阵来。也许他想一改示弱的策略，把那个看拳击节目的玩笑当真，"四只手，四只脚，组来倒去就能打死人，我从来不爱武打片，死人不好看，姿娘仔不要学"。

话中有话，并非告诫我别学死人，给他一拳，显然也不是什么好主意。

我让他好好回忆一下，作家是不是来登门拜访过。我提醒他，他描述过她穿着珠光闪闪的裙子，我猜一是他故意捏造的，二可能是他混淆了记忆和小说情节，但是两种结果都跟失写症脱不开关系。

王庶虹辩解，她是来过的，当时自己正在午睡，作家敲门，说了两句话，放下手稿就走。他突然情绪激动，说后悔当时忘记跟她合一张影。这次轮到他起身，绞尽脑汁，来回踱步，房子真实的逼仄越加暴露出来，稍不留意膝盖就碰着了膝盖。一想到手稿可能作为杂物在这里待着，藏在地图翠绿的山脉里，藏在电话本里，我就闻到这个房子弥漫着一股焦躁的烟味。

"你看她生来像不像邓丽君？"

我感觉好笑又崩溃，这关邓丽君什么事，但也不太可能是为了缓解尴尬随手在空气里抓的一个名字。我再次环视屋子，想找出是什么触发了他这个联想，潮剧、电视机、磁带、电风扇，都没有邓丽君。"你再想下，她穿得跟邓丽君一样，珠光裙子，裙子什么色的？那天是几月几号？"

"不过你坐过飞机吗？"

我的脑海里浮现出飞机飞过以色列的画面，我已经在这场审讯里筋疲力尽，任由他说下去。"台湾那边飞机过来，飞气球过来，扔传单，天顶掉下物资袋，有人还捡到手表、巧克力、抹脸的雪花膏。"他抬头盯着天花板，天花板没有开洞，只有转动的吊扇。又看着脚趾，一个看不见的东西掉了下来，滚到他脚边。

审讯时间结束，现在是魔术表演的时间。他从电视柜里掏出一个包装月饼的铁盒，盖子上画着一朵牡丹。王庶虹真的很会保存东西，盖着一张薄膜，揭开薄膜，里面装着一张《陈三五娘》的VCD，下层是他的结婚照、钥匙扣、一张折叠成巴掌大小的纸。王庶虹继续变着魔术，轻手轻脚打开纸。

答案揭晓了，他捡到的是邓丽君的海报。

我想帮他和邓丽君拍张合照，他居然同意这个奇怪的提议。他站到客厅中间，把海报摊平整，举在胸前。

他没用智能手机，麻烦我把合照发到他的邮箱。我想要那个铁盒作为回报，王庶虹难得表示出坚决的立场，说装侨批的盒子可以给我，这个不行。窗边橘色的光块就快消散了，好像我们一起按下了时间的暂停键，度过了一个漫长的下午，漫长到不知怎么收场。他记得住的东西才能让他保持警惕，他一直在说不记得，忘记了，又试图在记忆里把它们捡回来，他只是忘记了它们的名字，结果捡回一个识别不出的线团，任由它们在角落里变小，消失。

不是尴尬，是那种强烈的专注感又回来了，他和这个房子合谋着一个线团，想把我卷进去，吃掉我的录音带，那些东西一定缩小堆积在天花板上，准备砸向我。

我开始复查刚才的疑问。"茶叶呢？""茶叶孙弟拿走了。""侨批？""林兄借去展览，借去四日，让我有机会去和他们学生交流。"

"小说书稿呢？""寄了，上个月十七号，到今天二十日了。"

王庶虹拍拍膝盖，示意自己的手里一直是空的。接着用手指在茶盘里沾了一点水，在茶几上写了一个字。还没看清是什么字，水迹就滑走了。

"你还要看什么纸？"饼干桶里还有另一张纸，一张写着蛇床子、枸杞、林檎籽等药材的药方，药方是一个流浪到乡里的和尚给他的，治好过他老父亲的中风症。他表示我可以拿走这张药方，除此之外，没有其他的文字可以交给我了。

"去看田，我摘木仔分你吃。"我也想出去透透气，就跟着他出了门。没有巷子的荫蔽，积蓄了一下午的热气向我们袭来，眼前的景物随着热浪的弧度摇晃，房顶倾斜躲着烈日，赤红、灰绿的颜色化在一起，橘灿的太阳碎片移动到榕树上。放学的小孩闷着一身汗，嘻嘻哈哈跟王庶虹打着招呼，王庶虹漫不经心回应着，他越走越快，好像要躲开自己的影子。

高温像一个碗倒扣着整个小镇，我们保持一前一后的走位，王庶虹没有回过头，赤脚踩在滚烫的地面，一声不响地奔赴田里。我产生了错觉，就是我们没有往前走，是景物在他的速度中往后退。我们穿过一条省道，类似上次经过的烧荒草区又出现了，视野开阔，空气逐渐湿润，耕地顺着省道的两端绵延，暮霭不再拿出阵晴阵雨的气势，柔顺得让人心神不宁。我约估田地距离小镇中心两公里，四周看不到尽头，衬托得小镇像一个塑料棚布景。

王庶虹给出"就快到了"的暗示，指点着这边种水稻，那头是淮山地，我却总想着那一面大坝墙正在哪个方向等候我，等我去看它的背面刻着本镇的蓄水量。但我执要坐标的做法以失败告终，这个中间地带区分开的不是镇与镇，而是金石镇和世界上其他地方。

王庶虹被木仔的香气驱动着，整个人沉浸在巨大的愉悦感中，这使得他能愉悦地打量自己的窘迫。"村内人也笑我不穿鞋，像个乞食。"

"大象也不穿鞋，大象穿鞋就麻烦了。"

"是这样的吗？"他惊讶地转过头来。

到达田地时，太阳彻底从地平线沉下去，云层全部在那边聚拢，挤压，形成不规则的裂缝。王庶虹介绍，这是他堂弟的果园，自己有时间会过来帮忙，抱怨今年落雨少，地都晒旱了。"以前这里有很多橘园，很多地没人种作，荒掉的荒掉，被征去做其他用处的，以后连我也认不得路了。"

王庶虹把地上的水管拉到旁边，摘了两个番石榴放我手里，自己下到田埂中间去。我站在路边吃番石榴，东张西望，这边山跟林的办公室窗外的山很像，山丘枕着山丘，低矮缓伏。我没告诉他我是从汕尾过来的，路过潮南、濠江，狼狈地东奔西走，现在才站到这个寂静的黄昏里。我突然觉得人为的边界变得没那么重要，山那边可能长着野梨树，可能挂着成群的猴子，只要我的想象力允许，乌云一般的枝干移植强壮的果子，证据移接另一个证据的特征，同在一个气温带的河流汇聚，不会停止的事件纳入一个叫"潮汕"的文件夹里，被遗忘在目的地的 G，在我们的合力勘探中趁机逃脱，不知所踪。

我看着他伫立在田埂里的背影渐渐从赤褐变成深蓝，他在等着，然而天还是黑了，没有逆转的奇迹。他转回来，说出他的忧虑："我现在身体不好，坐车无法坐太久。中秋后天时凉，阿妹，去深圳是三个钟头？"

我也学会答非所问。我不知道怎么向他解释年纪大、孤身一人，在大城市里迷路的可能性，还因为这个陌生又神秘的地方正抽掉我茫然四顾的勇气，语言在滑走，意义在滑走，我怀疑自己也得了短暂的失写症。王庶虹跟我不一样，那些难以理解的东西才会被他看作秘密，失写症是秘密，建均也是，他享受着它们的包裹，不顾别人发出什么样的解读和攻击。

两个人的对话衬托着四周的寂静，风声组合出各种电波，击打着成片隐身的作物。虫子在田里嗡嗡叫，不上浮也不下沉，犹如一张静止悬空的网，我蹲下去拍走蚊子，发现草叶间有几只萤火虫。王庶虹说，他害怕独自一人夜里来，这里埋着他一位被日本人炸死的老叔公，循着他的指引，我看到一个不起眼的绿色坟包，像一颗套着塑料膜、垂向地面的水果。

他指向另一处山脚，说以前有一个关犯人的小楼，白色三层，楼前开满一大片芦苇，据说早上看到芦苇红了，就知道昨晚打枪了。

他狂热地、漫无目的地数着自己的念头，一会又说想起缝纫机到哪里去了，缝纫机换了他一条命。我仍然判断不出他说的话有多少是真实的记忆，有多少是幻想，还是，他的秘密正带他通往另一个版本的记忆？王庶虹重新伸下脚，原路标记出一道括弧，引领他斜着走，看上去像从原路凭空消失了一般。我们的闯入引起了骚动，枝叶在黑暗里纷纷伸出手脚，有的挽住我，有的把我往前推。我感觉我们走的路程足以穿过整个果园，尽管他使劲压低声音，我还是听到他断断续续默念着"人是机器，人是古老的亲爱的……"

一个平滑、整齐的矩形旷野在面前展开，云白得刺目，仿佛等候着命令压迫过来。跟果园的泥土不一样，脚下踩着的土质更接近砂石，要不是王庶虹带的路，我真以为误入了外太空基地。

王庶虹眼睛发亮，四下搜寻。"飞机飞机，你看。"我抬头一看，猜想他可能说的是流星。

我不清楚自言自语属不属于失写症的后遗症，我说服自己相信这是他的梦游时间。他往前走着，还在背诵，不过换成了："桂林、墨西哥、澳大利亚、以色列是块白色桃仁"。一条横向干渠让他差点踩空，他莫名其妙来了一句："我在认罪书上交代得清清楚楚。"我没有多问，又一次毫无预警地左转，和原来的小径形成一个直角。到了直角尽头，杂草高接近头顶，我感觉我们走到了被封印住的结界。我才发现王庶虹在腰间揣了个手电筒，打开手电筒，靠近草丛，专注地想让光穿过去。

我突然明白作家看中我们什么了，看中我们脑筋有问题，没错，脑筋都有问题。我考虑着要不要报警，抽身走了几步，差点被一块硬物绊倒，我蹲下看那块硬物是什么，我看到了林描写的长胡子神。"你怎么跑到这里了？"我想伸手帮他抹掉泥土，王庶虹的手电光循着我照过来，神的五官瞬间化掉。那不过是一根普通的石墩。

"我头脑无问题。"王庶虹看穿了我的心思，"我只是还有件事没交代，我看过一个人从天顶飞下来，就在那片草地。"

他成功地将我催眠，我看到整齐一致的旷野发生了变化，景物的色彩分层，地平线随着风鼓起，我们走进一张由柔和的多边形组成的地毯。天上的云急剧地团起来，我看到云层里出现机翼和螺旋桨，又如宽大的羽翼。云又迅速团成其他形状，直至凝固，一半天空渐渐处于阴影之中，一个灰色的影子缓缓掠过大地。这么多庞然大物他视而不见，却说遇到一个那么小的人，他描述那个伞兵皮肤黝黑，笑容跟日光一样亮，就这样轻轻跳下来，翻了那么轻的跟头，身上甚至没沾上草籽。

为了增添遇到过伞兵这个故事的真实性，他又强调："那个伞兵没有穿鞋。"

除此之外，王庶虹拿不出更多细节。"我收留这些物件犯不犯法？"我弄清了是哪些东西，确认不属于违法物品。

"好，那就好。"他频频点头，如释重负地松了一口气，关掉手电筒，叹了一口气。

在回去的路上，我已经隐隐知道铁盒里的薄膜是什么了。到家之后，王庶虹打开灯，再次拿出那个铁盒。厚厚的脚层不只是脚层，是一圈隐藏的嵌套，他拿钥匙扣对着胶圈来回摩擦，盒子转出了一道空隙，一个清脆的魔法，铁盒的第二层打开了。

你还藏了多少物件？我嘀咕着，他完全拆除掉盒子，里面有一个印着"心战传单"的塑料袋，繁体字，有几个字被磨损掉了，像他在文档上打出的"□□□"。一张画着麦穗的卡片，一节打结的电线，那张薄膜其实是一个袋子，袋口系着尼龙绳。王庶虹拉起绳子，往上一扔，降落伞急速膨胀，打开，在客厅中间徐徐飘下来。

他从没向别人展示，这个被他叫作降落伞或者"□□□"的东西，因为他始终不知道怎么表达那些恐怖又美丽的秘密。王庶虹再次从地上拉起袋子，往上扔，我这才注意到他的脸上出现一块三角形的光，他不得不使劲睁开眼睛。

第十六章　鹧鸪

小飞侠的嗓音如小鸟般轻快。但她的语气又比我想象的多了一层理智，冷冰冰的理智，与之前邮件里活泼的口吻对比鲜明。

我根本没有预备好通话内容，生怕谈话早早中断，好在小飞侠不在乎，甚至不在乎倾听者是不是我。她滔滔不绝地分享最近的经历：露营途中摔断了腿，整整一个月都需要静坐养伤，她抱怨着计划被打乱，论文也没完成。"我跟 Andrew 说了，十一号前我一定要去录音，我可以坐着轮椅去。"

我没透露我正在经历非常沮丧的时刻，我感觉头脑像一个塑料袋，随便装了一些垃圾，随便飘出去，空荡荡地被回收。听她说话，则感觉是往里填充羽绒，一根羽毛在耳边挠痒，"等下我发张照片给你，非常搞怪。"她轻描淡写地说，聊天结束后我收到了那张照片，是她挂在吊架上肿胀的左腿，每个脚趾都涂着荧光红指甲油。

她觉得每一件事都值得说，聊天内容也逐渐变得漫无边际。在交谈中，我意外得知了她的外婆是比利时人，妈妈是被收养的中国小孩。

我想起那个"语言对人类声带的影响"的论文题目。先前我并不知道这种奇思妙想可能跟她混血家庭的出身有关联。小飞侠说，一开始想按照声音生态学的方向去做课题，因为一只鹧鸪，她下定决心转向这个没什么把握的、带有语用学色彩的课题。

"妈妈讲过她被收养之前，住在一个房子里，房子很大很空，只有她和几个小孩住，冬天很冷，屋外的水管结了一层冰，她不知道自己在什么地方，不知道自己真实的年龄，每次提她就说，天要亮时，墙外会响起鹧鸪的叫声。"

她发现自己对母亲一无所知，"我在瑞士找过一些咕咕钟，"那种有一只鸟会跳出来报时的钟，"妈妈看了直摇头，说那明明是布谷鸟。"

她的语气依然如羽毛轻拂，说到该停顿的地方，开始展露困惑，摇摆不定，但谈论身世血缘，就是一种嘴巴凑近耳朵，向亲密朋友靠近的姿态。

"我妈的性格跟我的性格没有一点相像，胆小安静，不爱到处跑，家务也一塌糊涂，小时候我以为我是被她带到鸟巢里孵出来的。"

跟通信一样，她言辞优美，擅用比喻，她有意让我联想出什么？散发着羽毛气味的悄悄话？她一定有一副出色的歌喉，语音化成音符，跟着她的思维跳去跳去。直觉告诉我要相信她的真诚，我丝毫不怀疑她编造故事的能力，我对说谎感兴趣，因为我从来不知道如何把谎言说得好听。

"两年前，妈妈突然说不出话，就是哑巴了，医生用手电筒照她的喉咙，核磁共振，都检查不出问题。一个月后，她又能开口了，事情怪异就怪异在这里，她本来会说一点德语，平时话也不多，突然间变得唠唠叨叨，说着谁都听不懂的话，大家都问，你在念什么咒语啊，妈妈只会摇头。"

她能想到的唯一跟鹧鸪有关的证据，是小时候经常听到妈妈喃喃念的两句诗，"沙上不闻鸿雁信，竹间时听鹧鸪啼"。她在做家务、散步、串珠子等时间缝隙里念出来。我联想鹧鸪的叫声，但突发奇想求证的是："你涂什么颜色的口红？"

"红色，消防栓红。"她不满我的打断，愠怒也显得异常可爱，我的脑海里也浮现了一只长着红色喙的鸟。她没有发自拍过来的意愿，一直滔滔不绝地讲着：

"我们家里谁都没听过这种话，没人知道她在说什么，红色是不是很热情，又容易伤人的色彩？我的妈妈从来不说重话，她有的唠唠叨叨是奶油黄色，有时候是灰色。我没想到，我在汕尾，竟然听到妈妈说的那种话，当时我不是很肯定，录了音寄给妈妈。她听得出来，可高兴了，还能翻译给我们听，她自己搞不懂几岁学的方言，从哪学来的，还有，为什么从来没提起过……"

她知道怎样抓住倾听者的耳朵，解说一篇由声学、振动频率、方言等元素构成的学术论文，但我很快意识到，她在讲一个童话。除了列举一些作用甚微的细节——"妈妈只会摇头""妈妈说记忆在她脑里是会动的橡皮，德语词（后来我查到那个词是 spur），滑上来，滑下去"，她提供不了更多佐证，同时向我发出试探，由我决定何时让这个精彩的故事戛然而止，迅速瓦解。但故事已经超出她所了解的范畴，不只这几个抄写员，还有更多我不知道的人引出支线，支线衍生出支线的情节，我就快迷失在无限循环的故事楼梯里。

我意外得出了其他的推断：作家找小飞侠，很可能是对她的母亲感兴趣，那个犹如得了失语症的女人。我问她作家知道这些吗，"知道一点点，她正是因为这个事情找到我。"

剧情也顺理成章地进行了回溯：作家以了解到小飞侠的母亲的故事为由，约她在咖啡馆见面（什么样的咖啡馆？墙上挂着油画吗？）聊着聊着，作家提出想跟她合作一个有趣的抄写项目。

也许在抄写的过程中，她的态度发生了转变，小说和语音、小说和妈妈，拧成一个形影不离的行动。也许这里面确实有一个邪恶的假设：她和作家做了交易分工，她帮作家抄出稿子，作家动用资源帮她妈妈寻亲，破解妈妈身上的未解之谜，和抄写任务合并成形影不离的行动。

我好像快要找出自己的认知盲区。这几个人的行动不存在什么喜好和规律，因为作家不是按照任务在规划她和我们的关系，现在看来，手稿是一个权宜的道具，作家的目的是和每个人一一形成独立的结盟。我很想知道，现在跟她交换寻找的任务，换一种合作方式的话，我的胜算还剩下多少，毕竟作家还夸奖她是有趣的女孩子，被妈妈带去陌生国度孵出来的有趣小鸟。跟陌生人谈论亲密关系，阐释绝对的自由，小鸟飞向针叶林，真凶的针，缝衣针的真，隐喻套隐喻，我们接受着文字游戏的诱导，找不回手稿，摸不到妈妈的历史。

电话那头的人声减弱，背景出现柔和的音乐，音乐和她讲述的节奏融为一体，可爱有趣的女孩唱起了歌。语音确实比书面语言更灵活，语音也狡猾，可以立刻组合、伪造自己的身份和过往。林说过这样的观点：伪造历史的人是可疑的，转换成小说风格的表述就是——电话里这个有趣的、活泼的、试图消解沉重的人是可疑的。"什么？你说大声一点？"她对着电话喊。

"还是上次的疑惑，"我结结巴巴，被咽口水的动作出卖，"不是妈妈，我猜这是你的故事才对。"

电话那头沉默了几秒，接着夸张的笑声如雷贯耳，夸张得令人发抖。我不清楚她听到我刚才说的话没有，她的笑令人放弃任何挽救场面的办法。我感到追悔莫及："我今天不应该跟你打这个电话，原本顺序也不是这样的，说到底是谁的故事都不重要……"

"我说真的，我不知道是不是我出错了，"小飞侠冷淡地避开我的解释，"妈妈渴望变回哑巴，她好像知道只有我相信她。"为了鼓励她多说话，小飞侠拿语音研究为借口，引导她念童话故事。突然她想起要冷淡地敷衍我："伤脑筋，一句都听不懂。"

我想索要一份妈妈的录音。"这个你可能听得懂，你们的方言，但她不会跟你对话的，一句都不会。"

我问她记不记得我们讨论过大象，在这个问题上，象可否帮助她寻亲？我语无伦次地连接起一些看上去有潜在关系的事物。林有办法用一封侨批做出一场展览，作家有办法把一个个片段写成长篇小说，而我什么都做不了。有时候我代入 A 的角度，有时候我用 B 的逻辑，我的脑子出现混乱的多声部，象的叫声、鸟叫声、青蛙叫声，我们听觉灵敏，但不用发言，因为"我们的嘴巴早早被堵住了"，我想不起谁对我说过这句话。

"你后来还遇到过小狐狸吗？"

"它跑掉了，我放了水和罐头，没有用。"哦，原来不是什么伤心事，她没觉得可惜。小飞侠提起作家给她寄了一本书，"这本写得还挺有趣的，但我不明白她给我寄书是什么意思啊。"听得出她想找出那本书，行动不便让她十分气恼。"欸，我还想问你一件事，那个女孩后来怎么样了？"

当然指的是我杜撰的 A，陈行扬，她当然不知道有一个陌生人牵挂着她。小高说那批寄出去的书里，只有陈行扬的那份被退了回来。她的电话处于关机状态。一个漂洋过海的邮包能稳当送达，近在眼前的收件人却人间蒸发，我又怀疑，是否因为我虚构了一个分身 A，于是陈行扬就从现实世界消失了。

那几天我不断打给她，不甘心就此满足她消失的渴望。我又去了那个外贸公司，前台女孩说陈行扬辞职了，但他们的办公室里从没有一个叫陈行扬的员工。

我回想她的座位、看主管时的坐姿、按圆珠笔弹簧的手，原来她的本事已经如此大，可以顺手抹除别人的记忆。办公室的女孩给出另一个名字，不是。她表示这里员工流动性很大，接着说出好几个名字，娜娜、晓琳、思婷、佳欣，都不是。女孩不想继续敷衍我，直到我拿出那张合照。

"她不叫陈行扬。"女孩叫出她的原名，又有两三个同事纷纷凑过来，一起认出了周冲，叽叽喳喳讨论开来："这不是跟她要结婚的男人吗？她走之前，还说跟男朋友去选婚纱照啊。"他们齐刷刷看着我，质疑我要打听的不是一个人，而是三个人，我只能说自己是她的朋友。什么朋友？哦，中学同学，哦，是吗？

我脸红耳赤，几乎是逃跑着出了那栋大楼，也不敢直接去武馆。回家后在网站搜索框输入"陈行扬"，查无此人，输入她的真名，好几个同城同名的女孩，没有一张照片是她。陈行扬不是真名，也不太可能是笔名，还是我在网上看到的中学生照片是她的双胞胎姐妹？还是她认为改名换姓，就能获得一段新的人生？

我告诉小飞侠A失联了，想着能不能用A这个名字召唤她回来。"你也没有接着找，尽力找，你觉得也没什么用对吧。"虽然一直想要放弃，但亲耳听到评价时，还是会备感打击，我甚至冲动地想把A的录音转交给她，看她能从声音中帮我找出什么——她会找出"一个朋友"，这才是可笑的地方。

"你知道我怎么想吗，跟你的朋友没有关系，我要是、要是现在能走就好了。"她敲了敲勺子，"要不要现在去找她呢？看看机会给不给没准备的人。"

找人不是野外勘探，我也还没准备帐篷、手电筒、硬币，不清楚需不需要涂荧光色的指甲油。从走出家门开始，我就一直想着小飞侠那句话："无论怎样都去看看吧，她很可能需要帮助。"

根据陈行扬信封上写的地址，我向一个快递员打听了社区里所有的快递收发点，根据这条线索，把搜查范围缩小到由那个快递点负责的纵列住宅区。我数了一下楼栋排列，我至少要排查四十户人家。

这一带都是老楼，楼道里没有灯，墙壁贴满小广告，楼梯墙头裸露出一小撮电线。我心惊胆战地按响第一户人家的门铃，一个老伯开的门，第二个住户，门内出现一个中年女人，纱窗挡住了她背光的脸，她先被黑暗里的我吓了一跳。第三个住户，没人开门。我又后悔了，想着应该先解决小飞侠的问题，再来找陈行扬，现在我注定独自待在黑暗里，在狭长的楼梯和陌生的铁门之间徘徊。

准备离开 1 号楼时，我才发现挂在一层楼梯侧面的信箱，有一个名字引起我的注意：罗得。这无疑是一个刺眼的玩笑，此时此刻却不得不按照这个玩笑推理，假如她是罗得的妻子，她理应就在附近。接着去 2 号楼，这次我没有直接上去，而是先查看信箱，一无所获。3 号楼，也没有，水表墙多出几个邮箱，有的只剩下浅黄色的塑料空壳，一些被报纸和信封塞满投放口，远远看去，以为是荒废的鸟巢。

寻访住在里面的鸟，要先逐个认清它们的门牌。我把手电筒调到最大亮度，擦掉上面的灰尘，想借此擦掉幻觉，但第三个名字依然让我感到困惑。我关掉手电筒，再打开，那三个字确切无疑：陈行扬。

地面的热气在往上冒，遇到人就黏在后背、脖子上，升上天的团成暗红色的云，红得不堪重负，突然飘下了一点雨丝。几只老鼠在脚下窜来窜去，我浑身起了鸡皮疙瘩，她没有伪装成鬼魂，而是一只鸟，她可以随心所欲变成自己想要的样子。这些遗迹，或者证据里有一个陷阱，不是为真相和鹧鸪准备，是为我准备，我要么束手就擒，要么顺着梦境继续漂流。

前方的路正是环形路基。3 号楼的结构跟其他楼不一样，中心是环形天井，我每爬一楼就往下望一眼，总感觉那是个深不可测的垃圾场。到达顶楼后，我看到的长廊空无一人，分布在长廊两侧的住户都装着铁拉门，一个个并排如鸟笼。我找到那个门牌，想象小飞侠介绍着，这是中华鹨鸪，那是黑鹨鸪，它们很像双胞胎。它们羽毛收紧，脚环发着荧光，安静又警觉地盯着我，警觉到近乎神秘的地步。

只要无视任何空间坐标，我给出任何命题都是对的。陈行扬和真实的她是双胞胎，陈行扬不是 A，A 是她的分身，她们骗过了所有人。我想知道小飞侠有没有遇到这种情况，毕竟她也在用旁人无法理解的追踪鸟的方式，追踪着一个可疑的祖先，但她的目标不是双胞胎，她在暗中引导我将她和母亲的形象合二为一。我轻视不了这个悖论，即欺骗发生的条件，是骗与被骗双方不能身处同一个空间，既然名字可以一分为二，真话和谎话也可以一分为二。

既然她们想过只和自己交换秘密的生活，为何要留下不清不楚的线索？

那扇门贴着动画海报，门里传来音响的动静，此段录音为鹨鸪在草地上跳舞，我站着听了一会。

有人来开门了，陈行扬，或者说廖莹，沉默着，睡眼发直，宛如梦游。我正准备着怎么开口，就算她不想让我进屋，我们也有必要站着谈一谈。

她二话不说打开门，邀请我进入她梦游之地。客厅只开着一盏落地灯，导致我对房子轮廓的判断忽远忽近，但还是能看出老房子的布局和装修，水洗石地砖，木质天花顶，弧形地柱像根老树干，泡沫地垫垫起一米高的音响，音响后贴着一张曼联球队的海报，到处有一种腐旧又微不足道的凌乱。

她沉默地坐在圆凳上，任由我参观，我坐到她对面的沙发上，看到了茶几上的烟灰缸堆满烟头。音乐一直放着，我却感觉异常安静，安静得听得到各种小动作的摩擦。她时不时用余光扫视我，我也观察着对方，剪得光秃秃的指甲，有点长的头发，应该很久没跟别人说过话。

我问这是你的房子吗？她摇摇头。看得出她在这里住了一段时间，努力让物品带有她的气息，但她说出来的那瞬间，她就失去了房屋的所有权。

"你是陈行扬还是廖莹？"

"我叫廖莹。"

这个名字犹疑地贴在她身上。她拍了拍自己的脸，但我觉得还要过一会，她的意识才能跟"廖莹"慢慢贴合起来，她的头脑跟身体在倒时差。她把手伸向茶几，翻找着能让她清醒过来的物件，水杯吗？不是，遥控器？也不是。桌面被拨得一团乱，她拿上一个打火机，但没找到烟盒。

从她开门那一刻起，我就预判她会怎么利用剩余不多的诡计，她的脸温顺且疲倦，没有半点说谎的欲望。"谁告诉你我在这儿的？"这时她才想起要质问我这个闯入者。

我们正在经历登门拜访环节中最坏的时间。我摸到沙发靠背有一块硬物，摸出了一块狗骨头抱枕，沙发布的流苏像水草般柔软，在脚下来回婆娑，我心血来潮地想到："你喜欢狗，还是陈行扬喜欢狗？"

"我们都不喜欢，你是怎么找到这里来的？"大家都知道这时候说实话会伤害人。以前她觉得信任我，其实却不是那么回事。她是真的，头发是真的，心还跳动着，却随时会变成另外一个人，而我毫无防护地坐在这里。"那手稿也是放在这儿吗？"

我的目光被电视柜上的圣母雕像吸引住了，圣母像两个手掌高，肩膀上架着一圈靛蓝色的铁环。又发现电视柜的墙角有一个大手风琴，大得有点离谱。"你会弹琴？"我锲而不舍地开了一个坏玩笑。圣母像不能碰，于是我背对着她，在琴键上按来按去。

她承认自己撒了谎："我没有拿，这是真心话。"

"你当时说得很清楚，陈行扬偷走了她的稿子，陈行扬在哪里？"手风琴是陈行扬的个人物品，物品的轮廓在我的打量中逐渐清晰，雕像、唱片、竹椅，都是陈行扬的，廖莹才是闯入者。

我还没被她驱逐出去，各自扮演着不动声色的骗子。但廖莹不这么设计我们之间的关系，她站起身，不解地望向我，仿佛我是擅闯家门的鬼怪。

"我想着他坐在那里，会跟我说什么话，第一句、下一句说什么。"她的手指越过我，指着圣母像，又指了指凳子。

"冰箱在那边，啤酒和豆腐乳都有，前一天晚上断电，我担心得要死，又得再去买，只要我在，那些东西绝对不会化掉。"

不以一个女人的身份守卫权利，而是一个士兵，顽固维护着那个世界的原状，尽管那个世界已经风干、喑哑，随时岌岌可危。她也不需要我的答案，只需找出一些回忆的空镜头，过去与未来就如碎片涌现，这就解释了为何她对时间的看法，始终停留在一种拼贴的维度里，她的过去跟未来发生过碰撞、胶合，时间如同冰箱里的混合饮料。她不觉得自己的等待过于漫长，她说想再等等，一个星期、两个月，都说不准。那个男人跑掉了，她坚定地想把他拼回来，她狂热地暗示着，她差一点点就要成功了。

"那到底谁是陈行扬？"我站起来，一一去打开房间的门，想到陈行扬可能在睡觉，被她捆绑着扔在厨房、阳台，我的心就狂跳起来。我还怀疑过陈行扬是宠物，被关在鸟笼里，我又搜查了所有衣柜，只发现了一些男人的衣服。我觉得我已经猜出答案。

她快速地默认了我的猜测。这个房子里的一切都充满占有欲，占领那个男人的回忆还不够，还要占领他的房子、名字。从来都没有周冲，只有陈行扬，他的脸和名字对上了——与其说名字物归原主，不如说两者拼贴在了一起。陈行扬的确消失了，她没撒谎，同时也在巧妙地撒谎，最大的谎言就是用他的名字"自首"。

俗不可耐，我没看错她。比如被偷了钱，她可以骂对方精明，控诉对方冷血，但她是委屈，这委屈只会发生在她和他之间，委屈永远跟他人毫无关系，委屈是在脚下流淌的眼泪和污水，永远干净不了，散发淡淡的臭气。盗用名字的女人没有一次是为了自己，而是为了套进另一个男人的人生，她是诚实的，因为已经无谎可撒，她有滑稽的阴险，一个人完成既报复、又赎罪的故事，她靠着像蜘蛛一样编织故事，让自己免于崩溃。我又想把作家叫过来，让她看看，这才是故事的魅力，等待灵感降临，勾兑大量的空谈和欺骗，掺进一些人，年轻的、老的、永垂不朽的。然而一到了故事的关键，魔鬼就会冒出来偷走劳动成果，魔鬼还要打开窗户，他凭什么去征服一切？

"你知道不，他那个人，想好了去的地方，走到半路会进去别人家聊天，买了好吃的，半路就送给别人，每次都这样，没错，这是他的本性。自己跟我说，廖莹，做事不要半途而废啊，我以为这次会不一样，只要我没有半途而废。"

廖莹去推开窗透透气，外面的雨势十分凶猛，她索性就站在窗边，半眯着眼，任由雨泼洒在脸上。我把手伸到沙发底下，一下就摸到了她的手袋，信封、胶水和剪刀果然原封不动装在里面。

她迅速夺过了手袋："骗子才每天都在创造生活。"她在里面翻出一个信封，递给我，信封的背面正写着她说的这句话。

"小说里写的？"

"我看不懂小说，我想你可以跟我解释解释这句话。"

她的身体被昏黄的光线压得扁平，她的脸像一片醋栗叶浸染在黑暗里。我说要理解这句话，我得先跟她讲一个故事，一个朋友的故事。开头处我讲得结结巴巴：一个被传去世的女孩，性格胆小文静，文静得像一只从鸟巢里掉出来的鹧鸪。多年后女孩回到老家，为了吓唬心爱的男孩，故意利用各种机会在男孩面前经过，一天天过去了，偏偏男孩怎么都看不到她似的，女孩焦虑不安，一天天在大街上晃来晃去。十几年就这样过去了，除了男孩，全镇子的人都看到过她，他们叫她哑巴鬼魂。

现在我们只需静静等待，盗手稿的人就要现身了。

第十七章 《我一生的故事》

你又来看我了。

和往常一样，你检查这屋里的一切，水池有没有漏水，冰箱里的食物是不是过期了，阳台上的铁丝网装好了没有。听说有台风，你心不在焉地说了一句，然后站在阳台抽烟。

你通常是下午来，有时候是午饭过后，我们在客厅聊天，你总是看不惯我的很多东西，窗帘、饭桌、脸盆，你抱怨叠得乱七八糟的衣服，连挂在墙上的钟都不放过。

我知道，其实是你又到了无话可说的时刻，还因为我曾为了给那个老式钟上发条，从椅子上摔下来过。你不顾我的反对把那张椅子扔到垃圾站，我只能重新买一把更高的椅子，为此你和我大吵了一顿。

后来我想了想，你的原意大概是要我换成梯子，生活上我们总会抓错重点，事实上只是找个有话可说、互相争论的借口，没人关心那是椅子还是什么东西。但有件事你却绝口不提，就是那次你自告奋勇来换水龙头，结果怎么都拧不上，还拽坏了管子，气急败坏的你只能去找了专业的修理工。

我们有太多诸如此类，半斤八两的把柄落在对方手里，但谁都没有主动揶揄过对方。你喜欢坐在靠窗的那个角落，习惯坐姿是像年轻人一样盘着腿，再慢悠悠地喝茶。更多时候你在忙于打扫屋子里的一切，把认为没用的东西扔出去，任凭我怎么阻挠都无济于事。我的桌子和柜子经常就这样变得空荡荡的，好像在等待着什么新物件，后来证明这是一种错觉，因为除了清理之外，你不会给出其他意见。

我记得你唯一的赞赏，是我给废置很久的花瓶插上一束姜花。第二次我换了别的花，你也没有什么意见，仿佛花瓶只是完成了一个理所当然的任务。

我辩解说，这是老人的权利，老人有积攒、遗忘和不讲究的权利。就像你经常带一把伞，遮阳挡雨之外还能当拐杖，好几次你会把伞遗落在阳台，第二次见面的时候，你带来一把新的，那把旧雨伞就被我收起来。你也从来不问它们到哪去了，我一直想着如果你打开了门后的纸箱，它们会不会也逃不过被扔掉的命运？但你没这么做过。

你开始说起自己的风湿，一到下雨天隐隐作痛的膝盖。病痛逐渐将你吞掉，让你的身体佝偻，变得越来越小，你忘不了那个修理工拿着扳手一边敲着水龙头，一边看着你，好像暗示水灌进的是你的脑子而不是腿。

其实他是看着我们：你怒气冲冲地抄着手站在门槛上，我抱着掉下来的花洒，挽着裤腿，失去主人的地位，用失智的语气回答着修理工的问题。这样一来，他更加认为我们是合伙在捣乱的，于是你们打了起来。

你捏了捏茶杯，郑重其事地放在膝盖上，像处理扳手似的，要往关节里装一个螺丝。对付这个你一般只有两种做法：有节奏地拍打，如果节奏很稳，力度很大，就表示越来越疼。但今天明明是晴天，你像敲钉子一样敲着膝盖，要把螺丝装进去。我总感觉你一站起来，膝盖就会散架，于是劝你换一种药膏，无端又激起你的烦闷。但你无法行动，什么都做不了，也没办法扔掉我的东西。

好像注定了，今天你就是来听我说话的，但真实情况是，你从来都不听我说的话，你只是假装坐在那里，假装我也在这里，听着只能接收到本地台信号的电视机。很多治病的、壮阳的、不孕不育的小广告会在趁机插播进来，变成专门为耳背患者设计的音量，像在我们中间拉上一张帘子。我们一个变成医生，一个变成病人，你剧烈咳嗽起来，直至发现房子里没有值得抗议的东西，你才慢悠悠去关上电视机。

今天你的腿不好，显得更加步履蹒跚，仿佛我们才刚刚发现，自己已经做了很久的老人。作为老人就要面对很多麻烦，而很多时候我们用各种方式争执，其实是在故意驱赶这种麻烦，发明一种让它知难而退的办法。说不上是成功，还是失败的次数比较多，无论如何，今天你不能这么干了。你迫不及待地从厕所回来，扶着桌子、墙、茶几，躺进那张后背破洞的藤椅，那是唯一一件没被你动过丢弃念头的家具。

我不知道怎么安慰你，我自己也有各种毛病，就像昨晚我又失眠了，膝盖撞到桌角，起了一块瘀青，我没有告诉你，你也没有疑心这满屋的药酒味是怎么回事。

我们曾开玩笑说，要不去买电视上的那些广告药吧。你是从来不相信这些，十几年来坚持涂擦医师朋友给的药酒，他偶尔会给你换一种配方，比如把蛇藤子换成百花草，把枸杞换成金不换，但大致上就是那几样草药。我只买过收音机里广告的白内障的眼贴，不知道是真有药效，还是心理作用，我流眼泪的程度减轻了。有时候你会帮我去药店，忍受店员的询问和推销，买回一盒盒你称为骗人玩意儿的药贴。这些都是我们无话可讲时，会一遍遍重复的内容，也没得出过什么结论。

你已经很累了，几次差点在藤椅上睡过去，我故意把收音机的声音调低，你也没被骗过去。我关掉电视，你就说我是故意的，几乎要和我争吵起来，这让你感到精神振奋。

趁着你唠叨的时候，我从阳台搬来那张偷偷捡回来的椅子，你没有认出来，即使把它错认成一件全新的物件，你也没有就此发表意见，它孤零零地在客厅中间，不知道怎么被你归类。或者在你渐渐模糊空白的意识中，它会在什么时候出现，它是什么？我被这种想法吓到了，你无动于衷，让它消失在眼皮底下，我预感有一天，我也会如此，那张椅子就是我。

我坐到那张椅子上，你突然问，之前落下的外套在哪里？一会又自言自语：想不起来就算了吧。相比之下，我没有忘记过什么，就像后来我把很多物件锁在柜子里，锁到你不知道的地方，但不代表我真的不记得——外套叠在那个组合式抽屉里，左上角的抽屉上着一个小锁头，抽屉很久没打开过，里面是你不知道的东西。

今天天气很好，一点都不像要来台风的样子，好像注定，你今天就是来听我说话的。现在只有我们两个人，也没有第三者来为我说过的话作证,我要说的,是五十年前的一件事。

五十年前的那个下午,我记得是四月的最后一天,天气开始有点闷热,我站岗的位置靠着窗,头发和后背开始有点出汗。织布机跟往常一样"嚓嚓嚓"地响着,我很喜欢闻这些料子的味道,在纺锤转着是一个气味,交叉着是一个气味,织成布又是另外的气味。这些不一样都让我感到欣喜,你也许会说,这只是在劳动里无中生有的乐趣,但是把棉花变成棉线,再变成一块块方正的料子,料子再裁剪成身上的衣服,不也是从无到有吗?值班的组长王姨突然说,女孩子都是下凡的织女,她的鼻尖冒着油腻腻的汗珠,看着倒让人不好意思起来。

那天下班之后,我和婉如一起回家,我们抱怨天真的要热了,又盼望着夏天快点到来。婉如这么想,是因为可以穿那件裙子,那是她爸爸从上海带回来的,婉如的爸爸是百货公司的经理,比起跟着妈妈在纺织厂上班,她更想去百货公司当售货员。

婉如说,爸爸打算过两年再让她去。这个话她重复过好几遍,跟别人不一样,她是在倒计时,没人比她更想长大的了。我听着她的计划,心里想着别的事,但其实什么都没想。我们都注意到钟表厂砖墙边的石榴花开了好多,婉如费劲地想摘下一朵,这样我们就必须绕路去找那个进厂的小门,因为婉如信誓旦旦地说,墙内有块高出来的台阶,但我怕过了吃晚饭的时间,拉着她赶紧回家。我突然觉得,她也许会羡慕我,因为我比她大一岁,如果年龄可以调换的话,她会比现在开心很多。

这些都不是那天的重点，吃晚饭的时候，妈妈还多给了我几块蒸番薯，叮嘱我早去早回。那本该是多么平淡的一天，就像生日，只对当事人有意义，我一边洗碗，一边看着夕阳从窗边一点点地沉下去，心头上的一点点，说不出是轻松，还是紧张的东西浮了起来。那时我认为是天气的原因，还想着明天去怂恿婉如，让我试穿她的那条裙子。

那时为了响应扫盲的号召，大队里成立了一个全民夜校，各个单位给职工下达了学习任务，那天晚上就是我的第一节课，我不知道要学的是什么内容，随手用报纸包了一本《幼学琼林》，也没换掉工服，花了二十多分钟去到面粉厂老职工宿舍。

刚进大门，就听到有人抱怨了一句，说白天上班都那么累了。是啊，那么累了，本来应该留在家里做针线活，我也没有跟家里说，这个是可以自愿报名的，但一想到之后，我要跑腿去给刚生孩子的嫂子送饭，我的愧疚感又消失了。

我到了那个改装的教室，天花板挂着几个大灯泡，一个黑板挂在前方墙壁。跟我之前的学堂不同，这是个大人上课的地方，椅子随意地摆着，人不多，大家显得顺从又自觉。我找了个靠后的座位，教室很快就坐满了，人头在灯光下冒着气味，也没有敲钟，在准点的时刻，一个穿着白衬衣的中年男人，胳膊下夹着一本书进来了，他就是授课老师，他拿起粉笔，有人突然鼓起掌，其他人也跟着鼓掌，老师放下课本，激动地说了几句话，把课本举到头顶又放下去。

我不知道老师带的是什么书，但那次讲的内容跟课本无关，他把书插在衣兜上，在黑板上写了几个字，教大家用普通话读。我上过学堂，只学了三年，认得的字不多，还有平时从街道和报刊上一点点学着认的，但还是比那些大人强。来上课的人大部分是文盲，比如坐在我前面的清水叔，他老半张着嘴巴，好像黑板上的字是可以吃掉的，第一个字是"男"，他念出来的音调别扭，听起来像含混的"篮"，他旁边的人也跟着这么念，老师示范了一遍，他们又把它变成了其他错误的读音。坐在第一排的沈姐姐，比我大五岁，已经结婚了，她托着腮，笑得很大声，我不知道她怎么说服她那位在食堂上班的丈夫的，她的丈夫没有来。

老师开始教日常用字，比如粮票、布、数字，带了纸笔的写下生字。教室里的灯泡不是很亮，蚊子在光线下方飞来飞去，大家热情高涨地念着"粮票""房子""面包"，好像每个人都拥有了这些东西。那些字我都认得，但没感到厌烦，因为我觉得我们不是在读书，而是像在唱歌，一个人笑，两三个人也跟着笑，还因为那些拿笔的人埋着头，像真的上学那样。大家暂时忘记了吃穿的忧愁，往同一个目标迈去，我不知道还有什么比这种更美好的情景了。

只是这种情景对我来说过于奢侈，我不确定还要不要来，这些时间，都是用我的劳动代价换取来的。灯泡下几只飞蛾来回扑着，偶尔有粉屑掉下来，像新鲜的谷壳，落在所有人的头顶，好像有什么晦暗、又亮晶晶的东西横贯在我们之间，我的内心再度出现那种不安的雀跃。

这都是几十多年前的事了，我不可能记得所有细节，只有这种突如其来的情绪，长久以来都伴随着我，影响了我的心脏和判断力，所以我说的也不一定准确。你皱着眉，一副随时要失去耐心的样子，但我不会就此停下来。

我想起来了，是那种相似的不安，让我暂时逃脱了浓烈的气氛，也是那种不安，迫使我留在原地，另一方面，是我擅长的忍耐。在那场集体大合唱中，我预感着必然有人代替我站起来，搞小破坏，发出点不和谐的声音，就像我穿上婉如的新裙子，走在大街上，必定会招来很多眼光。气氛从浓烈演变成躁动，以至于不知道那句话是我，还是另一个人说出了那句话：老师，那个字错了。

教室瞬间安静，就像听到了警报，大家都在找那个声音，终于，前面有人站了起来。大家顺着他的手指看过去，看到那个"上"字。

老师和气地做出请教的姿态，那个人用普通话读了一遍，又读了他说的那个错误的读音，听起来好像是有什么不同，就像在区别一对双胞胎。我不知道其他人有没有听出来，刚才的安静消失了，取而代之的是窃窃私语。"小同志，"身边的人叫他，"同志你不能这样。"

刚才的惊异已成了心存不满，他在众人的注视中坐回去，那个人是个年轻人，头发很短，穿着一件松松垮垮的短上衣。

课堂的秩序已经无法恢复了，学生们变得心不在焉，有的人还带着余怒，转过身去看他。尽管他之后都一言不发，但空气中有什么无形的东西绷紧了。至今我仍记得，当时我悄悄模仿他，但怎么都读不出来，就像墙角的猫在干呕。我觉得之所以做不到，还因为我拿着那本皱巴巴的课本，铅笔还是临时跟婉如借的，就像一个窘迫的、学习成绩很差的学生。

听上去很好笑吧，就从那一刻开始，我为那些熟悉的字着迷了，好像它们已经不是汉字，不是老师藏在手势里的解释，而是另一些无中生有的事物。这让我有了看穿那个脑袋的决心，我盯着那个一动不动的后脑勺，我期望转过来的，是一张从未见过的脸，跟这里所有人的脸都不一样，事实也该如此，我从未见过我们之间有这样的人，那些穿着华贵的老爷和地主也不能算。

他稍微侧过脸去，我竟然平白吓了一跳，与其说是害怕他挑起下一场风暴，不如说，我又不想立刻揭开这个谜团——看清他的脸，认识他。那时我已习惯于延迟满足，不主动表露，乃至回避幸福，这些结果将在我之后的人生中一一得以验证。那时的我什么都不懂，就像识得一个个字，不懂得组合在一起的含义，你知道的，山就是山，花就是花，如果说花移开了山，那又是什么呢？那是一种危险的东西。

下课之后，沈姐姐站在门口，像在等着谁，但她先看到了我，于是我们一起回家。她跟我说着家里的事，说她的妹妹快出嫁了，想委托我的舅舅打一张木床，但我什么都没听进去，我的心想着吹在脸上的风，想着天上的月亮美人，想着梭形鱼的图样，那些图样雕刻在精美的木床围板上的样子。毕竟结婚这件事，对我来说还过于陌生。沈姐姐穿着凉鞋，步子咔嗒咔嗒响着，走到水泥厂门前的时候，煤气灯照亮着一小块空地，她就踢起了地上的碎石子。我知道她不舍得妹妹，她的妹妹长着俏丽的三角脸，自然卷的短发，小时候我们经常叫她外国小仔，把她像洋娃娃一样抱在怀里。

我问沈姐姐，刚才课堂上的那个人是谁？她应该没看到我的脸发烫着，额头出了汗。

他是工业工会主席的儿子，北方人，十三岁跟着父亲离开了东北。沈姐姐说，那个孩子是个不安分分子，如果不是因为他父亲，早就被抓起来了。她见过他拿着一张系在竹竿上的网，在河里挥来挥去，也看到过他和书店的店员吵架。

那次争执应该不是很激烈，类似于他在课堂上的举动，只不过那是我们不了解的东西，就像在大雾和水流之中扔下一块石子，像沉默又神气的后脑勺，我还觉得，如果像月亮那么简单就好了。后来我才明白，他能分辨那些发音的对错，是因为他能发出前后鼻音，但那时候谁懂得这些呢。

沈姐姐还说，那个孩子是个小恶魔，不知道他怎么会出现在课堂里。我没有多问，月亮像一道紧皱的眉毛，地上的人却不知道对方的心事。

从那以后，我就经常在夜校班的课堂上看到他，他长得很俊朗，面庞清秀，看上去十八九岁的样子，他一直独来独往，坐在几乎看不到黑板的角落里，在纸上画着什么。大家依然抱着看"那个孩子"的神色，有一两个大人过去跟他说话，他也能应付上几句，后来大家都习惯了，习惯他从爱出风头的捣乱鬼，变成空气般的存在。我的感觉是，他对所有人熟视无睹，实际上又在暗中观察。

果然，在第四个星期，他又做了另一件出乎意料的事。那天我们坐在教室里，等老师来上课，突然门推开了，进来的不是老师——是那个孩子，腋下夹着一本书，直接走到了黑板前面。

跟前几节课不同，他神采奕奕，语气沉稳老练，还带点煽动的气息，他解释说，老师生病了，请他来代上一节课，看样子他已经和老师成了好朋友，并且在他的叙述中，老师仿佛就站在旁边，对他表示信任和赞赏。他还穿上了一件青灰色的中山装，不得不说，那件衣服就跟他的语气一样非常合身。

教室骚动起来，但没人公开提出意见，他的姿态果断，又不容置疑，准备着等待反馈。课堂逐渐听不见悄悄话了，有的同学开始打开本子，这下好了，所有人都跟着他学，所有人都得按照他的方法来。我忍不住想笑，担心被发现，只能频频装作看书，低下头去。

结果那节课的气氛很活泼，大家是喜欢他的，只是被心中的一些想法遮挡，而他施展的，其实是同一种技能，只不过偷偷换了一副外壳和表情。他模仿着老师的教学步骤，时不时露出微笑，加入属于自己的表达，尽管我也沉浸在他的说话节奏、应对自如和风趣的插科打诨之中，但我却隐隐觉得，坐在角落、面无表情的那个他才是真实的他。他的目光未曾停留在哪一个人身上，但做出了解每一个人的样子，他在享受这种时刻。

为了证实这种猜测，我竟然跟踪他。下课之后，我骗沈姐姐说要去别的地方，然后紧跟在他身后，我想知道是否像传言的那样，这个代课老师是小恶魔，有着好几个面目。他走的路线很奇怪，走路速度很快，拐进漆黑的巷子，迅速地钻进打铜街，中途转向中山路，又像打算原路返回。

他往城外围走去，我的鞋子开始踩到沙子了，如果没有猜错，就快要到河滩，我开始害怕，但脚不听使唤地走着。

我想起沈姐姐说的那番话，想着他往那边去的话，大概是在河边发现了什么有趣的东西。

"我以为跟着我的是个男的。"他突然开口，我的本子被吓得掉到了地上。

我羞愧难掩，也不好立刻逃走，只好呆立在原地。他转过身，一步步走过来，我快要捂住眼睛，很快又把手放下来，几十分钟之前，跟他学的坦然自若，此刻发挥出了作用。我直视着他，那张脸移动过来，周围很黑，几乎没有光，那张脸却比以往都更加清晰。

他一直面无表情，他不需要防备，但相比上课那会儿，已经像一个卸下戏服的演员。他只是看着我，好像在说，他知道很多东西，知道从什么时候开始我就在看他，知道别人脑袋里的怪东西，知道如何解决那些麻烦。顿时，我对揭穿面具的目标丧失了兴趣，那个目标不可能存在——因为真实的人已经站在我的面前。

他认出我了，我不紧张，反倒如释重负，他没有问我这是在干什么，而是问我叫什么名字。

要点名的吗？我用蹩脚的普通话问他，我也学着他的语气，想暗示他，这没什么难的，就像他施展的骗术那样。

他做出要走掉的样子，随即我发现了，我们的退让，还是因为对彼此语言的生疏，于是我问他会不会说本地话。

会听，不太会说，他回答。他应该也察觉到了这点，或者说一直在利用这点，利用它来保护自己，隔绝外界，利用它维持我们之间的沉默。我告诉他自己的名字。你还来吗？他问我，意思是我还去不去上课。

他又说了几句话，我没太听清楚，跟上课时字正腔圆的发音不同，他的方言口音浓重，如果只听声音，会以为那是一个陌生人，但他的脸依然好看，是另一种别扭的、直率的神采。说完他坐了下去，跟那次提问后的动作一样，继续看着我。我突然像触到了电，那次在课堂上的情景又浮现了，我就站在那时老师的位置上，看到他的后脑勺反面的、略带轻蔑又冷静的眼睛。那双眼睛好像在说，事实如此，无可动摇。

我感觉河滩离我们很近，甚至能听到河流的声音，如果他刚刚继续走，我也不敢再往前一步，那边的世界已经超出我的想象。

你是不是得回家了，他说。我都不知道自己走了多远，他问我家在哪里，我支支吾吾地，但还是告诉了他。他向左边眺望，然后指出来说，往那边走，遇到大路口就左转，第四个路口看到一个亮着灯的小白楼，就差不多了。

我根据他的指引走回家，看到了他说的小白楼，我以前经过这里，却从未注意过这个地方，那个楼大概有三层高，外观是西洋骑楼，里面的灯很亮，一点声响都没有，可能连人都不在。我从木排门望进去，看到了小院的空地上有一个水缸，缸里种着睡莲。我趴在那里看了一会，差点要睡过去。就像你现在这样，假装打盹，为某件事耗尽力气之后，感到庆幸和不安。是的，那种不安又出现了，美丽的花并不能使我完全沉醉，黑夜也不能令我迷失方向，不安是你想浇灭热情却任由它生长，想要得到答案却增添了疑问。

我现在还能想起他的脸，在那个夜里显现的脸，不像我们已经衰老的脸，那是一张容易作乐、又过于天真的脸。想到这个，现在我自己的脸还会莫名发烫，难为情一直折磨着我：我已经无法自拔地喜欢上他。

之后我没有在夜校见过他，也没有听到他的消息，好像这个人凭空消失了，谁都没有发现什么异常。可能是因为天气变热，我对许多事情提不起兴趣，也忘记去找婉如试穿新裙子。有一天傍晚我不用轮值，送饭回家时候经过了钟表厂，发现那株石榴的花依然开得很好，就想着摘一朵给婉如送去。

当我走到内院的小门旁边，一个人从侧墙翻了出来，他四下望了望。

你为什么老跟着我呢？他一转身就看到了我。跟之前不一样，我直愣愣地站着，什么都没法掩饰，连磨破的鞋子边都那么明显。

我问，那你又在这里干什么？这回他没有理我。我假装往家的方向走，但又忍不住想看看他在做什么，之前听说百货门市的仓库丢了东西，查不出人来。我眯着被太阳暴晒的眼睛，心里扑扑地跳着，我看着他翻进了书店旁边的学堂。我站在一根柱子后面，总觉得里面正传来吵闹声，十几分钟之后，他居然大摇大摆地从正门走出来。

我没有把这件事告诉任何人，也不知道他之后钻进哪些地方，是不是被人抓走了。有时我会盯着厝院的墙角，疑心他有没有来过，觉得他就坐在墙头上，脚晃来晃去的，又迅速地跳到另一边。而我依然笨拙地走在这几尺地里，笨拙地吃饭、上班，连几条街之外的河边都不敢去。这也是我无法将那件事告诉别人的原因，我被羞愧封住了嘴，我得小心万分地保守一个不属于我的秘密。

　　大约是七八天之后，我又遇见他，他背着布袋，得意扬扬地走在大街上，像个逃课的惯犯。其实我不知道他有没有上过学，在老家做过什么，甚至是不是也要结婚，但我觉得他一定会做一些事情，一定不会做另一些事情，这种决心让他翻过许多围墙，不被人发现。

　　但这不能说明，只有我发现了而已，我鼓起勇气，迎面向他走过去，想要知道真相，同时带着一种保护他的愿望。他装作什么都没听到，把袋子往肩上一甩，自顾自往前走，执行新的任务。

　　他在怂恿我，就像那天夜里，他把所有人都骗了，又独自留在空无一人的河边，他能去任何想去的地方，不只我家的墙头，而是把我们这里都占领。

　　你忍着腿疼，站起来在屋里来回走着。你大概觉得我糊涂了，我想不起存折的密码，想不起电饭锅胆放在哪里，想不起重要的日子，最后留在我脑子里的，会不会什么都不是？就在你往房间走去，离开我的视线的这会，房间里似乎有细微的响动，我怀疑你在找那个抽屉，但我不想起身，我想如同你刚才那样带着睡意，闭着眼睛，就当自己是在说梦话。

　　闭上眼睛，记忆在一点点地拼凑回来：那天我跟着他穿过面食店铺，穿过百货大楼后方的巷子，在斜坡上的一个院子前停下。他先把布袋扔上墙头，双手抓住最上方的墙体，敏捷地坐了上去，再跳到那一边，没有拿袋子。他回来的时候两手空空，看上去一无所获。到第二个住所，他站在外面，仰头看着什么，最后没有进去。到第三个房子的时候，他坐在墙头上盯着我，一点都不害怕被人发现，也不准备让我走掉。

他拉着我的胳膊，我就这样又惊又怕地，跟他翻进了那个房子。

进去之后，我才知道那是火柴厂的后方，奇怪的是，本该是上班时间，这个楼里却很安静。他带我上了楼梯，二楼是个办公室，门开着，地上散落着铁屑和一些文件纸，窗上沾着厚厚的灰尘污垢。我很害怕突然钻出一个人来，就算是只老鼠都能让我尖叫，他没有理会我，从布袋里拿出一支铁棍，试探地敲着办公桌和地面，还把耳朵贴在地上。

我没有问他到底要做什么，我走到窗边，盯着窗外，不远处就是厂房，有两个工人在露天空地上走动，手比来画去的。我想着只要那两个工人往这边走，我们就逃不掉了。我没有回头看他，但我能听到他还在搜着这个房间，发出越来越大的声响。

就在这时，一个工人望了过来，我以为他只是随意看看，于是没有往后躲起来。但他没有转移视线，我也没有，我觉得他已经看到我了，我的嗓子很痒，觉得心快要跳出来了。

他拉了拉我的手，叫醒呆立着的我，然后我们逃出了那座楼。

那次行动就这样结束，我们出来的时候已近黄昏，他背着布袋，不动神色地走着，我虽然有点恍恍惚惚的，还不忘要赶紧回家吃饭，再去上夜班。他跟我说，今天就这样吧。我猜他的意思是，今天不去别的地方了，下次我们再去，不是他一个人，而是我们。

　　我没有回应，扭头落荒而逃，恐慌和不安还盘旋在我的脑海里，但不仅仅只是这些，那种情绪是我不熟悉的，一种又远又近的感觉，是喜欢，但喜欢只是其他感觉的表象。这些街道全部变成他的迷宫，连我都成了他信任的路标，我掉进了一个冒险中，从不知要付出什么代价的冒险。

　　但我怎么都没想到，当天晚上他就出现在厂子门口，交给了我一个纸条。他说了几句话，大概意思是别告诉别人，看天气，穿旧衣服。我看到纸条上写着地址和日期，随手就把纸条撕了，扔到一个暗处的水沟。

　　第二天早上，我就在约定的路口等他，我记得那天的天很蓝，淡白色的月亮影子还留在天上，街道两边的商铺散发着烧柴的气味。我很久没有闻过那种味道了。虽然他要带路，但我们是并排走着，他有意放慢了脚步，手前甩后甩，我们就像要去上学的伙伴，没人怀疑这两个人会去做什么坏事。

　　我们又去了书店附近，但不是去学堂，而是另一个院子。他带着我从一座围屋的侧门进去，穿过天井，就是另一条巷子，我们走到墙的尽头，他挪开墙边的木板，墙上赫然出现了一个半人高的洞，那个洞不像是随意挖出来的，光滑得几近完美。

　　后来我才知道，那里以前是军队临时驻扎点，现在那里被拆光了，建成步行街，开了很多奶茶店。我们钻过那个门，门后面是一片空地，旁边几间平房上着锁，屋里都是黑的，这里比火柴厂更加贫乏，但他保证说，这里不会有人来。我在院子里转来转去，院子中间有几个空花盆，花盆里有很多老鼠屎，我学着他在里头扒来扒去，除了几只独角仙和蚂蚁，什么都没有，外面的声音也传不进来。

我注意到墙上写着一些奇怪的标语，厂里开会和评选三八红旗手的时候，也会说一些宣传的话，但不是那种，我看到什么"孔孟之死""甲板战争""浏阳河有九百九十只鸭子""超能力欢乐大放送"，有的字是红色的，有的是用墨水写的，我边走边看，围墙在一块界限暧昧的区域，出现了突兀的折角，把这里封闭起来。

我问他，这些是不是他写的，他否定了。跟上回不一样，他没有东张西望，而是专注地盯着房子的边沿，好像那个已经存在的范围是他画出来的一样。我又问他，你为什么要让我一起来？

因为你不害怕。他埋着头说，从口袋里拿出一条软尺，在地上铺出一个方形，再摸出纸条和笔，把图形画在纸上。

我终于忍不住问他到底在做什么，他绕着房子走了几次，然后在地上打开了一张纸。

他说这是他在他爸的办公桌上发现的，他按照原图临摹的。我看到是我们这里的一张地图，几个主要的街道、商铺和学校，有的地方用虚线连接起来，像一张蜘蛛网。上面好几个地点画着横线，横线的数量表示他潜入那个地方的次数。他要找的那个位置，据说藏着很重要的东西。

对我们县很重要，他说。有些地方他去了好几次，包括火柴厂，我看到他画了三条横线。

我想起他爸爸是什么工人会主席，办公桌上的东西一定都是真的，那张地图有着必须保密的信息，连他的儿子都不能告诉。他站起来，在原地兴奋地转来转去，尽管什么都没找到，我明白他经常表现出冷漠，是因为他在思考。我发现书店的位置画了一个五角星，他解释说，原图注释着一句话是：一切以红星为重。

我们从那个洞口钻了回来，他把木板重新盖上，那时候已近中午，月亮也不见了。我开始知道为何他一直没被发现，因为没有偷东西，也没有搞破坏。他说其实有一次潜入民居，就被主人发现了，他大方跟那人打了招呼，解释说自己的风筝掉进来了，那人还热心帮他找了好一会儿。而我跟着潜入那些破旧的、气味难闻的地方，不过因为想要和他一起做一件事而已。

在后面几次行动中，我们去了糖厂、造船厂宿舍、公社仓库，还有西湖的一个山丘。他的记忆力很好，总能找到捷径，找到以前做的记号，我就在旁边敲敲打打，每次都能发现一些新奇玩意。我们还偷跑进了那个小白楼，他算准了主人不在家的时间，但我们还是比去别的地点更加小心。

我们进了那天晚上我看到的小院子，睡莲依然开得很好，院里还种着其他的花，我觉得它们像看家犬一样看着我们两个。他用一支铁丝在门上转了几下，就把门打开了，一楼看起来是个客厅，摆着红木桌椅、五斗橱、大花瓶，墙上挂着画。

跟之前的几个地方不同，小白楼散发着干净优雅的气味，我不知道我们这里，我们努力工作、节俭度日、为了饭里少一块番薯怨恨家人的生活附近，会有这么一个地方。婉如家跟这里一比起来，根本算不上什么。

客厅的旁边是一个楼梯，他先爬上去，但在拐道处停住了。

那里令我着迷的不是家具摆设，而是地砖。我从没见过这么漂亮的地砖，花纹像庭院里新鲜的花蕊，像孔雀的羽毛，像能把人的命运都刻在上面，我感到晕眩起来。

那天还发生了另一件事，不知道是紧张过度，还是那些地砖带来的精神刺激，在翻过墙壁、回到街道地面的时候，我吻了他的脸。

我已经忘记了是什么感觉，但我记得，当时他吃惊地看了我一眼，好像看一个无意撞到他的路人，然后自己走了。

你又回来了，回到我破碎的、前言不搭后语的讲述里，我看到你的手里拿着那盒辣椒药膏，到我们这个年纪，痛苦都是一些具体的事，痛苦缩减成只有疼痛一种。我年轻的时候，经常看着一起上工的人，看着街上的人流，想着他们的痛苦，跟我的是一样的吗？

之后他又失去了联系，没有找我。我觉得那种既远又近的东西不见了，没有那种东西，我可以照常工作、吃饭、串门，甚至做得比以前更好、更活泼，但没有它，我就无法思考，我像个哑巴一样终日沉默。一天站岗的时候，我发现自己的脸烫得厉害，开始晕眩，我跟厂里请了假，就匆匆回家去。

那场发烧让我躺了四天，母亲说我一直在说疯话，还去庙里请了符水让我喝下，但是我的记忆都停留在纺织机前，我拉着纱线的情景。

病好了之后我就去了婉如家，这个我很熟悉的地方，却因为那次经历，让我不自觉地带上了比较的眼光，比如那个花瓶应该摆在什么位置，墙上似乎有什么污点。婉如给我试穿了那条裙子，那是条淡黄色、衣领小巧的裙子。

我站在镜子前面照了照，我发现我和婉如一点都不像，她高一点，胖一点，裙子刚好到她的膝盖，我穿着则遮住了小腿的三分之一。但是，另一种更强烈的直觉击中了我：我不是穿着裙子的我，不是镜子里的我，我要变成另外一个人，我要把自己藏起来，使用别的思考方式、语气，甚至目标和意志行事，我是一个小偷。

我不清楚是发烧还没彻底好，还是婉如尖酸的暗示让我不舒服，我沉默着脱下裙子，逃离了她家。

大概一个月之后，他又来找我了，说要去一个新地方。对于那件事，我们什么都没说。我们去的新地方是一家商店，应该是一家给国营宾馆提供米粉的店，我们就从骑楼的二楼的窗户溜进去，因为他们打通了上下两层，第二层用木板隔成了堆麻袋的地方。

我们挤在那个狭小的空间里头，连呼吸都不敢太大声，他透过麻袋和栏杆的掩护，看着下面商户做买卖。我觉得我们胆子太大了，或是技艺已经高超到这般地步了，但实际情况是两个人都不敢乱动，仿佛只要一粒灰尘掉下去，都会引起嫌疑。结果我们什么都没做，就从小窗户狼狈溜走了。

我们若无其事地下楼，我被灰尘迷住了眼，我感觉到他的嘴唇凑在我的嘴唇上，我躲开了，他又说了一句，不是这样的。

这次他变得十分老练，他扳过我的肩膀，但只是像游戏那样，轻轻碰了一下，还故意笑了。我揉着眼睛，哭了起来。

我们终于去了一直想去的河边，河堤上风呼呼地吹着，周围只有沙子、河水、渔船，虽然空无一人，但没有我想象的那样可怕。他不停地说，他快要找到那条和书店连在一起的地道了，这个发现太重要了，以至于只能到安全的地方说，他太兴奋了，好像早先那件事，只是一个成果的庆祝，一个拥抱。我试着理解他说的关键的发现，但我渐渐跟不上他的思路了，他变成一个我不认识的人，他是个小偷。

那是我们最后一次一起行动，之后我不知道他去了哪里。直到夏天快结束的时候，我终于在街上看见了他，他戴着袖章，走在一个宣传队伍的前面，用广播喊话。

是的，你已经知道他是谁了，那时我经常看你们走在一块，大家还说，你们差点就结拜了。那个夏天之后，战斗、活动、学习，彻底成了男孩子的游戏，一个女孩能做什么呢？做饭，绣花，生孩子。那一瞬间，我突然知道了一件事，那就是粮票是粮票，布是布，不会是别的东西，有些差距是无法消弭的，比如男人无法变成女人，女人无法变成男人。

之后你们到处去，像一对真正的伙伴，你本来就不喜欢你爸爸的打铁铺。找到了合理的借口，他可以自如进入一些房子，再也不用遮遮躲躲。那几个月发生的事我都不太记得了，但我记得那件让谁都始料不及的事，就是沈姐姐离家失踪了，传闻是跟夜校的老师一起走的。我仍记得她的丈夫，那个矮矮的、粗鲁的男人，一夜之间好像变成了老头，他没穿鞋子，挨家挨户地问大家，有没有看见他的老婆。

我决定自己去一次，去书店，去找他说的什么地道。那天夜班轮值结束之后，我没有回家，直接往现在的韩祠路去，感觉就像是，我彻底只剩下自己了。到了书店门口，我回想他说过的房子设计上的缺陷，用他教的那些伎俩，摸黑进了书店。

里面什么都看不到，除了能摸到的架子和书，其实是我不敢挪动半步。我开始后悔，同时不知道他是不是在说谎，整件事是不是他编造出来的。还有另一种可能就是，我太想知道那句话是什么意思，但是这满屋子的书，我不能打开，也不能带走，没人能给我答案。

就在我要离开的时候，我至今都不知道是一本书，还是什么重物砸了下来，砸在我的头上。就是那一次之后，我落下了偏头痛的毛病。

我匆忙离开书店。就在回家半路的时候，我看到了流星，但是滑到一半，它静止在半空，就像婉如家的白灯泡，但是更亮，更刺眼，看了一会之后，我觉得那颗流星正向我扑来，那时我差点晕过去。

听说有人遇到奇怪的情景，会不记得发生过的事。但我的记忆力突然变得很好，很多事记得很清楚，我能背下排班表上所有人的班次，能记得宣传板上所有的字。有的事物好像放大了许多倍，比如针眼，我拿着线一下子就穿过去了，还有蚂蚁，我能听到它们在讲话，能听到纱线摩擦声，能听到谁躲在家里哭。这种情况只持续了一个星期左右，我又渐渐恢复了正常。

我很想把这件事告诉他，但无论如何，都不会有这样的机会。这么多年来，只有你愿意听我描述一个虚构的东西，不厌其烦和我争执，虚构就是，只要想很多遍，就会在脑海里变成真的。是你救了我。

我们最后一次见面，是在东风广场的门口，我有点害怕，因为早上广场刚刚枪决了几个人。他看上去朝气蓬发，就跟第一次在教室里见到的那样好看，他戴着一顶军帽，穿着一条很短的裤子，也许只是个子长高了。我们聊了几句，然后他就把那个东西给了我。

它包在纸团里，纸团就是那张地图，看上去好像一个发霉的果子。他什么都没有说，只是说，不要打开，不要扔掉，等我回来。

那时候我才知道他要离开这里，他的父亲因为出身成分的原因，接受了调查，可能还会被调放到那个乡下。说这些的时候，他的语气没有一丝忧愁，好像相信自己很快就会回来。那个时候，我没有问他那个困惑的问题，我知道他跟我不一样，他必须设立目标，哪怕这个目标虚无缥缈，我们相似的一点是，我们什么都不知道。

那时我预感到我的生活，会是由一系列名词组成的，工作、退休、婚姻、睡觉，甚至生老病死。我突然想到，没人提起过他的母亲，就像没人在我的面前公开讨论我的父亲。但这些都无关紧要了，他边走边吹着口哨，消失在夜色里。

他和父亲没有回来，之后的几十年，我断断续续打听到一些消息，有的说他们去了上海，在上海做生意。有的说他父亲回东北了，是一个人回去的。后面这个传言，是跟另外一个连在一起的，我一直不想说出来，你知道的，只要想很多遍，也许就会变成真的。算命的说我一生运气好，我不知道这个好是怎么定义的，不要打开，不要扔掉，不要实现，也许就是好。

那个传言说他跟父亲分开，去海南下乡，在一次返乡的时候，他想回来这边，在隔壁镇和一群地痞发生了冲突。拉架的人听到他的外地口音，就想戏弄他，他威胁那个人说，别想骂他，他听得懂。那个人说，你真的听得懂吗？那你是那个意思吗？他说就是那个意思，他就被抓了起来。

原来，那个人故意说了个反动的词，他离开这里太久了，很多话不是很熟悉。他被遣送到什么机关里接受审问，被关进当地的一个监狱。

还有另外一个说法是，他被放出来了，留在当地结婚生子，耕地，做一些小手艺为生。

你问我那个东西，是不是放在那个抽屉，其实我都不是很记得了，里面放着我的结婚证书、戒指，还有去医院做的心电图，可能还有他写给我的一封信。

我很累了，想要睡一会儿。你走过来，抱着我，这些年来邻居们的闲言碎语，都没有把你怎么样。但我感觉你在发抖，台风要来了，你像抱住一棵快被风吹倒的树。

你说，你说谎了，那次你看到沈姐姐独自提着袋子，往火车站的方向走去，你没有跟那个男人说。我也想说，这就是我一生的故事，不是我的故事，也不是你的故事，这些都不重要，我想说的是，我爱你。

第十八章　梦旅人

半个月不见，他的刘海快遮住眼睛，套着一条脏兮兮的橘红长裤，裤子上的吊牌还没剪掉，活像一条狐狸尾巴。

"你的委托人知道你这样乱来吗？"

"她建议我这样做。"

我坚定地看着林。是的，我不只在今天撒谎成性。说谎必然是最初的游戏形式，至于我会不会为别人保守那些秘密，你不说，我不说，大家最终洗脱嫌疑，皆大欢喜，也是游戏的一部分。

我们三个人围坐在地板上，茶几上放着林打印出来的小说稿。林打听张孝全的年龄、家庭和工作，面对张孝全的如实回答，林只是短促地抽了抽鼻子，张孝全用眼神征求着我的意见，见我没有任何行动，"那好吧，你现在先看黄色的部分"。林率先指了指茶几上的稿子，黄色，就是黄色荧光笔标出的段落："那我们现在开始吧。"

"要不你读一下。"林把自己眼前的稿子推到他面前。

张孝全弓着背，盯着这个莫名其妙的任务，"首先是时间地点。晴天，阳光有股苦杏仁的味道，我坐在公园大街的长凳上，看着一个人走过去，两个人经过。我叫出男孩的名字，他在街角，我追上去喊，男孩一直手插裤袋往前走，我不断喊他的名字。"

我根本没听进去他读的内容，他朗读的声音比说话的声音好听。一种似是而非的愿景在我的脑海盘旋，作家在不停地写，我们就可以不停地读。

林站起身打断了张孝全："我形容不出来，你们也看到了。"

"看到什么？"张孝全吓了一跳。林转向我问："你还在录音吗？"

原来他早就发现了我的录音行为，"哦，你要录也行。"

张孝全始终不能理解林的举动："你们让我过来，就是来读小说的吗？"

"叫你上门是她的建议，读稿子是我的建议。"林用荧光笔在纸上画出新的段落。张孝全以为最后得读完所有黄色内容，指着其他颜色的标注问："你们都读完了吗？还有，什么录音，还要搞录音？"

他的直白让林有些招架不住。但我也不确定自己能跟他解释明白，根据林的推断，作家把我们写进了小说，把我们的秘密写进了小说，我们既是小说人物，也是抄写员。那个最早发现此事的抄写员，偷走了手稿，以牙还牙。

张孝全却以为我说的是，我们可以靠朗读来破解这个谜题。他支支吾吾地接过林的稿子，盯着很多被林用荧光笔提亮的段落，就像学生盯着老师画的考试重点。

"你们怀疑我。"张孝全读了几段之后，语气沮丧地打断我们。

"但是这里明明被我擦掉了。"林疑惑地指着稿子：这一段他擅自改动过，现在却原封不动出现在打印稿里。

林对他视若无睹，把稿子递给我，张孝全默默地冷笑一声，双手牢牢抓住脚踝，维持着一种不合时宜的礼貌。接着他拍拍膝盖，站了起来。

"你能理解吗？我也做着你会做的事。"林突然使用了温和的语气，"她的目的不是要我们抄小说，这是圈套。"

"那为什么是我来顶这个罪名？"

"作家写了G不可告人的故事，G偷走稿子。之后作家找你，是想刺探谁知道了她的计划，谁有最重要的秘密。"林又把目光投向我，每次我都分辨不出他是在认真提问，还是在给出某种暗示和警告。

"我们是第一次见吧，你不了解我，就认定我是偷稿子的人。"

"我一点都不了解你，我没想到会见你，但人总要有一个具体的身份，你的角色是男孩，小说里是男孩偷走了东西。"

张孝全才明白所谓黄色的段落，就是男孩的情节，他读的是作家写他的故事。一切都是隐喻，不合身的衣服也是隐喻，除了流氓少年，张孝全还没习惯G这个身份，虽然这对他很不公平。

林还在等他的辩解。我有一个疑惑没讲出来，小说里有没有以作家自己为原型的人物？作家如果曾借哪个角色在跟我对话，那个人一定是林，至于作家为什么找我，而不是林，那是另外一回事。

"我不像你们，我是不重要的人。"

"是不讨人喜欢的人，失去重要东西的人警惕性高、悲观，长篇大论，唠唠叨叨。"林刻薄地回了一句。

我们不约而同地看着林，我又觉得他是我的另一个分身，抄写员和调查员的身份之间存在一个通道，或者平行时空，她建立了各行其是的秩序，只有我对自身和他人的存在浑然不觉。

"是啊，你就没相信过我，虽然你一定要怀疑所有人。"

"你们喂过流浪猫没有？我是说，猫不会一直在原地等你们，你只要三天不去，它们之后就不会再出现了。"张孝全扶着腿坐下，"你说的万一不是我，那我现在要不要承认？"

"一个不坏的人有很坏的作为，他身上出现了自己都无法理解的东西，就像出现了深不见底的洞。"

林企图把我们重新拉回读稿子的环节，仿佛只要信任小说，小说就是我们的换装舞会，我已经大致猜到我会在哪些小说片段里出现，我的形象再没那么自信，这个偏执又胆小的人物？还是那个存放了很多刀具、频繁染发的女人？我出现的页码、钟点，是不是早被暗中规划好的，以及林出现在这里，也是出于情节需要吗？

"你很好的，不是她写的那样。"张孝全对我说。

"谢谢。"

我只是觉得我变成那个手持红色弓箭的男孩也好，成为石头也好，她用一个句子就能轻易实现这种变形，"我不希求自己变成一只狐狸、一条狗，等待黎明，等待真正的猎手到临。"

不知道谁愿意被分配到狐狸和猎狗的角色，林看着张孝全，感觉他有备而来，"她会想办法让我们认出自己，我来读读我的部分。"

林开始读自己的情节，标了蓝色的段落。读了两段后，突然他把稿子往地板上轻轻一扔，感觉不想再碰它们。

轮到我读出我的部分，粉红色笔记的部分。尽管是用这种方法重新阅读这本小说，不得不说，作为单纯的读者，我非常享受阅读的过程，那些故事如星星般轻快跃动，节奏让人忍不住跟随，她的小说速度把我们抛在身后，读者忘记了自己，重新爱上故事，做好被引入歧途的准备。"词语只是孤零零的词语，在句子中发生了偏移，我们的眼睛仅仅留意着美丽之物，星星飞着挂到树上，偏移轨道，悬在疯狂的网里，我们都以顽固的方式对待自己和他人，人的意志缩小、打结，神明寄身于省略号里。"

"我抄过这段。"张孝全着迷又困惑地张着嘴巴，在他看来，这可能是另一种脏话的艺术。

三个人的部分都念完了，所有触目惊心的情节都与男孩有关。林宣布，那只能是你了。

我找借口跑进厨房，想逃避这场冲突，我极度渴望这里面出现某种自由，比如我不想当A角色、想当B角色的自由。客厅里传来他们的争论，张孝全仿佛大受刺激般提高声线，他每说出一句话，我就感觉有一只可怕的蟑螂要从下水道里爬出来。

我提议让张孝全陪我出门散步，把林独自留在了家里。起初我们只计划着在周边散步，漫无目的走了十几分钟后，走到了广场附近。广场的路边停着一辆洒水车，太阳光漫射在高层的玻璃上，树好像刚刚被人摆布过，投下了方正的影子。到处都在起高楼，高楼改变了投向地面的光线，后方的购物商城刚刚开业，一层很多商店大门紧闭，远远看过来，给人一种车站的错觉。

我跟张孝全解释，林比谁都焦虑，一想到改动过的情节，想到也许不经意间也改动了自己的命运，他就是猎狗和狐狸，他假设了自己逃不过作家的惩罚。"不过，在作家写完结局之前，他还有希望，至少是不被擦掉的希望。"

我把稿子也带出来了，就在我的手袋里，我们坐在喷泉旁的长椅上，一起找出关于男孩的后续情节。我们看到男孩好像一直在走路，他被时间的碎片带走，男孩刚要开口，声音又被碎片的狂风带走。广场一丝风没有，动了几下，完全不动了。

我和他都放弃了更深入的理解，没有小说了，我们必须接受失去的部分、不存在的部分，故事才有机会重新洗牌。

"那就假装我们是。"张孝全灵机一动，说我们可以假扮成小说人物，对着台词演一遍，"我是男孩，你是女孩。"

"你保证不会再跑掉。"

我想着作家要怎么写这样诡异的抓捕现场，他努力回想自己的行径，我找借口逃避着"你有权保持沉默"这么别扭的台词。张孝全笑了笑，阳光在我们周围变幻出成块的碎片，我第一次体会到就地取景的残暴。

"你好好去跟她说，她会考虑原谅你。"

"你今天穿这件灰外套很好看。"

他弄明白了玩法，这是简洁的对话场景，要尽量节省字句。

"那你来这里干什么？"

"我爸租的房到期了，房东打电话让我来收走东西。"

"发生了什么事？"

"搞六合彩，被派出所抓走了。"

"你不是那个男孩。"这里开始出现了一些作家没想到的细节错误，但我说不出究竟是什么错误。

"你看到光了吗？小时候我跟我爸喜欢拿着镜子，这样阳光就变成蝴蝶，在墙上动来动去。"

"你再说说光是什么。"

"我没喜欢过钓鱼，我躲在河堤底下等他，害怕得发抖。他提着水桶回来了，像一个淋湿的黑影子，水桶里有那么多的泥鳅，手电筒一照，跟开水一样沸腾。"

"你看到的应该是鱼的影子，你站到太阳底下试试，你也是一条鱼。"

"那你呢，你会好好跟她说吗？"张孝全记起了后续情节，最难听的脏话都为他安排好了。但他这次很冷静，右手伸进衣兜。

我以为他要掏出香烟，结果他变魔术似的，从里面拿出一顶毛线帽，帽子勾住了裤子的标签。他自己也觉得莫名其妙，赶紧塞了回去。

"你会不会把自己想象成另一个人？"

"房东问我那张床还要不要。扔掉之前，我还躺进去了，跟躺进滑梯里一样，我才发现我长得比他高了。这时候你摸摸看，不会有魔术机关。"

"要不我们转换角色，现在我是男孩，你是女孩。"

"我算过了，一个月攒一点，可以买三十年房龄的二手房。"

"一个女孩的爱人跑掉了，她该怎么办？"

"她要唱歌，每天早晨都要唱，做早餐，去远方好好生活。"

"她说过了太久孤独的生活，她活不下去。"

"那也没关系的，人不会因为失去重要之物，马上就死掉的。"

开始有神秘的响声，水车正往杨树顶洒水，密集的人工眼泪落在我们头顶、脸颊。他在忍耐，忍耐着在心头若隐若现，唯有独自才能体验的情感。作家也写不出来的情感。

"对了，老姑让我转告你，这次她看得更清楚，你要找的人是女的。"

"我知道了。"

"我们以后还会散步吗？我可不可以牵你的手？"

他说的牵手，只是用手指轻轻搭着，指尖轻扣在我的掌心里。男孩随即狡黠一笑："你会放我走吗？"

张孝全不再是男孩，和我说话的，是一个前所未见的未知的人。这个下午的三点，他比我见到的任何时刻都要年轻，广场开始起风，我们就快变成两棵树。我没告诉他，我穿的是绿外套，不是灰外套，然而小说从头到尾，男孩都没有"色盲"的设定，也可能不经意被擦掉了。

"那我可以走了吗？"

"说说明天你要做什么？"

"剪头发，找个工作，谈恋爱。"

"再见了狐狸先生。"

"再见了青蛙小姐。"

我不曾期待过这样幽默的告别。他拍拍膝盖，蹦蹦跳跳往前走。

"你又要去哪里呢？"走了两百多米后，他突然转过身来喊道。

"凯琳的客厅。"

张孝全举高双手挥动，想要听得更清楚。我说，"我要去凯琳的客厅。"

第十九章　《凯琳的客厅》

　　凯琳是比我大一岁的女孩，我们从小学一年级开始就在同一个班级，因为彼此的家离得很近，我们就比其他同学显得更加亲密，每天午睡过后，她都会在楼上喊我，然后一起上学。我们做了六年同学，她成绩平平，很少得到老师的夸奖，但她看上去永远是开心的，有一次老师对她说，凯琳你真的很厉害啊，带那么漂亮的抹布来参加全级大扫除。

　　但我没有告诉他们，凯琳最厉害的，是她有一个客厅，里面的一切，仿佛都是按照她的意志（而非父母的意志）分布的。也可能因为我们志趣相近，所以我很喜欢去她家玩，在客厅里过完下午。

　　在凯琳的客厅，我也终于知道那个打猎游戏应该怎么玩。堂哥有一台小霸王学习机，用来玩单机游戏，里面有一个游戏永远不知道怎么玩，就是无论怎么操控按键，游戏画面永远是几只鸟从草堆飞上天，然后戴着帽子的猎人从草堆里走出来，做出两手空空的表情。堂哥没有摸索出游戏的玩法，我则不甘心地打开过几次，仿佛那个画面每次都略有不同，仿佛盯得够久，就会产生一种无法消除的诡异感。有盯得够久的耐心，这个骗局就会露出破绽。

但凯琳玩这个游戏的时候，她往游戏机上装一把黑色塑料枪，枪口对着电视机，电视音箱发出"砰砰"几声，四只长得像鸭子的鸟掉了下来，猎人提着它们走出来，咧着嘴笑。她闯过了第一关、第二关，猎人数着打下来的鸟，她拿着枪瞄准，甚至只需要动动手指，游戏就能无止境地进行下去。玩了七八局之后，凯琳开始觉得无聊，往沙发一躺，把枪递给了我。

我拿着枪，按着她的做法打下第一局，除了干脆的枪声，我还能听到其他声音，比如鸟被击中翅膀、草丛惊慌的摩擦、猎人神气地蹭着靴子。我接连着打了二十多局，享受当枪手的快感，但我也不是那个猎人，也许猎人只是气枪小贩乔装的，他什么都知道，但不会比凯琳知道的多。虽然我的子弹也开始能娴熟地击中全部的鸟，但我还想继续玩，我处于释然和震惊之中，还因为我无法像凯琳一样轻易，轻易无视所谓的诱惑。她爬下沙发，打开客厅的冰箱，找到了两根口味不一样的雪糕。

从那以后，我就知道凯琳有很多我没有的东西：游戏机、电子琴、手工羊毛裙、花纹刺绣零钱包。她对这些一点都不在乎，可以跟大人撒谎说教琴的老师打她手心，随意蹭掉衣领上的雪糕印子，让盒装进口巧克力放到过期。她带我去房间，她弹了一首简易的音阶练习曲，还有音乐课本上的儿歌，我们都没有唱歌词：野鸭子野鸭子，叮叮咚咚。大概是觉得很傻，但旋律依然很好听。弹完之后，她告诉我不打算去上钢琴课了，我看着她用一块白色的防尘纱盖在琴键上，好像又宣判了一件她不会再碰的东西。

我去凯琳家，通常是傍晚放学之后，偶尔会遇见她的妈妈回来，拎着真皮手袋，喷着香水或者头发摩丝，带着一种彬彬有礼的威慑。我们会停止叽叽喳喳，说话变得小心，为她腾出作为主人的空间。她从来不过问我们在学校的事情，不是出于尊重，而是认为不会有坏事情发生。她经常换新衣服，发型却一直是小波浪长发，扎成一个圆髻，套在发网里。她那么淡定，以至于变胖变瘦，都很容易被发现，并且根据我观察，她胖了的时候，似乎会更高兴一点。

她的妈妈会叫她去厨房，拿招待客人的果盘和零食，凯琳不想动，就会拖着懒懒的语气，"哦，等一下"地敷衍着。她拿起茶几上的木盒子，摇动着手柄，手柄咯吱吱地响着，速度越来越急，接近任何发火的预兆。发条转到尽头时，突然一个毛茸茸的兔子从盖子里跳出来。有时她会故意坐到她妈妈的膝盖上，挽着妈妈的脖子，偷笑，咬着耳朵说话，像一种旁若无人的表演，不是他们在这里消失，就是我消失了。

凯琳来我家玩，如果恰好那天她穿了裙子和白色长袜，我妈妈就会不停夸她好看，我没有嫉妒，甚至喜欢带她到家里，怂恿自己听到这样的赞美。凯琳好像从来没有进过我的房间，一个乱糟糟地塞满作业本、胶纸和没叠的床被的地方，她只待在客厅，在那里走动，吃苹果，炫耀自己的白袜子。有一次她还演示了如何把苹果吃得只剩下一个直线的、窄窄的果核，凯琳的存在让我们觉得，就像她妈妈想的那样，"不会有坏事情发生"。

他们不会看到另外的凯琳，比如说脏话的凯琳，微笑地嘲讽着一个男同学，偷偷用她妈妈的口红，在本子上写咒骂老师的句子。那天我们在她家的客厅，制作着一项手工作业，凯琳挥了挥剪刀说，他再啰唆我就要他好看。我不知道她说的是谁，但这并不妨碍我沉浸其间，沉浸在一种叫客厅的氛围里。凯琳家的客厅是一个小方格局，不到二十平方米，昏暗、干燥，光源好像是来自其中一个房间的窗户。吊顶灯是六芒星形状，没有见过它被使用过，还有鞋架、挂件摆设、墙上的油画，一切都规整有序。当红木家具还很流行的时候，她家已经用上了沙发，铺着花边沙发垫，当我们坐在沙发上看电视，随意地把脚互相叠来叠去的时候，我总会联想它其实是一头巨大的海豹。

凯琳从来不在乎这些，如果她妈妈的理所当然教会了她什么，那应该就是，目标是不值得追求的，除了唾手可得的那些。

但如果我们两个人都沉浸在这种气氛里，就容易忽略掉什么，比如她转起木盒兔子的手柄，其实还会放出一段循环的八音盒旋律，旋律缥缈，机灵，令人安心，最后我们都能哼出来了，但谁都不知道曲子的名字，慢慢地又把它忘得一干二净。那时候我们还没有意识到，还有另外一些，是无法属于个人所有的东西，也无法做出简单的归类：这是凯琳的，不是我的，并且永远无法弥补。

就算是名字，在这种归类面前也会失去作用，隔壁班也有一个叫凯琳的女孩，而老师们总是混淆两个凯琳所在的班级。有一次上体育课，我们在操场上遇到另一个凯琳，她个子不高，穿着有点褪色的皮鞋，头发剪得很短，我记得她是一个人在晃荡，凯琳和我则是牵着手散步。她也许也知道凯琳的存在，当凯琳向她投去不怀好意的、犹豫的目光，她也直愣愣地对视着我们，仿佛只要轻易做出举动，其中一个凯琳就会消失。

我不记得那天是哪个凯琳获得了胜利，总之后来，另一个凯琳渐渐被人忘记了，因为转校或者其他原因，我记得她的样子，却再也没有遇见她。虽然如此，凯琳还是耿耿于怀，仿佛那个女生还在，大家在记忆里，正把她和另一个凯琳重叠在一起。

她从不展现有破绽的东西，也有可能有过这样的时刻，只不过被我自动忽略掉了，就像我坐在沙发上，悄悄把拇指塞回破洞的袜子里，而她早就发现了。我喜欢和凯琳待在一起，可能因为她始终是诚恳的，而不像我的堂哥，当他和男同学一起玩，他就会否认认识我。凯琳也让我相信，我是她最好的朋友，她也不只是漂亮朋友那么简单，尽管她不会和我玩那种过分粗鲁的游戏。我都不记得游戏机是什么时候被淘汰出客厅的，还有电子琴、麦克风、布偶、玩具模型。但这些对我们构不成威胁，只要我们还待在客厅里，有那晦暗的光线、微凉的温度和局促的座位，就算客厅剩下一个空壳，我们也能泰然自若，等待时间来把我们分配。"我该回家了。"我对凯琳说，凯琳没有起身，躺在沙发上随意向我挥挥手。我走出来，把门关上，独自走下那道漆黑的楼梯。

大多数时候，我们都是这么结束午后时光，唯独有一次，动画片播到了片尾，凯琳突然从沙发上跳下，光着脚，走到其中一个房间的门边，把门缓缓打开，然后看着我，仿佛暗示着，知道我曾悄悄张望、窥视、进入，她已经知道了，这时我袜子上的洞越来越大，脚趾全露了出来。凯琳再把门打开一点，轻轻关上、打开、关上，故意弄出声响，我低下眼睛，脸上烧了起来。

我不止一次回想过那个场景，揣摩她的意图，反复验证出的却是自己的羞耻。也许不是我想的那样，她只是想邀请我玩密室游戏，我拒绝了她，让那个下午变得无所适从。

有一次她家刚拖完地，那个房门敞开着，我才看见了房间的全貌，那是她父母的卧室，摆着床、衣柜、化妆台、结婚照片，由于整洁显得乏味。衣柜的手柄上挂着一枝绿色的塑料花，我盯着它看，这时候羞耻才真正现身，使我动弹不得。凯琳也不知道去了哪里，房子里只剩下我一个人，房间、客厅、阳台都弥漫着一种虚假的煽动性，所以当木盒兔子转动起来，兔子头随着音乐声弹起来监视着我，我反向拧动了手柄，把它的头重重盖下去。

从那以后，我又徒添惶恐，我不知道木盒有没有被弄坏，还是凯琳又会故伎重演，在我面前打开它。这不是凯琳第一次诱导我，她一点都不在意结果，因为我的破坏欲也是游戏的一部分。除了在客厅消磨时间，我们也玩别的游戏，她家是临街的楼房，楼房的背面有一栋废弃的三层小别墅，别墅装着深蓝色玻璃，有的玻璃破了，房子里黑黢黢的。我们曾经想绕到那个别墅的背面，却发现它和其他的房子连在了一起，形成一条狭长的、圆环式封闭的巷道，给我们提供了足够的空间胡作非为。我们拿粉笔在废墙上乱写，扮演上课，偶尔写一些骂人的话，对象都是不会在这里出现的熟人。偶尔我们也和其他同学来这里玩，我也不害怕曝光，甚至等待着他们发现的一天。那一天可能是大家都长大以后，也可能是这里拆迁，墙被运到别的地方。

回到别墅正面，大院是一片杂草丛生的空地，我们经常去那里玩冒险游戏，所谓冒险就是，趴在铁门的栏杆，极目眺望院子和房子。有一天下午，阳光很好，凯琳突然提议要进去看看，"怎么进去？"我虽然也动过这个念头，还是被她的大胆吓了一跳。凯琳拍拍手，抓住铁门上一根栏杆，踩着格子攀上去，我从来不知道她那么敏捷，踩得栏杆吱吱地响，裙底也露了出来。她翻过门顶，一点点往下爬，落在别墅区域。

她隔着门看着我，几乎是逼视，鼻尖冒着汗珠，见我一动不动，便转过身向草丛走去。我学着她的样子爬上了门，因为紧张，手上还沾了不少铁锈，我下来站稳之后，看到外面好像另外一个世界，阳光变得很淡，里外一个人都没有，只有草丛里偶尔发出微弱的声音。

我试探着走进草丛，有几块地方湿漉漉的，沾着鞋底，野草到大腿的高度，草叶附着小蚊虫，不一会儿，裸露的腿部就刺痒起来。我继续往前走了几步，没有看到凯琳，喊了她几声，也没有回应，我开始紧张起来，站着不动，鞋底更加黏糊糊的。当我正为难着，凯琳出现了，她一言不发地往回走，我第一次看到她带着谈判中断、不再唾手可得的表情，一脸愤愤不平。

"我们进去。"凯琳走到我的身边，她的右手拇指破了点皮，小心翼翼地捏着。她没有问我的意见，好像从来没这么坚定过，我要么跟她一起去，要么自己掉头走，我没有勇气做出选择，劝她作罢，而如果凯琳单独行动，她有什么后果我也脱不了干系。她似乎也在出汗，用手揩着脸，鞋子也脏脏的，她的视线始终没有离开那个房子，里面有她不肯说出的东西正深深吸引住了她，让她非去不可。

凯琳说服了我，我永远会是她的同盟，她的理所当然，并不会让她意识到当中的胁迫。我们牵着手，一起往房子走去，院子里布满碎石和崎岖的硬土，途中我们放慢了脚步，相互拉着，防止对方跌倒。那座别墅离我们越来越近，当我们跨过一道类似门槛的东西，好像跨过警戒一般，一股木材和灰尘混合的气味汹涌扑来，我们已经到了它的门口。凯琳把看不出颜色的门扣推上去，把门推开，动作惊人地娴熟，也可能是我过度紧张产生了依赖的错觉。

房子里面黑黢黢的，就跟我们在外面看到的一样，凯琳先进去，沾了湿泥的鞋底在地板上"嗒嗒"响着，我想跟在她的后面，发现她开始独自行动。一楼很空，几乎空无一物，角落里堆着几把藤椅，左边就是通往上层的楼梯，凯琳一下子钻进哪个空隙，一下子又出现，像玩来回跑的触线游戏。我好像快要接近中央位置了，再往里就漆黑一片，我几次退到门口，听着凯琳在里面走来走去。

凯琳又回来了，手里多了一根竹竿，她建议我们再往上走走。尽量走在有光的地方，她说。她顺着楼梯上去，一边拿竹竿击打扶手，我跟在她的后面，心想就要看到那些蓝色玻璃了，很快我们就来到二楼，楼梯尽头有一扇窗，没有外面看起来那么蓝，我们看清了二楼的大厅，依然是一块空地，有点像饭厅，两边似乎是通往房间的走廊。凯琳拿着竹竿挑开窗帘，敲敲打打，一点都不客气，就在她胡乱挥舞的时候，天花板好像掉了什么下来，吓得我大叫。好像是她撞到了吊顶大灯，隐约能看见水晶吊坠，有的跟玻璃窗一样破碎，已经看不出是一盏灯的样子。凯琳像头眼睛发亮的野兽，刚才的意外让她更加振奋，她又想去那些通道，去房间和窗户那里——撬开它们的秘密。

"我害怕老鼠。"我跟凯琳说。

她把竹竿递给我，"你害怕就留在原地等我。"

我站在原地，没有什么作用，反倒因为不动更加恐慌。我开始沿着墙壁打量：墙皮像剥落的树皮，楼梯把手上灰尘凝固，一个桌子只剩下桌面，孤零零地搁在墙边，我以为是卷起来的地毯，地板上方浮着整齐的灰土，没有感觉到其他探险者的存在，凯琳的脚印通向了别处，狭长得看不见尽头的隧道，渐渐没有半点声响。我已经预感到，凯琳不会跟我说房间那边是什么，我又希望每一个房间都是贯通的，这样她就能赶快回来，伺机再吓我一跳。

我在一些投影里走动，像凯琳说的，尽量在有光的地方，虽然渐渐习惯了房子里的气味，但还是被更剧烈的一阵迷住了眼睛，因为缺乏日照，室内很阴凉，让外面看上去也像快下雨了。我想象着住在房子里的人，那些年经常有一些欠了外债，举家落荒而逃的故事发生，但屋子看起来像收拾过的，也没有强行暴力的痕迹。我用竹竿在窗户的灰尘上写字，写了一个算式，和自己的名字，然后划掉，写凯琳的名字，被涂掉的部分就像附属在名字下的一团烟雾和尾巴。我把竹竿扔下楼，竹竿磕绊了几下发出响声，我失去唯一的依靠，学着凯琳捏着拇指的样子，其他的暗处似乎嗅到了我的恐惧，利用剧烈的气味慢慢靠过来。

我决定不再听她指挥，顺着另一端的楼梯上了三楼，在楼梯顶端踢到了一个东西，定睛一看，是个空花盆。三楼跟二楼的结构相似，依旧空荡荡的，但地砖有花纹。这一层只有一个走廊，凯琳不在附近，我不敢独自走过去，一边想象着凯琳发现我不在，会上来找我，这样我们可以直接上到最顶层。我站在楼梯角喊了她几声，没有回应。但我没那么害怕了，凯琳也会说，就算害怕也没用，还是她也害怕得无法开口？无聊的时间够长的了，我开始沿着墙壁走来走去，在通向走廊的墙角捡到了一块塑料碎片，我拿了过来，坐在地板上来回地看，是三棱形的、貌似模型的断臂，我走到窗边，打开窗户，把它向外面扔出去。

我突然觉得，这个地方真正是空无一物，没有值得探索的了，那些窗帘也是假的，被引诱的，住久的房子会漏水，窗边还有一个苹果核，早就被鸟吃得一点不剩，这些都是假的，甚至是我，会不会也是凯琳和房子的一次交易。我坐回地板胡思乱想，想着如果把全部楼梯连接起来，刚好就是一个螺旋，这样就可以站着不动，让它引领我们上升，我们就可以闭着眼睛，不做判断。

楼梯上有声音，凝神一听，像汽水罐在慢慢滚落，我立刻站起来，接着，我竟然鼓掌似的拍了拍手。直觉告诉我，我们被什么瞄准了，对手的决心还不止一次、两次，当响动继续从四楼上方传来，一下、两下。

我挪回到楼梯边，凯琳在说话，好像说"那是什么"，又说了几句，逐渐变成喊叫的音量。我被她吓住了，没有立刻去找她。

她已经把唯一的武器竹竿给了我，但我扔了它，按照道理来说我应该下去救她。我壮了壮胆子喊了她几声，"凯琳，凯琳！"她的回应和那个响声混在一起，声音方向模糊，像是房子混沌吐出的一口气，我想象她正在求那个可怕的东西放过她，她为它跳起了舞，"野鸭子，叮叮咚咚，野鸭子，没有教养。"我紧张得又拍了拍手，像在联欢晚会上为她做的那样。

我们互相叫着对方，急得跺脚，天花板上灰尘掉了下来，似乎房子禁受不住这样的震颤，更加严厉地威胁着我们。我快要哭出来了，这时持续的响声终于变成脚步声，越来越近。

我慌张地跑下楼，好不容易找到了大门，跑到院子，想从草丛里逃出去，但草好像一下长高了，挡住了视线，我迷迷糊糊地转了几圈，都没有找到方向。很久以后我才知道，人只要有过一次印象深刻的迷路，终生都会用重复的方式迷路，其实铁门就在很近的地方。

凯琳也出来了，腿上全脏了，奇怪的是，看上去没有半点哭过的样子，脸上也没有红红的印。她淡定地向我走来，神情甚至有点不屑。

"你干吗跑那么快，"在楼梯上发出声音的正是凯琳，"我看你在发呆，就自己先上去了，你怎么会没有看见我。"

两只猫从草丛中跑出来，撞了我们一腿，这时候什么惊吓都已经过时了，凯琳骂了一句，从口袋里掏着什么。

"给我看看你找到的东西。"她说。

凯琳找到了杯子、彩色橡皮圈，我捡到的是一个螺丝、一块鹅卵石和一枚铁环，铁环被她拿走了，绕着头绳做成戒指。她把这个战利品戴在手上，自顾自往大铁门走去。

我们从来没有主动提起这件事，一是怕被大人责怪，还有，我们都不敢确认自己是否成功逃离了，不肯吐露自己在房子里想了什么，吐露最真挚的秘密。后来我在那面墙上写了一句：凯琳是个坏女人。那面墙因为涂抹和磨损过度，几个星期过去之后，我过去一看，字迹已经不见了。其实那时候我有一个念头，就是希望那些知道她说他们坏话的人，来把她揍一顿。

我觉得自己已经完全认识了她，于是对她不再有好奇。

我和她的关系没有改变，依然是很好的朋友，只是小学毕业之后，去了不同的学校，我们就很少一起玩了。我猜想父母会把她送到很好的地方念书，就算考不上名牌学校，也会给她安排一个好去处。就像他们很快搬离了那个小屋子，去了别的住宅小区，她没告诉我地址，其实我是知道的，但我再也没有去过她家。

有一次我在街上遇到她，那是上高中的时候了，凯琳骑着单车，穿着校服，她的脸变宽了，我原先没有注意到，原来她是方脸，这样使得她的眼睛看起来更小。前几年我刚大学毕业，回到老家，就听说她已经结婚，我想象着她穿上结婚旗袍，戴上真的戒指，眼睛弯弯地笑着，跟所有我见过的新娘一样。

我为什么会想起凯琳，是偶然有一次经过她以前的家，想起那天下午她的神情，除了勇敢、不屑，实际上还有无法忍受，跟所有的忍受是一样的：忍受有所隐瞒，忍受洁癖，忍受恪守，忍受上升和坠落。

　　她不知道那天我偷偷跑了上去，跑到那个房子里，门没有锁，几乎搬得空荡荡的，搬家工人在楼下说话。我靠近客厅，看到还有一些杂物没有带走，地上散放着报纸，那个木盒兔子被丢在角落里。

　　我拿起木盒，拧了一下发条，盒子没有动静，似乎有什么地方散架了，我把木盒翻过去，盒的背面有一个洞，空洞的地方附着一个螺母。

　　我把那颗螺丝转进去，深吸一口气，等待兔子。

第二十章　终章

中午的书店没有其他顾客，没有放音乐，小高不在店里值班。离职后我就没来过书店，书柜和沙发区重新布置过，大部分地方维持原样，所以我一进门，就看到作家坐在靠窗的长桌子边。那个位子一直留给优待来宾，窗外有草地，是一片不好规划的弧形，充当着网球场的间隔带，平常只有猫和松鼠经过。我也喜欢坐在那里，享受那种奇妙的观感，由于草地带来的视觉差，网球场里的人看起来都很小，目之所及的一切进入了慢动作，准确又安静。

作家把书挪到一边，腾出适合交谈的位置。头上的吊灯照亮了堆得满满当当的桌面，有的书封面弯曲，有的书书脊开裂，随意交叉摊开，留给写字的只有一小块的空间，新手稿就在她的左手边。

她朝柜台张望，但已经来不及避开我这个不速来客。我的视线也在极力避开手稿，仿佛看它一眼依然会心跳加速。好在太阳光晒得桌椅暖烘烘的，为一次温和的见面铺垫气氛。作家摘下眼镜，打开一个小本子检查，"没记错时间啊，今天才周四"。

是临时虚构一个不存在的约定计划，还是把我当成另一个人，我都不在意了。我问她有没有认真检查过手稿数目，这不是记忆力的问题。

"今天是没法写了，都乱套了。"作家想出去走走。我拉开椅子，但作家的身体倾向窗户，把窗帘归拢一边。

我不清楚书店何时做了开放式落地窗，也许是我没有真正留意过这个窗的用途。作家熟练地转移到了我的左边，拉着窗把，做着"出来"的手势。隔着玻璃，我看到她完整的装扮，灰色薄毛线背心，米色帆布鞋，山楂形状的胸针格外醒目。

户外和窗台有半米高落差，踏出的第一脚并不像作家那样结结实实的，出发之前，我也学她双脚交替踩踩地面，蹭掉从水管上沾到的泥土。草地比我想象的柔软，鞋底时而被轻盈托起，时而感觉吸附的重力，草很挠人，一有机会就刺穿裤子的纤维层。很多地方是湿土，那时候脚步得找准草垫和碎石，假装在滑雪板上感受危险和乐趣。

"非常无聊啊，我说非常无聊。"走了一段后，作家也发现这深秋的风景没什么值得欣赏的，天际线漫漫洒洒地变换着距离，被淡蓝色的、毛茸茸的光圈笼罩着，万物蒙上了一种枯黄的色度。

她靠在一块青苔干枯的大石头上休息，蹭掉鞋底滑腻的草汁，我蹲在旁边抽烟，草地上只有我们两个人，在这个空荡荡的地方，太阳如同善良的镜头。我没有和她交流，在她说出真正的目的之前，我可以把这趟远足当成我和她共同完成的新冒险，冒险总有一套召唤的流程。但现实是，作家一点都不在意我。"看看这个，"她捡到一个拇指大的松果，专注得似掂量着一个奇观，"松鼠正在附近吵架，说我抢走它们的口粮。"

我问她什么时候写完这部小说。我有种错觉，我能和她沟通至今，缘于我们身上有让对方害怕的东西。

"你没有丢手稿。"

"猜对了。"

"没有 G，也没有其他人。"

"是的。"

作家从口袋掏出一张纸巾，仔细揩着鞋边，仿佛擦去一块秘密的污垢能让她如释重负，同时告知我做好准备，进入洁净的辩护环节。她从口袋里掏出一本册子大小的书，"这是你让小高干的吧。"这是她从二手图书网上买回来这本书，对比了小高的字迹后发现的。但我说了，我没有指使小高伪造大量签名书到处兜售。

她要我分析小高的目的，我拒绝分析，我不会再接受共谋的邀请。气温升至一天的最高点，她在这野外法庭里不断捋头发，整理着装，以待检查自我作为作家的身份，以真相算计真相。

作家靠在石头上抽烟，顺手夹起耳边的碎发，我才注意到她一直戴着无线耳机。"你在听什么吗？"

作家把耳机塞进我的耳朵。起初我以为她要给我放古典音乐，她按下开关的那一瞬间，我的太阳穴突突跳了起来。我听到了自己在说话，还有王庶虹、林、陈行扬、张孝全、小飞侠，小说里的人物在说话，我们在说话。她将我们的胡言乱语当成灵感，也许不是灵感，而是借助我们之口打磨出最精确的词语，决定要选择天真的滑稽，还是伤感的滑稽。我听到一个不属于我们任何一个人的声音，像是某个熟人改变了语速，我按下耳机侧边的前进键，想阻止他进行滑稽的表演，然而一段段听下去，后面的录音全是陌生人，在街上、屠宰场、地铁、水池，男人的，女人的，听不出性别的。我独自走进小树丛，枝叶和树皮被寂静撕成了细长的形状，渐渐这些人的声音也混进了我的声音，我成了半人半动物的角色，我走路的同时也跳舞，我内蕴残暴就是展示善良，我接受的时刻就是拒绝的时刻，我说不是的时候，我就是。

我们继续往网球场的方向走，路过了一个大理石花台。我想错了，有人来过这里，地上有一个用树枝搭建的三角架子，看样子是烧烤用的，四周有乌黑油腻的痕迹和小动物粪便。白色大塑料袋挂在野蕨丛上，塑料袋呼呼几声，掉到架子上，我们都被这顶小幽灵们的帐篷吸引住了。

"你帮我放哨？最后一次。"作家指着烧烤架，"我想把手稿藏在这里。"

她立刻去拨开石头，手在野蕨丛中探来探去，专注使她滑稽的行动复归神秘，枯枝败叶和她的双手是一个颜色，石头和她的肩背是一个姿势。我帮她拆掉架子上的麻绳，塑料袋上的灰尘落到我们头上，作家突然发出警告。

我停住手，没发现地面有什么异样。"现在我有点犹豫，小说的结尾早就构思好了，我这样对你们，你觉得这是协助也好，共谋也好，利用也好，怎么说呢，你能不能帮我改写原来那个小说的结尾，因为你还在这里，你还在工作。"

她说得一点没错，我还在尽职地完成工作，至于过程，不过是一个将行为合理化的过程，怎么写下去，怎么安排故事的结局，那也是她自己的工作。我以为可以做到她那样的冷静，当我看到了她沾满灰尘的头发、瘦弱的胳膊、微微耷拉的眼皮，我却在想象她婴儿、少女、老年的样子。

"你原本计划在这一周写完吗？"

作家没有回答，我走到旁边抽烟，不远处的网球场有人进场了，开始发球，来回跑动，由于球场的另一半被树丛挡住，看上去就像一个人正挥着球拍，迎接墙壁回击。

我们刨出了一个平整的浅坑，作家当然没有随身带着手稿，她从口袋里掏出一个纸团，扔了进去。

"你们是怎么祈求的？"

我说了一个充满表演意味的仪式。"那算了，抽签呢？"

"上吉签，切勿时机未成熟时做决定。"

"好的。"作家微笑着，把外套拉往身体内侧。

走完了所有的斜坡，网球场离我们越来越近，回望能看到书店外的钢管围栏，把书店的侧面映衬得像一排整齐的牙齿。

"无花果树。"我脱口而出，仿佛这是一个临时发明的词。

"什么无花果树？"

"刚刚那里可以种一棵无花果树，方便以后找得到。"

"是个好主意。"

打球的人技术很差，我们看了两眼就往回走，半路还能听到网球清脆的声音，突然，那个声音好像增强了力量，延长且沉闷，咚、咚、咚，大地微微震颤，待到它找到稳定的音长。一声、两声，笼罩住天空。我和作家都下意识地转过身，等待大象到来。

原地站了两分钟左右，网球很快恢复了嗒、嗒、嗒的响声，富有节奏地弹起，触地。我和作家又去看那两个人打球，天黑之前就回去了。

图书在版编目（CIP）数据

遣游人 / 吴纯著. -- 昆明：云南人民出版社，
2024. 9. -- ISBN 978-7-222-23004-0

Ⅰ. I247.5

中国国家版本馆CIP数据核字第20246BP526号

责任编辑：柳云龙
特约编辑：黄平丽　黄盼盼
装帧设计：陈威伸
内文制作：马志方
责任校对：金学丽
责任印制：代隆参

遣游人

吴纯　著

出　版　云南人民出版社
发　行　云南人民出版社
社　址　昆明市环城西路609号
邮　编　650034
网　址　www.ynpph.com.cn
E-mail　ynrms@sina.com
开　本　850mm×1168mm　1/32
印　张　10.5
字　数　218千
版　次　2024年9月第1版第1次印刷
印　刷　山东韵杰文化科技有限公司
书　号　ISBN 978-7-222-23004-0
定　价　69.00元